# みならい忍法帖　入門篇

宮本昌孝

目次

この作品は一九八九年八月、角川スニーカー文庫より刊行された『伊賀路に吼える鬼婆《マジカル・クイーン》　みならい忍法帖』を、集英社文庫収録にあたり『みならい忍法帖　入門篇』に改題したものです。

# おもな登場人物

風早《かざはや》 隼《しゅん》……明経《めいけい》学園高校二年。無類のお調子もの。

小野寺美樹《おのでらみき》……隼の幼なじみ。

藤林《ふじばやし》サヤカ……伊賀《いが》の上忍《じょうにん》藤林家の子孫。

藤林千賀《ちが》……サヤカのひいひいお祖母《ばあ》さん。藤林家第十四世。

風早燕昭《てるあき》……隼の弟。小学五年。

風早千鳥《ちどり》……隼の母。

風早鳶夫《とびお》……隼の父。

西郷格之進《さいごうかくのしん》……隼の同級生。ヌーボー・タイプ。

神保雅士《じんぼまさし》……隼の同級生。一見、秀才タイプ。

錦 織博明《にしきおりひろあき》……隼の同級生。不登校の生徒。

服部半蔵《はっとりはんぞう》……伊賀の上忍服部家第二十世。

大野智之《おおのともゆき》……小学五年の少年。隼の友だち。

# みならい忍法帖　入門篇

# 第一章　かくれみの《マスカレード》

## 1

さいしょは夢だと思った。

が、その笑い声が接近するにつれ、風早隼《かざはやしゅん》は夢から現実へ引き戻されていった。

目覚めたときには、まちがいなく外にだれかがいるのがわかった。

左手首を顔前まで引き寄せ、デジタル腕時計《ウオッチ》のランプ・ボタンを押した。

寝ぼけまなこをこすりながら、時刻を読む。午前二時五分。

（……釣り人たちだな、きっと）

そのままふたたび眠ろうとしたが、尿意を催したので、しぶしぶ寝袋のジッパーを下げた。

まわりは闇《やみ》である。両手であたりをまさぐった。

懐中電灯をさぐりあて、点灯した。

三角錐《さんかくすい》のきわめて小さな部屋だ。ミニ・テントの中なのである。

懐中電灯をもったまま、裸足《はだし》で外へ出た。

日中とちがって、砂はひんやりとして気持ちよかった。遠く近く潮騒《しおさい》の音が耳をうつ。

星は出ていても、深夜のことで、物の輪郭は黒くぼんやりとしている。視野に入る限り、人影はなかった。

いまの人声が釣り人たちのものなら、海岸のほうへ向かったのだろう。

隼のところからは海岸は見えない。あと二、三百メートルは先だろう。

そこへ到達するには、大小いくつもの砂の丘を越えなければならない。

ミニ・テントは、海風を避けるため、砂丘の窪地《くぼち》に設営してある。松林がすぐ後ろにあり、道路が近い。

テントのそばに買い物用自転車が止めてあって、銀色のスポークが月光をはじいていた。

松林のほうへ行きかけた隼の右足の爪先《つまさき》が、何かひっかけた。

懐中電灯で足もとを照らしてみる。布きれだ。

蹴放《けはな》そうとして、振りだしかけた足先を宙でとめた。

布きれを手にとり、顔のすぐ前で照らしだす。

（や、やっぱり、ブラジャー！）

あわてて懐中電灯の明かりを消すと、周囲を素早く見回した。

（よかった。だれにも見られていない）

松林で用を足すやいなや、逃げるようにしてテント内へ戻った。

また懐中電灯を点《つ》けて、拾い物をあらためて子細に調べた。

ブラジャーは少しも汚れていなかった。綿製で、白のノーストラップだ。フロントの花のアップリケがかわいいアクセントになっている。

（こ、これは、どうしたって……）

若い女性のものに決まっている。心臓が高鳴り、あらぬ妄想が浮かんだ。

もうすぐ十七歳の好奇心ざかりの若者としてはムリもない。

（美樹《みき》もこんなの着けてるのかなァ……）

この時間ではとうぜん眠っているだろうガールフレンドへ想《おも》いを馳《は》せた。

白いブラジャーからは、レモン・ライムの香りがたちのぼっていた。若い隼の脳髄はしびれた。下着泥棒の気持ちがわかるような気がした。

（だけど、なんだって……）

ブラジャーが落ちていたのだろう。

テントを張る前には、周囲にそんなものは見あたらなかったはずだ。

(じゃあ、いまの声の人たちの中に……!)

思わず、ゴクリとのどを鳴らした。

夏の夜。だれもいない海。きこえるのは波音ばかり。舞台装置はそろっている。

開放的な気分になった男女が、砂浜にころがって激しい……を。

着ているものは、海へ向かって走りながら、一枚一枚脱ぎ捨てていく。

妄想をそこまでたくましくしたら、目が冴《さ》えて眠れたものではない。

隼はブラジャーを手に外へ出た。海へ向かって、さいしょの丘をゆっくりのぼった。

懐中電灯であたりを照らす。妄想どおりなら、ブラジャーよりもっといいモノも落ちているはずだ。夏の夜と孤独は健康な若者をヘンタイ的行動へと駆り立てるのである。

その砂丘の頂きへ達すると、海からの微風が顔をなでてきた。

まだ前方にはいくつもの砂丘が重なり合っていて、海は見えない。

黒い砂丘群は、藍色《あいいろ》の夜空の底にうねうねとした稜線《りょうせん》を描いている。

その稜線にふいに、躍りあがった影があった。

あっ、と思ったときには、影は稜線の向こう側へ消えていた。百メートル以上は離れているだろうし、一瞬のことでもあったが、影は女だったと隼は直感した。

ややあって、同じところにまた影が躍りあがった。

次々と、こんどは三人だ。いずれも男と見えた。

（なんだかヘンだな……）

逃げる女を男たちが追いかけているとしか思えない。

（まさか……！）

レイプ、ということばが浮かんだ。

夏の海辺では若い男女はけっこう気軽に仲良くなるが、そのまま夜を迎えて、妙なフンイキになったときに、男はソノ気でも女はそうではないことがよくある。いや、女もソノ気がなかったわけではないが、いざという場にいたって、おそれをなすというケースも多い。

すると、そのことがレイプという形をとる危険性は充分ある。

隼の高校にも、去年の夏、どこかの海岸でレイプされかかった女子生徒がいるのだ。

そういえば、白いブラのホックのところは、強引にひっぱったようなアトがあった。

隼は、ジーンズの裾《すそ》を膝《ひざ》まで折りあげてから、海へ向かって走った。

砂丘をひとつ越えるたびに、潮の香りがきつくなり、吹きつける海風が強くなる。

砂地は走りづらい。たちまち足が重くなり、息があがった。

波音がふいに高くなった。ようやく眼前に海原《うなばら》がひらけた。

彼方《かなた》に漁船の黄色っぽい明かりが見える。

いちばん海寄りの砂丘の頂きに立って、隼は波打ちぎわへ目を凝らした。闇にもいくらか目が馴《な》れてきている。

打ち寄せる波の白い頭《かしら》は、夜空の下で灰色にくすんでいる。

隼は四つの人影を発見した。

ひとりは、海を背にして波に足首を濡《ぬ》らしているらしい。

ほかの三人はそのひとりを扇状にかこんでいるみたいだ。

レイプだとしたら、かこまれているのが女であることは明白だ。

彼らのところまで、まだ五十メートルくらい距離があるだろうか。

隼は二、三歩進みかけて、立ち止まった。

足がすくんでいる。急におそろしくなってしまったのだ。

実をいえば、ここまでは、いろんな架空の物語を脳裡《のうり》で交錯させながら走ってきた。

もちろんその中では彼はヒーローである。どんな過程を経るにしろ、結局は隼と、彼が救った女性とのあいだに恋が芽生えるというお話だった。

ふたつ目の砂丘を駆け下りるときには、すでに二人は破局を迎え、傷心の隼が思い出の渚《なぎさ》へやってくるというところまで進行していたのだから、なんとも身勝手な物語ではある。

もっといえば隼自身が、レイプではないかと一瞬は疑ったものの、

（……であるわけないか）

これはやっぱり、開放的な気分になった男女が夜の浜辺でお楽しみと考えたほうがしぜんであるし、そうならばちょっとのぞいてみたい。本心はそんなところだった。

ところがいま、二、三歩踏みだしかけたとき、隼は波打ちぎわの四つの影から、何か異様なものを感じとった。

足がすくんでしまったのが何よりの証拠だ。からだが本能的に危険を察知したのである。

何かおそろしいことが起こりそう。いや、起こるにちがいない。

三人の男が、少しずつ包囲網を縮めていくのが、遠目にもなんとなくわかった。

レイプどころか、殺人が起こるかもしれない、とまで思えた。

（警察に知らせよう……）

まっさきに頭に浮かんだのはそれだ。

オレはすぐに警察へ知らせに走ったんだ。そのあいだに女がレイプあるいは殺されたとしても、オレに責任はない。それにオレは未成年なんだぞ。

だが、それが逃げであることを、隼は知っていた。

どんな理屈をくっつけても、女の危機を見捨てて逃げたのにはかわりはないのだ。

まして、隼にとっては見知らぬ土地であり、海岸でもある。警察どころか、電話ボックスの場所だって皆目わからない。いちばん近くの民家をたたき起こして一一〇番したとしても、いまからではパトカーが到着するまでかなりの時間を要するだろうし……。

フィクションではかんたんにヒーローになれても、現実では何もできずにただ恐怖に立ちすくんでいるだけの自分が、隼は口惜《くや》しくもあり、なさけなくもあった。

（おとなしくテントの中で寝てればよかった……）

そう思ったとき、いちばん右にいた男が、女へとびかかった。

その揉《も》み合いの中へ、ほかの二人の男もすぐに加わった。

隼は歯ぎしりをし、両拳《りょうこぶし》を強く握りしめた。

握りしめてハッと気づいた。右手に懐中電灯をもっていた。

（そうだ！）

明かりを点ければ、男たちはびっくりして、逃げてしまうかもしれない。

（いや、でも……）

こっちがひとりだとわかれば、逆に殴りかかってくるかもしれない。

それでも、隼がためらったのは一瞬だった。

「コノヤロオオオオーッ！」

隼は怒鳴った。それは、いままで口にだせなかった心中の葛藤《かっとう》を何もかも一挙に吐きだしたような、おそろしく大きな声だった。

太平洋が度胆《どぎも》を抜かれて、そのときだけ、波音のボリュームを下げたかに思えたほどだ。

男たちもギクッとして振り返ったが、隼にはそんなことはわからなかった。

隼は、懐中電灯を点灯し、彼らめがけて砂浜をしゃにむに突進していった。

突進しながらも、わけのわからない叫びをあげ続けていた。砂浜に光の輪が躍る。

「ぎゃっ！」

という悲鳴が噴きあがった。

男がひとり、股間《こかん》をおさえたまま、ひっくり返るのが見えた。

「痛《いて》えっ！」

また男の悲鳴だ。そいつも、股間をおさえて、その場にうずくまった。

隼は彼らのところまで、あと二十メートルぐらいに迫っていた。

「この女あっ！」

三人目の男が、女の顔へパンチを繰りだそうとしていた。

「やめろーっ！」

駆け寄りながら隼はわめいた。

男のパンチが女の顔面をとらえたと見えた瞬間、まったくちがう光景が展開された。

男の全身が女の頭上を越えて、濡れた砂浜へ叩《たた》きつけられたのだ。

寄せてきた波で、たちまち男はびしょ濡れになる。

呻《うめ》きつつも立ち上がった男のほうへ向き直った女は、スッと腰を落とし、右拳をすくいあげるようにして、そいつの股間へ振りだした。

それは、隼がようやく現場へ到着して立ち止まったのと同時だった。

ズンッ……という音がきこえた。

「ひいいっ！」

息をめいっぱい吸いこんだような奇妙な声を発し、男は女の右手が股間へのびたままのかっこうで立ちつくしている。急所をつかまれたのか。

男であるいじょう、その痛さを知っているだけに、隼も思わず身をかたくした。

女が右手を引いた。そのときも、小さいが、なにか気味悪い音がした。

「痛え！　ち、血が出てるよォッ！」

三人目の男は、いまにも泣きだしそうなふるえ声を発し、その場へ崩れ落ちた。

実際、先に地に転がっていた男たちは、すでに泣き声をあげていた。

隼は懐中電灯を下へ向け、彼らをひとりひとり照らした。

明かりの中に、激痛に泣きわめく男たちの顔が浮かびあがった。

どいつもこいつも、無職・少年Aという感じのツッパリ野郎だった。

顔面は蒼白《そうはく》で、股間をおさえる手の指のあいだから血が流れでていた。

急所を何かで切られたのは明白だ。

（どうなってんだ、男三人が女ひとりに……）

懐中電灯は下向きのまま、眼前に立つ女の黒い影へ視線を移した。

「あの……」

声はノドにからんだ。走ってきたのと、凄惨《せいさん》な光景を見た緊張とで、口の中が渇いているせいだ。それに、なんといっていいのかわからなかった。

ふつうなら女に大丈夫ですかときくところだが、この場の現実はそれは男たちに向けられてしかるべきことばになっている。もっとも男たちはちっとも大丈夫そうではないが。

「ありがとう」

女は意外に冷静な声音で礼をいった。

「あ、いや……オレは何も」

しどろもどろでこたえる隼がすべていい終わらないうちに、女はふいにダッと右横へ二、三歩駆けだした。

「どこへ行くんです！」

隼も彼女と平行に同方向へ走り、明かりを向けた。

女は一瞬立ち止まると、左手をかざして、光から顔をそむけた。

海風にあおられた長い髪が、その横顔をおおいかくす。

「…………！」

隼は息をのんだ。

女のTシャツはひきちぎられ、左の乳房がむき出しになっている。ジーンズのミニ・スカートからは、マネキンみたいにまっすぐな脚線がのびていた。寄せる波が素足のくるぶしを洗う。

暗い海を背景にしたその立ち姿に隼は見惚《みと》れた。

（人魚みたいだ……）

が、すぐに、人魚の血まみれの右手に気づき、ハッとしてわれに返った。

そのときには女は腰を落とし、左腕を隼のほうへ向けて振りだしたところだった。

パリンッ！

ガラスの割れる音がし、隼が右手にわずかな衝撃を感じると同時に、明かりが消えた。

女が小石か貝殻でも投げて懐中電灯の豆電球を割ったのだとわかった。数メートルの至近距離とはいえ、たいへんな腕前だ。

あたりは星明かりと波明かりだけの薄闇に戻った。

だしぬけに光を奪われると、人は一瞬、平衡感覚を失うことがある。隼は頭をふって、その状態を脱した。

目の前から女が消失している。隼は波の打ち寄せる砂浜へ、右から左、左から右へと目を走らせた。倒れたまま呻き声を放ちつづける三人の男のほかに、人影はなかった。

隼は背後へ振り返った。

「あっ……！」

声をあげたときにはすでに遅かった。

女はいちばん海寄りの砂丘をのぼりきって、向こう側へ姿を消すところだった。

たった数秒間で、あの砂丘の頂きまで到達したというのか。五十メートルはあるのに。信じられないような走力だ。追いかけてもムダだとわかった。

だが隼は、ふと何か思いついたように、おシリのポケットへ手をのばした。

とりだしたものは白いブラジャーである。

口に両手をあて、隼は思い切り叫んだ。

「お忘れ物ですよオオオオーッ！」

しばらく待ったが、なんの応答もなかった。

女はついに戻ってこなかった。隼は大きく溜《た》め息《いき》をついた。

すべてがほんの一瞬の出来事だったように思える。あるいは、夢だったのか。

「た、助けて……」

婦女暴行未遂犯たちの哀願の声が、背中からはっきりときこえる。

それでも隼はまだ、女の存在だけは夢だったような気がしていた。

## 2

「暑《あ》っついなァ……」

自転車をゆっくりこぐ隼のTシャツは、汗でぐっしょりだった。

上野市《うえのし》（現・伊賀市）の市庁舎前を通過して、その建物沿いに右へ折れると、なだらかな上りになった。

通りの左側には小学校のかなり広い運動場があるが、夏休みのせいか、子どもたちの姿はなかった。

蟬《せみ》しぐれの音がしだいに大きくなってくる。前方に上野城《うえのじょう》公園の緑が見えている。

ふと視線を落としたら、歩道に描かれた忍者の絵を見つけた。

街をきれいにとか、交通安全とか、そんなことばが添えてあったのかもしれないが、隼が目にとめたのは、まんがチックな絵だけだった。

忍者をタイヤの下敷きにした。

（美樹ならかっわいいーとかいうだろうな……）

彼女はいまごろ、テニス部の夏期練習で、炎天下のコートを走りまわっているだろう。フリル付きのスコートのまぶしさを思いだして、隼はだらしなく相好をくずしかけた。だが、すぐにフンという表情に変わった。

「隼みたいな根性ナシにできっこないじゃない！」

夏休み前に隼が本州一周サイクリング旅行の計画を得々と話してきかせたとき、美樹がそういって大口あけてバカ笑いしたことを思いだしたのだ。

ほんとうは一緒に行こうと誘うつもりだったのが、そのひとことでアタマにきてしまった。

「やってみなきゃわかんないだろうが！」

「過去十六年間の人生、振り返ってみたら」

「なんだよ、それ」

「隼が最後までやり通したことなんて、ひとつでもあった？」

「うっ……」

「ほら、ごらんなさい」

「ばかやろう。あるぞ、毎日やり通してることだって」

「へえ。何かしらね」

小馬鹿《こばか》にしたようにいう美樹へ、隼は軽く握った右拳を腰の前で上下させ、ハアハアと荒い息遣いをしてみせた。

「や……やらしいわねっ！」

「なんで、やらしいの？　自転車に空気入れてるだけだぜ」

「ばか！」

「あ。あかくなってやんの。美樹、おまえ、ホントにスケベなこと考えてたな」

「スケベはあんたよ！」

「おお。スケベは男の勲章だね」

「勲章とよべるほど大きいか、隼のが」

美樹は反撃に転じた。立ち直りの早い女なのだ。

「見たことあんのかよ」

「あるわよ。幼稚園のとき」

「ばか。そんなときのと一緒にするな」

「三つ子のチンポコ百までよ」

「す、すげえこというな、おまえ」

「相手によりけりだわ。じゃ、あたし忙しいから」

そういってプイと背を向けた美樹を、

「だったら、賭《か》けようぜ」

と隼は意地になって呼び止めた。

「そのかわり半周だぞ」

何が、そのかわり、なのかよくわからないが、賭けると自分からいいだしておきながら、一周を半周に縮小してしまうセコさからして、この時点ですでにもう勝負はついていたといえる。

半周旅行を完遂できなかったら、隼は残り一年半余りの高校生活を美樹の奴隷となってすごすことを約束させられた。

「みっちり受験勉強させてあげる。ウフッ」

美樹は、ＳＭの女王みたいな笑い方をした。

たいていの場合なら隼も、そんな条件はのまなかったろうが、このとき美樹は、もし隼が旅行に成功したら、あたしも奴隷になってあげる、と大胆なことをいったのだ。

スケベ心を刺激された隼は、美樹の思うツボにはまってしまったのである。

隼自身、自転車で本州半周なんてとてもできはしないと考えていたのだから。

案の定、隼は出だしからつまずいた。出発前夜、「ボディコン号」が盗まれてしまったのだ。ボディコン号は、隼ご自慢のサイクリング車である。

旅行にもっていく懐中電灯の乾電池を買うため、終夜営業のコンビニエンス・ストアへ行ったときだ。すぐに済ませるつもりだったから、ボディコン号にワイヤー・キーをかけずに店へ入った。

ところが、いつものクセで、書籍・雑誌コーナーをのぞかないで帰ることはできなかった。

立ち読みは十分か二十分ぐらいだったろうが、何者かが無防備の自転車を盗んで、あとかたもなく消えてしまうのには充分な時間だった。

隼は怒りと悔恨に苛《さいな》まれながら、交番へ届け出た。

盗まれたのは「エロトピア」に夢中になっていたからだとは、もちろんいわなかった。

それでも隼は翌朝、当初の計画どおり、本州半周サイクリング旅行へ出発した。

ドジったうえに、だから旅行もやめたといったら、美樹に一生バカにされるだろうと思ったのだ。根性ナシにも男の意地はある。

自転車は母の軽快車を借りた。

買い物用自転車で本州半周旅行へ出かけたアホは、過去にも例はないだろう。

上野城公園の入口には、松尾芭蕉《まつおばしょう》の句碑がたっている。

芭蕉が元禄《げんろく》四年の正月、藤堂長定《とうどうながさだ》亭へ伺候した折りに詠《よ》んだ句が刻まれている。

隼はその前で買い物用自転車を止め、いちおうよんでみた。

「やまざとは　まんざい遅し　梅の花……か」

よむと、わかったようにフーンとうなずいた。

（漫才師が山里へやってくるのが遅くて、梅の花が枯れちゃった）てな意味かなあ、と本気で考えるところが、古典の成績「1」の隼らしいところである。

それでも、梅の花が満開だ、と訂正すれば大体はそんな句意だ。

公園入口の左右に駐車場がある。

左側の狭い駐車場に、観光バスが三台駐《と》まっていた。

乗客たちは公園内にいるのだろう。運転手とバスガイドが、そのへんにたむろして談笑していた。

車内のつけっ放しのラジオの音が小さく漏れてくる。

生後一週間の諸出呑人《もろだしどんと》クンがどうとかいっているようだが、降るような蟬しぐれに掻《か》き消されてほとんどききとれない。

どうせ隼はききたくもなかった。生まれたのか、と何の感慨もなく思っただけである。

（どうしてタレントにガキができたくらいで騒ぐんだろう……）

もう二か月以上前から、テレビのワイド・ショーや芸能誌などは、あと何日で諸出一《もろだしいっ》樹《き》と南田加《なんだか》イイ子《こ》の赤ちゃんが生まれると大騒ぎしていた。夫妻して人気抜群のタレントだからといえばそれまでだが、スペース・シャトルの秒読みじゃないんだから、あと六十日、あと五十九日と何も一日も欠かさず二人の表情を追うことはないだろう。

夫妻も夫妻で、生まれる前から、名は男の子なら「呑人」、女の子なら「梨世《なしょ》」と決めています、なんて発表しているのだから世話はない。もっともそれで隼も、諸出呑人ときいて、生まれたのかと思ったのではあるが。

公園入口の右側の駐車場は、左側のそれに比べてはるかに広いが、ほとんどあいていた。

上野市は、盆地の中央に位置するせいで、夏はひどく暑い。夏祭りはもちろんあるが、観光シーズンということになると、お城祭りや、芭蕉祭りや、上野天神祭りの催される秋だろう。

隼は、自転車をひいて、入口のトイレの前に立つ大きな看板のところまで行った。園内の案内図が描かれてある。

隼の上野市に対する予備知識は「忍者屋敷」ぐらいなものだ。それがこの公園内にある。

忍者屋敷だけ見たら、クロネコヤマトの営業所をさがすつもりだった。

引っ越し便とかいうので自転車を東京へ送ってもらおうと思っているのだ。

もうサイクリングなんかしたくなかった。

隼が計画した、東京を起点とした西回りの本州半周コースは、海岸沿いのルートをとるためざっと三千キロはある。それを軽量のサイクリング用自転車でもどうかと思うのに、重量はたっぷりあってもギア・チェンジのない買い物用自転車を駆って三十日間で走破しようと考えたのである。

一日百キロだ。駅前へちょっとお買い物に、という距離ではない。

楽しかったのは、家を出てから三十分ぐらいだった。横浜《よこはま》へ到着したころには、隼は早くも後悔していた。

一日の予定行程の三分の一程度走っただけで、この始末である。美樹に根性ナシといわれてとうぜんだ。

（まあ、きょうは初日だし……）

自分を甘やかすのに、なんのためらいもないのが隼の特技だった。

その日は横浜市内をブラついたあと、自転車の後部荷台に積んできた折りたたみ式ミニ・テントを張って、山下《やました》公園で夜を明かした。

翌朝、目覚めてみると、からだじゅうの筋肉が痛んでいた。

東京へ引き返そうかと一度は思ったが、自分の奴隷となった美樹にスケスケのランジェリーを着せることを現実にすべく、みずからを奮い立たせた。

しかしスケベ心だけで男がなんでもやり遂げることができるのなら、いじめや不登校や校内暴力は起こらない。

神奈川県を抜け、伊豆《いず》半島を巡り、東海道《とうかいどう》を浜松《はままつ》まで走破したところで六日間も費やし、こりゃもうダメだ、と隼はほとんどあきらめた。むかしの忍者が、途中に物見遊山《ものみゆさん》しながら自分の足で走ったとしても、もうちょっと西まで行っているだろう。(明日《あした》はウナギでも食べて、東京へ帰ろっと)

遠州灘《えんしゅうなだ》の潮騒を子守唄《こもりうた》とききながら、中田嶋《なかたじま》砂丘をベッドにしていたその夜、あの異変に遭遇したのである。

女を見失ったあと、隼はテントをたたんで砂丘を離れた。

道路に出て電話ボックスを見つけ、急所から血を流して砂浜にのたうつ三人のために、救急車を呼んでやった。ちょうど近くに目印になりそうな建物が見えたので、そのことをいったが、自分の名前は告げなかった。

婦女暴行をしようなんてヤッらとかかわり合いになるのは、まっぴらだったからだ。男たちにしても、レイプに失敗したあげく大事なところを傷つけられたとは、口が裂けてもいえないはずだから、目撃者がいないほうがいいにきまっている。

ほどなく救急車が到着し、白衣の救急隊員たちが砂丘へ駆け入り、レイプ未遂犯らを担架に載せて車に運び入れるまでの一部始終を、隼は物陰から見届けた。

この事件が、隼に奇妙な興奮をもたらし、もういちど西へ向かってペダルをこぎだす気にさせた。

何よりも女の「ありがとう」のひとことが耳奥に残ってはなれなかった。

やわらかい口調であり、語尾がやや上がっていたのをはっきりと記憶している。

（関西の女だ、きっと……）

それで西へ行ったからといって、名前も知らない女に再会できるはずはない。そんなことくらいは、いくら学業成績の低い隼でもわかる。

ただ、なんとなく、なのである。自動車を利用したり、電車を乗り継いだりする旅では、とうてい遭遇できないだろう事件だっただけに、テント持参の気ままな自転車旅行を、これで断念してしまうのはなんとなく惜しいような気がしたのだ。

それは期待感といいかえてもいいだろう。またどこかで何かハプニングが、という。

そのハプニングが、白いブラジャーの女との再会なら最高だと思っているだけである。もっとも顔さえよく見なかったから、たとえ道ですれちがってもわからないだろうが。

中田嶋砂丘から三日間、豊橋《とよはし》、岡崎《おかざき》、名古屋《なごや》、四日市《よっかいち》と西進するあいだ、隼の身勝手な期待に応《こた》えてくれるハプニングは起こらなかった。

もともとあきっぽい性格である。

四日市から津《つ》へ向かう途《みち》すがら、地図で見ただけでもやたらに大きくて淋《さび》しそうな紀《き》伊《い》半島をこれから買い物用自転車で巡るのかと思ったら、なんだかばかばかしくなってしまった。

もうヤーメタ、と隼は本州半周サイクリング旅行を、ここで放棄した。

世の中には、四輪駆動車を駆って世界百か国以上を訪れ、三十八万四千四百キロ（地球から月までの平均距離）を七年半もかけて走破したような冒険家もいる。

スケールのちがいはともかく、こういうことは本人がばかばかしいと思ったらさいごである。

放棄した隼は、亀山《かめやま》方面へ道をかえた。大阪へ出るのに紀伊半島の根元を横切っていくことにしたのだ。

大阪で数日遊んだら、新幹線で帰京しようと決めた。

そして亀山から上野へ向かいながら、待てよと考えた。

本州半周旅行はもう挫折《ざせつ》してしまったのだから、いつまでもヒーコラ死ぬ思いして自転車こいでることはないじゃないか、と思いいたった。大阪までだって電車で行けばいい。

というわけで、上野市をさいごに、サイクリングはおしまいにすることにしたのだ。

それでも東海道のほとんどと、伊豆半島は走破したのだから、根性とは無縁の隼にしてみればたいへんな快挙だったといえる。

（東海道片道サイクリングぐらいにしとけばよかったなア……）

美樹のテニス・ルックを思い浮かべながら、しきりと後悔する隼ではあった。

上野城公園内へ入って、頭上を緑濃い樹冠におおわれた短い坂を上りきると、正面に小さな土産物《みやげもの》売り場があった。観光客でにぎわっている。

隼も、少しはなれたところに自転車を止めてから、のぞいてみた。

土産物のネーミングを声を出さずに読んでいるうちに、吹き出しそうになってしまった。

「忍者せんべい」「伊賀者《いがもの》まんじゅう」「忍者もなか」「忍び餅《もち》」「巻物もなか」「まんじゅう秘術」「忍者かたやき」……。

いくら忍者発祥の地を売り物にしているからとはいえ、ちょっとやりすぎではないか。

隼は、カン入りのウーロン茶を買った。

数組しかないテーブルと椅子《いす》は観光客に占領されていた。

土産物売り場を背にして立つと、前方に横長のコンクリート造りの建物が見える。

「芭蕉翁記念館」と案内図には出ていた。

渇ききったノドに冷えたウーロン茶を流しこむと、そちらまでブラブラと歩いていった。

玄関から中をのぞくと、正面奥の窓の前に、芭蕉翁像とかいうのがたっている。

かなり大きなものだ。笠《かさ》を背負い、杖《つえ》をつき、ひどく不機嫌な表情をしている。

「スター・トレック」のミスター・スポックみたいな顔だなと思っただけで、無教養な隼にはほかになんの感慨もわいてこなかった。

右手に展示室があるが、どうやら入館料をとられるらしいので、中へは入らなかった。

土産物売り場の前まで戻ると、自転車をひいて、売り場の横へまわりこんだ。

すぐ目の前に、低い築地塀《ついじべい》に囲まれたわらぶき屋根の一軒家がぽつんとある。

(これが忍者屋敷か……)

なんだかどうということもない感じである。東京へ帰ってからの話のタネに見学していこうと思っていたのだが、たいして面白くなさそうだ。

このクソ暑いのに、老人の団体や家族連れがゾロゾロ入っていくのへつづくのも気が滅入《めい》った。

「やめよっと……」

あきっぽい隼は、向きをかえようとした。その目がたちまちハート型になった。

# 3

(か……かっわいい!)

忍者屋敷の築地塀越しに、隼は忍び装束の女性の姿を発見したのである。

くノ一、というやつだ。

頭巾《ずきん》をしていたし、チラッと現れただけで奥へひっこんでしまったから、その容貌《ようぼう》をはっきり視認できたわけではない。

かわいいと思ったのは、隼のスケベ本能みたいなものだ。唯一その本能だけは自信がある。

よく見ると、くノ一スタイルの女性はひとりではなかった。数人が屋敷の入口や庭で客を案内していた。

どの女性もウェストを帯でキュッと締めた、パープルカラーの忍び装束に身を包んでいる。

ただ奥へひっこんでしまった女性のほかは頭巾をしていない。ロング・ヘアもショート・ヘアもいる。

(どうしてあのコだけ頭巾をしていたんだ……?)

あのコの素顔が見たいと思った。

隼は屋敷の手前にある観覧券売り場で券を買った。

団体客のあとから庭へ入りながら、案内のくノ一スタイルの女性を観察した。

夏だからなのか、腕と脛《はぎ》はむき出しだった。

とうぜん年上だろうが、それでも二十歳《はたち》前後という印象だ。

このコもなかなかいいな、と隼はニンマリした。

（アルバイトかなあ……）

隼は知るはずもないが、この忍者屋敷のくノ一たちは、上野市観光協会の職員である。彼女たちが屋敷内の仕掛けを実演入りで見せるのだ。

砂利を敷きつめた庭から、仕切りをすべて取り払った屋内へ目を移すと、裏手の庭まで見通せた。四部屋あって、手前に八畳と六畳、奥に八畳とやはり六畳ほどの広さの板の間がある。

観覧券の裏面の解説文によると、

「忍者屋敷は、伊賀国友生村《ともの》高山《たかやま》（現・伊賀市高山）に住した中忍《ちゆうにん》高山太郎次郎《たろうじろう》輩下の下忍《げにん》の居宅といわれ、戦国後期（四百年前）に建てられたものである。倒壊寸前の状態にあったのを、近年上野公園の一角に移築したもので、腐朽し荒廃していたため、一部木材等はぬきかえられているが、大部分は当時のままである」

中忍とか下忍とかいうのは、伊賀忍者の階級である。

伊賀国ではその昔、服部《はつとり》、百地《ももち》、藤林《ふじばやし》の三上忍《じようにん》が国を三分割して統治し、それぞれが将校ともいうべき中忍を多く抱え、さらにその手足となって実際の活動をする下忍が存在していたのだ。

隼が目にとめた頭巾のくノ一は、手前の六畳間の板壁の前に立っていた。

頭巾といっても、口と目鼻はさらされている。

（や、やっぱり……！）

すげえカワイイ、と隼は自分の直感があたっていたことを確認した。

立ち姿も、ほかのくノ一たちとどこかちがう。背は高いわけではないが、モデルのようにすっきりとした感じなのだ。

奥の八畳に観光客が二十人ほど座って、ワイシャツ姿の男性職員の解説をきいていたが、やがて全員立ち上がって裏手の庭へ下りた。

実演見学のあとは、地下の忍者資料室へ行くのがコースになっているのだ。

「お履物《はきもの》を脱ぎましたら、おもちになってお上がりください」

表の庭で待つ次の一団を、板縁《いたえん》に立つくノ一が手招いた。隼もその中にいた。

隼は脱いだリーボックを手にもつと、ほかの観光客たちに混じって板縁に上がり、手前の八畳間へ座った。頭巾の彼女を間近で見ようといちばん前へ陣取る。

板縁にいたロング・ヘアのくノ一が、隼たちに向かって何やら説明をはじめた。伊賀忍者とこの屋敷についての解説だ。

良くいえばよどみない、悪くいえば早口で事務的なしゃべり方だった。それも、いわゆる標準語をつかっているので、一層そんなふうにきこえるのかもしれない。とにかく何をいっているのかよくわからなかった。

もっとも隼は、さいしょからきいてはいなかった。ひたすら、頭巾のくノ一に見惚れていたのだ。

解説役のくノ一が、どんでん返し、といった。

すると、ふいに頭巾のくノ一が板壁の一枚へ背中をスッと寄せた。

と見るまに、それを手のひらで押して回転ドアのようにクルリと回し、姿を板壁の向こう側へ消してしまった。

反転して裏側をみせた板壁は、わずかな揺れもなくピタリとおさまっている。

（あざやか……！）

本気で感嘆した。それほど頭巾の彼女のどんでん返しは素早く、音さえたてなかった。

こうして見せられれば子どもだましと笑うこともできるが、人がそれと知らず、一瞬目をはなしたスキに行われたとしたら、ちょっとしたおどろきだろう。

頭巾のくノ一は、ややあって、また板壁を回転させて現れた。

次に廊下の突き当たりの脱出口の説明があり、これも頭巾の彼女が敏捷《びんしょう》な動きで演じてみせた。

しかし隼のお目当ての彼女の活躍はそこまでだった。

あとは床の間の袖《そで》の地下への隠し戸を見せられてから、奥の八畳へ移るよういわれ、解説も男性職員にバトンタッチされた。男性職員は板の間にかしこまって、物かくしと刀かくしの場所を見せ、その活用法を手短に話してくれただけだった。

板の間の向こうは一段下がっているが、昔の台所のようだ。

隼たちの一団は、地下の忍者資料室へ行くため、裏庭におりて靴をはきはじめた。

隼は振り返った。表の庭にいた頭巾のくノ一が、また上へあがってきた。次の観光客たちのために、同じことを繰り返すのだろう。

隼は地下へ降りかけて、その踊り場とつながっている広い台所をのぞいた。だれもいない。

昔はとうぜん土間だったのだろうが、いまはコンクリートが敷きつめてある。

正面と左手に出入口があった。右には、どんでん返しを実演する板壁の裏側と、板の間が見えている。

隼はひとり、台所へ入った。ほかの人々はすでに地下へ降りてしまっている。

背中のナップザックからカメラを取り出す。

板壁へレンズを向けた。隼のナンパ作戦が開始されたのだ。

(あのコがこっち側にいたのは何秒ぐらいだったかなあ……?)

三十秒もなかったような気がする。

(かまうもんか)

いま仕事中の頭巾のくノ一と二人きりになれるチャンスは、どんでん返しで彼女がこちら側にきたときの、そのわずかな時間しかないのだ。

（三十秒に勝負をかけるゾ！）

まるでテレビのCFのディレクターみたいな決意をしている隼だった。

だが、三十秒で女のコを口説こうと思ったら、背後からそっと忍びよってハンカチに染みこませた麻酔薬でも嗅《か》がせるしかないだろう。もっとも、それではナンパではなく犯罪だが。

解説役のくノ一の声が漏れてくる。

しばらくして、どんでん返しが行われた。めざす彼女が、台所側へパッと現れた。

隼はシャッターを押した。フラッシュの光がはじける。

彼女が、板壁にはりついたままの恰好《かっこう》で、こちらを見た。

すかさず隼はもう一回フラッシュをたいた。

「どうも」

カメラを顔の前からおろすと、写真を撮らせてくれたことへの礼のつもりで、隼は軽く頭を下げた。

二人の目が合った。

彼女のクリクリと大きな瞳《ひとみ》が、おどろいたように見開かれたので、こりゃ気分を悪くされたかなと隼はたちまち後悔した。だが、もう引き下がれない。

「キミ、オレとデートしたりなんかしてして……して」

つとめて明るく冗談ぽくいったそばから、われながらなんて間抜けなデートの申し込み方だろうと恥ずかしくなり、顔が火照《ほて》ってくるのがわかった。

「ええよ」

関西弁で彼女は諾《だく》の返事をよこした。が、隼は思わず、へ？　と訊《き》き返していた。

「そやから、ええよ」

オーケーだと重ねていってくれただけでなく、彼女はこんどは微笑までオマケしてくれたではないか。隼はドギマギし、わが耳と目を疑った。

こんなカンタンなことってあるだろうか。

(まさか夢じゃないだろうな……！)

その一瞬、フワッと風が起こって、隼の顔面を軽く打った。

彼女の姿はもう消えている。どんでん返しで座敷側へ戻ってしまったのだ。

かすかにレモン・ライムの香りが漂っていた。

## 4

藤林《ふじばやし》サヤカ。

高校二年生だという。隼と同級だ。

「うち、バイトなんよ」

忍者コーヒーをひと口飲んでから、サヤカはいった。忍者コーヒーといっても、べつに秘密の飲み物ではない。黒いカップを忍び装束に見立て、スプーンがわりのシナモンスティックを巻物ふうに包んで添えただけのものである。

上野銀座《ぎんざ》通りに面した珈琲館《コーヒーかん》に隼とサヤカはいる。

「それにしちゃ馴れてるみたいだったなア、どんでん返しなんか」

隼は、サヤカのおどろくほど長いまつげに見惚れながら、溜め息まじりにいった。

「うち、本物のくノ一やもん」

サヤカは茶化した。

ちょっと小首をかしげた頭の後ろで、ポニーテールが揺れた。白い碁石みたいなシンプルなヘアピンがよく似合っている。

白のタンクトップとミニ・スカートもまぶしい。

(ホント、かわいいなあ……)

サヤカをまじまじと見つめれば見つめるほど、コーヒー一杯だけでもつき合ってくれているのが隼には信じられなかった。

「いややなあ、そないジロジロ見て。冗談よ、冗談」

サヤカはいたずらっぽくクスクス笑った。

「え……？」

ポーッとしていた隼は、サヤカがどうして笑ったのかわからなかったが、

「そうそう。冗談なんだよね。オレ、担任の先生から、おまえは存在自体が冗談だっていわれちゃって。アハアハアハ……」

むちゃくちゃな受けこたえをして、その場をとりつくろった。

するとサヤカは、こんどは明るい声をたてて笑いだした。

（ワーイ！　うけた、うけた）

隼はテーブルの下で小さくガッツポーズをする。

ひとしきり自分の高校生活をおもしろおかしく話したあと、過去九日間の自転車旅行での苦労談へと舌をすべらせていった。

もちろん、その旅行は日本一周であり、絶対に完走するつもりだと胸をはった。

美樹がきいたら、よくいうわね、と呆《あき》れるにちがいない。

「……六日目の夜だったかな。中田嶋砂丘にテントを張ったとき、ちょっとした事件があったんだ」

隼が少し声を落としたせいか、カップを口に運びかけていたサヤカの手が途中で止まった。

「中田嶋砂丘……」

「あ、知らないか。静岡県の浜松のあたり。ホントいうとオレも、砂丘っていったら鳥取しか知らなかったんだけどね」

「それで、事件てどんなン……?」

「女の子にこんな話するのマズイかなあ」

隼はわずかにためらった。

ためらった理由は、女性がきけば不愉快になる事件だからということのほかに、もうひとつある。さっき忍者屋敷の台所でほんの一瞬、頭の中をよぎった想像を思い出したからでもある。

どんでん返しをしたサヤカからレモン・ライムの香りが放たれたとき、隼はドキッとして、とっさに彼女を白いブラの女と結びつけたのだ。

むろん、すぐその場で打ち消した。似たような香水やシャンプーを使っている女などゴマンといるはずなのだ。

(同一人物なんて、そんな奇跡みたいなことあるわきゃないよな……)

いままた、あらためてそう納得した隼は、ま、いいか、と軽くいって、レイプ未遂目撃談を語りはじめた。

事が事だけに、女として許せないのだろう、耳をかたむけるサヤカの顔つきが険しいものになっていった。隼は、いささかたじろいだ。

「そ、そんなにコワイ顔しないでくれないかなア」

「えっ?」

「オレ、レイプ犯人じゃないんだからね」

「ああ。ごめんなさい」

サヤカは、ちょっと微笑《ほほえ》んでから、つづけてと話の先をうながした。

「そうしたら、こっちが助けるどころじゃなかったんだ。その女のひと、強いのなんのって、男三人あっという間に叩きのめしちゃってさア」

「どうやって?」

隼が何もいわず、右拳で自分の股間を殴るマネをしてみせると、

「痛そオー」

サヤカはやや下がり気味の眉《まゆ》をしかめ、両腕を胸もとへ引き寄せていった。

そのしぐさがひどくかわいらしくて、隼はサヤカのカラダに触れてみたい衝動に駆られた。

だが、サヤカが、それから? といった表情を向けてきたので、あわててうつむいた。

(いまオレの目つき、きっといやらしかっただろうな)

いかんいかん、と反省した。

「それで、女のひとの顔、おぼえてないのン？」

「ぜんぜん。だって、いちどだけ懐中電灯で照らしたとき、横向いちゃったしね」

「けど、なんか特徴とか……」

「左のオッパイ見ればわかるかもね。むきだしになってたから」

隼がうれしそうにいうと、サヤカは反射的にタンクトップの胸もとを腕でかくした。

「あ、いや、べつにその、いやらしい意味でいったんじゃないよ」

隼はへどもどする。

「ただね。しっかり目にやきついているのはオッパイだけだから。アハハハ……」

それなら充分いやらしいではないか、と筆者は思うが。

「アレはどうしたのン？」

「アレって？」

「拾ったモノ」

「ああ、アレね」

隼はさらにうろたえた。拾ったブラジャーをどう始末したかを、サヤカがきいているとわかったからだ。

「女のひとはどっか行っちゃったし、捨てちゃったよ」

「どこに？」

「どこにって……松林の中さ」

「ほんまに？」

「や、やだなあ。なんで疑うの、そんなこと」

などといいながら隼は、椅子のすぐ脇《わき》の床においてあるナップザックの肩ひもをギュッとつかんだ。アレは大切にしまってあるのだ。

（このコ、オレがスケベだって見抜いたのかなア……）

隼は急に落ち着かなくなった。

女性読者は隼のことをヘンタイ少年と罵《ののし》るかもしれないが、この年ごろの男の子が若い女の身につけていた下着を手に入れたら、なかなか捨てられるものではない。興味を示さないほうがむしろ不健全である。

ましてその女の乳房を一瞬でも見てしまったとなれば、なおさら捨てがたいではないか。

サヤカはコーヒーを飲みほすと、腕時計をチラッと見た。

隼の顔がひきつる。コーヒー一杯だけという約束なのだ。

時刻はまだ一時半。忍者屋敷の実演は四時半までだが、バイトのサヤカは昼までであり、彼女が終わるのを待ってこの店へやってきてから、ほんの一時間しかたっていない。

せっかく友だちになれたのに、もう別れるなんて隼はイヤだった。それに考えてみれば、サヤカのことはまだほとんど何もきいてない。彼女が帰るといいだす前に、なんとかしなければ。

「藤林さん」

思いきって隼は申し出た。

「どっかで、食事、いっしょに……」

つっかえつっかえようやくいって、サヤカの顔色をうかがった。

「きょう、うちの家、泊まったらええわ」

「…………！」

隼は感激のあまり絶句した。からだがふるえてしまう。

「どうせどっかにテント張って寝るのンとちがう」

「そ……そりゃそうだけど……」

何度かツバをのみこんだあとに発した隼の声は、完全に裏返っていた。

「そしたらええやないの」

「だ、だけど、迷惑じゃないかな」

「かまへんよ。うちとこ、女ばかりでさびしいから、サイクリング旅行の話でもしてあげて。みなよろこぶよ」

ナンパを自称する隼だが、それはあくまで願望であり、実をいえばきょうまで、初めて会った女のコを自分ひとりでデートに誘ったことは一度もなかった。

なぜかサヤカだけは、どうしても誘わずにはいられなかったのだ。

レイプ未遂を目撃して以来、異性への興味が一層高まっていたことが理由かもしれない。若い女のブラジャーをもっていることが、それへさらに拍車をかけているのだろう。

あるいは旅先だという開放感もあったのかもしれない。

しかし、そんなことよりも、サヤカがあまりの美少女だったことが、隼をナンパに走らせた最大の理由だった。このコと口もきかずに別れたら、一生後悔するとまで思ったのだ。

だから、忍者屋敷でお茶に誘って気軽くオーケーされたとき、卒倒しかねないくらいうれしかった。

それが、こんどは家への招待である。しかも、女ばかりの家だという。

隼の心は舞いあがってしまった。

（オレって、ひょっとして、イイ男なのかなア……）

この「ひょっとして」を「きっと」が押し出し、「なのかなア」を「なのダ」が蹴りとばすのに一秒とかからなかった。

「ここ出よ」

サヤカが立ちあがった。

うん、という隼の返事は、まだ声が裏返ったままだ。

冷房のきいていた店から通りへ出ると、ムッとするような暑熱が襲ってきた。

隼は頭上に腕をかざし、照りつける陽光をわずかでもさえぎろうとしたが、サヤカは涼しげな表情を崩さず、先に立って駅のほうへ歩きだした。

自転車をひいて、あたふたと追いかけようとして隼は、ふと立ち止まった。

(話がうますぎないかなア……)

いくらオレがいい男だからって、こんなにトントン拍子に、思った以上にいいことばかりつづくなんて、と首をかしげたくもなろうというものだ。

「風早クン。何してるのン?」

二十メートルほど前方で、サヤカが呼んでいる。

三重《みえ》交通のバスが通過して、風が巻いた。サヤカのミニの裾がちょっとだけめくれた。

それを見ただけで、にわかに起こりかけた隼の疑心は、あとかたもなく吹っ飛んだ。

「いま行きまーす」

隼はいそいそとサヤカへ駆け寄っていく。

自転車をひきながら、足取りはスキップを踏んでいた。だらしないこと、このうえない。

「駅に迎えがきてるんよ」

追いついてきた隼へ、サヤカがいった。それでコーヒー一杯だけといったのか、と隼はいま合点した。

二人は商店街を抜けて、駅前の縦長のコンコースへ出た。

トンガリ屋根の上野市駅舎の前に、車が数台駐まっている。

国産の乗用車やトラックにまじって、白い外車が一台あった。隼がはじめて目にする車種だ。

サーフィンかスキーでもするのか、ルーフに荷物積載用の器具が取りつけてあった。

左の運転席に人影が見える。

「ちょっと待ってて」

サヤカがコンコースに沿う歩道を、駅舎のほうへ向かって小走りに駆けだした。

どこへ行くかと見ていると、サヤカは白い外車の助手席側のドアをあけて乗りこんだ。

それから彼女は運転手と、何やら話しこみはじめた。

(オレのことでモメてるのかな……)

隼はちょっと不安になった。

それでも二、三分して、サヤカはまた外へ姿を現した。助手席のドアをあけたまま車の横に立ち、隼を手招きした。

サヤカが笑顔だったので、隼は少し安心して、そちらへ行った。

「風早隼クンよ」

サヤカが、車内をのぞきこんでいった。

隼も腰をかがめてのぞきこみ、どうも、と挨拶《あいさつ》した。

そのかっこうのまま隼は、あっけにとられて動けなくなった。

運転席から声のない笑顔を返してよこしたのは、白い作務衣《さむえ》ふうのものを着た総白髪のバアさんだった。歯がないのだろう。口もとがシワだらけだ。

「うちのヒイヒイおばあちゃん」

とサヤカが紹介した。

隼はようやく腰をのばして、サヤカを見た。

「いったい何歳？」

「九十九歳」

「………！」

しばし絶句したあと、隼はおそるおそるきいてみた。

「まさか運転してきたんじゃないよね、ヒイヒイおばあちゃん」

「この半世紀、無事故なんよ」

こともなげに、サヤカはいうのだった。

「自転車、ルーフにのせてしばりつけて」

サヤカはトランクから縄をとりだして隼に渡した。

隼は、自転車をルーフにしばりつけながら、これから九十九歳のバアさんの運転する車に乗るのかと思うと、胸やけがしそうだった。

「乗って」

サヤカにうながされ、リア・シートに腰をおろした。すぐに安全ベルトを装着する。

「あの、この車、なんていう……？」

助手席のサヤカにきいたのだが、首をひねって答えたのはヒイヒイおばあちゃんだった。

「ダッヂ・チャージャーいうんやで」

歯がないわりには、けっこう明瞭《めいりよう》にしゃべるバアさんだった。

「あ……そ、そうですか。スピード、出るんでしょうね」

「そら出るわな。これから見せたる」

ヌケケとヒイヒイおばあちゃんは笑った。隼はおぞけをふるう。

ヒイヒイおばあちゃんが安全ベルトを締めるカチッという音がした。

馴れた手つきでイグニッション・キーを回す。

たちまちV8エンジンが目覚めた。ビートのきいた震動が隼の全身にも伝わってくる。

ヒイヒイおばあちゃんは、ダッシュボードの上からサングラスをとりあげ、それで小《ち》っこい両目をおおった。レイバンである。

カー・ステレオのスイッチを入れる。いきなりローリング・ストーンズが車内を圧した。

(す、すげえバアさん……!)

隼は、圧倒されて、もう口がきけなかった。サヤカを見ると、ニコニコしている。

「だれもわてを止められへんで」

九十九歳のバアさんは、シフト・レバーを一速にぶちこむなり、思い切りアクセルを踏ンづけた。タイヤが金切り声をあげ、小石をまき散らす。

ハイパワー・エンジンが咆哮《ほうこう》し、ダッヂ・チャージャーの白い車体は猛然ととびだした。

あおりで隼のからだはシートに引っぱられる。隼は恐怖のあまり、きつく目を閉じた。

(おかあさーん!)

心中で叫んだとき、ふいに何か臭《にお》った。鼻の奥をツンと刺すような臭いだった。

急速に意識が薄れはじめた。

(どうしたんだろう……?)

目をあけたが、景色はもうろうとしていた。からだが右に左に振られる。

サヤカがこっちを見ているような気がした。

だが、その白っぽい顔には表情がなく、まるで仮面《マスカレード》みたいだった。

隼はほどなく気を失った。

5

隼は目をあけた。薄暗い部屋だった。和室だ。

片隅に古ぼけた丸行灯《まるあんどん》がおいてあり、そこから小さな明かりがもれていた。

隼は、浴衣《ゆかた》を着て、真新しいふとんに横向きに寝ている。

（どうなっちゃったんだ、いったい……？）

記憶をたどってみた。

上野市駅前のコンコースで、サヤカのヒイヒイおばあちゃんが運転するダッヂに乗りこんだところまではおぼえている。

車が猛然とダッシュするや、思わず目を閉じた。そのまま意識が途絶えた。

（ていうことは……）

九十九歳のバアさんの無謀運転に恐怖して失神した。隼としてはそう結論せざるをえない。

(は、恥ずかしい……！)

ちょっとばかりスピードメーターの針がはねあがったくらいで、いい若者が目を回してしまったなんてみっともないったらありゃしない。気絶したままサヤカの家に到着し、なお気がつかないのでこうして寝かせておいてくれたのだろう。

時刻をたしかめようとしたが、デジタル腕時計ははずされていた。

隼は、背中のほうへ寝返りをうった。

数センチ隔てたところに、シワだらけの顔がニタニタ笑っていた。

「わあっ！」

隼は心臓が止まるほどびっくりし、ふとんを蹴りとばして、はね起きようとした。が、できなかった。

「うっ……！」

大事なところをつかまれてしまったのである。

添い寝のヒイヒイおばあちゃんは、隼の急所をひっぱり、そのからだを自分のほうへグイッと引き寄せた。二人は密着する。

「おにいちゃん。初体験は年上に限るでェ」

ヒイヒイおばあちゃんは、ほんとうにうれしそうにヌケケと笑った。法悦境だとでもいいたげに、小っこい目をトロンとさせたりしている。

むろん隼はまだ童貞だし、たしかに筆おろしは年上の女のほうがいいかもしれない。しかし八十三歳も年上というのは、大切な初体験としてはあまり適当な相手とはいえまい。

「じょ、冗談はやめてください！」

強くつかまれた急所の痛みと、あまりのおぞましさで全身から脂汗を吹きださせた隼は、それだけいうのが精一杯だった。

「こんな気持ちのええモン、やめられまっかいな」

ヒイヒイおばあちゃんのピンクの襦袢《じゆばん》の胸もとがはだけている。隼は鳥肌が立ち、吐きそうになった。

（いったいなんだっていうんだ！）

サヤカは九十九歳のバアさんの性欲処理のために隼を連れてきたとでもいうのだろうか。

ありえないことではない。ますます高齢化していく社会において、最大の関心事のひとつは異性との関《かか》わり方なのだ。老いてなお盛んな男女には、なんらかの救済措置を施す必要があるはずだ。

だからといって、どうしていま、隼がその犠牲者《いけにえ》にならなければいけないのか。

（あんなかわいい顔して……）

ほんとうは悪魔のような女だったのだ、と隼はこの場にいないサヤカを心中で罵った。よく考えてみれば、うますぎる話だったのだ。サヤカほどの美少女が初対面の男を気軽に家へ誘ったこと自体、ひどく不自然な成り行きではないか。

隼自身のスケベ心が招いた災厄ではあるが、それにしてもあまりの仕打ちである。そう思ったら、頭に血が昇った。

「やめろ！　クソババアッ」

怒鳴りざまヒイヒイおばあちゃんを突きとばそうと、両手をその板のような胸へ押しあてた。瞬間、急所に激痛が走った。

「うぎゃあーっ！」

そのかっこうのまま、息が止まってしまう。涙がでた。

ややあって、隼がブハッと息を大きく吐きだして、少し落ち着くのを見てから、ヒイヒイおばあちゃんは、

「さわるんやったら、ちゃんとさわってぇな、おにいちゃん」

素早く隼の右手をとり、自分の胸もとへむりやりすべりこませた。

隼は声をあげて泣きたくなった。はじめてふれた女の肌が、ほぼ一世紀を生きてきたバアさんのだったなんて、このさき生涯、恥ずかしくて口にできるものではない。

ヒイヒイおばあちゃんは、なんとブラジャーをしていた。それを隼は、グッとつかま

された。

抵抗はできない。抗えばまた、急所を痛めつけられるだろう。

ブラジャーが胸からはずれた。ヒイヒイおばあちゃんは、かすかにあえいだ。

隼の胃の中のものが、のどもとまでせりあがってくる。

ブラジャーをつかませたままの隼の右手を、ヒイヒイおばあちゃんは外へ出した。

「見おぼえあるやろ」

それまでトロンとしていたヒイヒイおばあちゃんの目が、にわかに鋭い光を帯びた。

白のノーストラップ。フロントに花のアップリケ……。

レモン・ライムの香りが隼の鼻腔《びこう》をくすぐった。

「あっ……！」

中田嶋砂丘で拾った、れいのブラジャーだ。隼はうろたえた。

「その乳縛りな」

とヒイヒイおばあちゃんはいった。

「ちちしばり？」

ブラジャーのことだとわかるまでに、隼は二、三秒かかった。

「サヤカのやで」

「……………！」

隼はあまりの衝撃に、口をパクパクさせるだけで、ことばを失ってしまった。

そのようすをヒイヒイおばあちゃんは、小っこい両目でじぃーっと見つめている。

隼は何か考えようとしたが、何も考えられなかった。軽い脳ミソはそれほどのパニックに陥っていた。

「おにいちゃん。どこの者《もん》や?」

「どこの者ンて……東京……」

「正直ゆわんと痛い目みるでェ」

ヒイヒイおばあちゃんは物騒なことをいって、そのとおりにした。

にぎり潰《つぶ》されるかと思ったほど、隼はひどく急所をいたぶられ、何度も悲鳴をあげた。

痛みが脳天まで突き抜ける。

「な……何をいってるのか、オレにはさっぱり……」

隼にすれば、ちっとも意味がのみこめないのだ。

「それとも、サヤカの仕事目撃したゆうて、ゆすりにでもきたんかい」

「ちょっと待ってください。さいしょから説明してくれなきゃ、わかんないですよ」

「…………」

ふっとヒイヒイおばあちゃんの小さい目がさらに細められた。

闇に光る猫の目のように、それはキラリと不気味な光を放った。隼はブルッと総身をふるわせた。

「こらァ……」

とヒイヒイおばあちゃんが、ふいに首をかしげた。

「サヤカの思いすごしだったようやな……」

つぶやくと、隼の急所から手を放し、ふとんから出て、畳に正座した。

そのかっこうはピンクのペンキを塗りたくった石仏像みたいに見える。

隼は、痛みがおさまらず、立てない。

「お、思いすごしって……どういう……？」

しかめ面《つら》で、ふとんの中に横たわったまま、隼はようやくそう訊いた。

「人に物をたずねるのに、寝たままたずねるアホがおるかい」

すわりなはれ、とヒイヒイおばあちゃんは、なかば命令口調でいった。

立ち上がれなくしたのはだれだ。隼はのろのろと這《は》いでた。ふとんを隔ててヒイヒイおばあちゃんと対座する。

「こら。ふとん片さんかい」

いわれて隼は、かなり腹が立ったが、反抗すると何を仕出《しで》かすかわからないバアさんだという恐怖感から、しぶしぶふとんをたたんで部屋の隅へ押しやった。

そのまま座ろうとすると、こんどは、行灯をこっちへもってこいという。

（人づかいの荒いババアだ）

片隅にある丸行灯をもってきながら、隼は心中で舌打ちを漏らした。

「いま何いうた？」

「えっ……」

「人づかい荒いババアやいうたやろ」

隼はギクッとした。

「まあええわ」

ヒイヒイおばあちゃんはまたヌケケと笑った。

（ぶ、不気味なバアさんだなア……）

隼は顔をひきつらせながら、ヒイヒイおばあちゃんの前にすわった。

「わて、そない不気味か？」

「い、いえ、そんな、不気味だなんて……！」

なんてババアだと隼は舌を巻きながら、あわてて手をふった。

「かわいいおばあちゃんだなアと思って、アハハ」

「サヤカとどっちがかわいい？」

「………」

ムチャクチャな質問をするバアさんだ。年寄りでなければ張り倒してやりたかった。

隼が困ったような表情でいると、ヒイヒイおばあちゃんはこんどもヌケケと笑った。

だが、その笑いをとつぜん消すと、だしぬけに隼のほうへ半身をのりだした。

隼は思わず後退《あとずさ》る。

「わて、くノ一やねん」

声を落としてヒイヒイおばあちゃんはいった。

「はあァ?」

間の抜けた声を隼はもらす。

「ウェルカム・ウッズ・インテリジェンス」

「な、なんですか、それ?」

「うちの社名や」

「なんの会社ですか?」

「人材派遣業」

「だ、だけどいま、おばあちゃん、くノ一だって……」

「そや。裏稼業の社員はくノ一ばかりや」

ヒイヒイおばあちゃんが何をいっているのか、隼にはさっぱりわからない。

(このバアさん、おかしいんだ、きっと……)

と思わないでもないが、相手の毒気にすっかりあてられて、ついついうけこたえをしてしまうのだった。

「じゃあ、サヤカさんが忍者屋敷につとめてるのも、ヒイヒイおばあちゃんに派遣されて……？」

「ああ。あれはちゃう。アルバイトや」

「はあ……」

「サヤカはこのあいだ、浜松へ行っとった。あれが仕事や」

「あれって……？」

「おにいちゃん、見たやろ。中田嶋砂丘で」

「じゃあ、あのときの女性は、サヤカさん！」

「いまさら何おどろいてるねん。あの乳縛りはサヤカのやいうたばかりやないけ」

「で、でも、あれが仕事って……」

隼の頭は混乱しきっていた。

いったいどういうことなのだ。何もかもきつねにつままれたような話である。

「あの三人の悪ガキどもな。前におぼこ娘、レイプしてるねん。仕事はその娘からの依頼や」

「依頼って？」

「にぶいおにいちゃんやな。しばらくチンポコ使えんようにしてやったんやないけ」

「ええっ！」

隼は絶句した。

たしかにあの三人のレイプ野郎はいずれも、女つまり、サヤカの一撃をくらって股間から血を噴きださせていた。では、さいしょからサヤカは、人目につかないところでそれを実行するために、彼らを夜の浜辺まで誘ったのにちがいない。

しかし、世の中にそんな仕事があっていいのだろうか。まるで、かつてのテレビ時代劇の「必殺シリーズ」ではないか。

「も、もしかして、それって法律に触れるんじゃあ……」

隼はおそるおそるきいてみたが、

「そら触れるわな」

ヒイヒイおばあちゃんは平然としている。

「そやから、おにいちゃんが目撃談をしたとき、サヤカは危険を感じたわけや。あんたがサヤカのこと知ってて接近してきた思うてな」

「オレはそんなことちっとも……」

「まあ、こないな仕事や。用心にこしたことない。それで、おにいちゃんの目的さぐろう思うて、ここまで連れてきたわけや」

「目的なんて、オレには……」

「わかってる。いまのおにいちゃんの反応で、こらァこの子は何も知らんかったってはっきりしたわ。堪忍しといてや」

謝ったかと思ったら、ヒイヒイおばあちゃんはニタ－ッと笑い、

「もっとも、サヤカへの下心はあったやろな」

「そ、それは……」

隼はあかくなってうつむいた。手のうちのものを丸めたりひっぱったりする。

あっ、と気づいて、それをあわててヒイヒイおばあちゃんの前へ放《ほう》った。サヤカの白いブラジャーである。

「返します、それ」

「もってってもええで。冥土《めいど》へのみやげに」

だしぬけに大きな影が、天井から降りてきて、ヒイヒイおばあちゃんの背後にとどまった。

「わあっ！」

隼は腰を抜かさんばかりにおどろき、両足を投げだしてひっくり返った。

影はひとつではなかった。次々と天井から降りてきた。いずれも黒い忍び装束の人間だった。

全部で八人が、ヒイヒイおばあちゃんと隼を取り囲んで、片膝立ての姿勢をとった。

頭巾から目だけがのぞいているが、からだつきからして、全員若い女のようだ。

「な、な、なんなんだ……！」

隼が天井を見上げると、四隅のはめ板がはずれていた。

「ありがた思わないかんでェ。おにいちゃん」

ヒイヒイおばあちゃんが笑顔を向けてきて、

「わが社自慢のピチピチくノ一らが、あんじょう、冥土へ送ってやるさかいな」

トンデモナイことを事もなげにいうのだった。

「ちょ、ちょっと待ってください。冥土のみやげとか、冥土へ送ってやるとか、それどういう意味ですか」

まさかことばどおりだとは信じられなかったので、隼は微苦笑を浮かべながら訊いた。

「心配いらん。苦しまんように成仏させたる」

「ジョーブツって……まだよくわからないんですけど……」

「手ェのかかる子やな」

ヒイヒイおばあちゃんは、やれやれというふうに首を振った。

「死んでもらうんやないけ」

「だれに？」

「おにいちゃんに」

「げえっ！」

隼は畳についている両手をつっぱらせて蒼《あお》ざめた。

「げえっ、なんてマンガみたいなおどろきかたや。おもろいな」

へんなところにヒイヒイおばあちゃんは感心している。

「おもろくなんかないです！」

隼は興奮して立ち上がった。

「冗談にもほどがあるでしょう！」

「そら冗談にはほどちゅうもんが肝心や。そやけど、これ、冗談ちゃうで」

「め、めちゃくちゃだよ、そんな」

「なんでや。おにいちゃん、わてとこの秘密知ってしもうたんやで。死んでもらうほかしゃあないやろ」

「そっちが勝手に秘密をしゃべったんじゃないか」

「目上の者にぞんざいな口きいたらあかん」

「目上も目下もあるか。さっきカンニンしてくれっていったくせに」

「それとこれとは別やないけ」

ヒイヒイおばあちゃんは、くノ一たちに無言で目配せした。八人はスッと立った。

（こ、このバアさん、本気だ……！）

なんだってこんなところで殺されなきゃならないんだ。隼はアセりまくった。

だが相手は、多勢とはいえ女ばかりだ。死に物狂いで暴れれば勝てるかもしれない。

何よりもまず、目の前で泰然としているバアさんに一発見舞わなければ、腹の虫がおさまらない。

「このクソババアッ！」

隼はヒイヒイおばあちゃんのシワくちゃの顔めがけて、右の蹴りを入れた。

ところが、たしかに入れたと思った右足は空を切っていた。勢いあまって隼は、ドスンとしりもちをついた。

ヒイヒイおばあちゃんは、はじめにいた場所から五十センチほど横へずれたところに、何事もなかったようにチョコンとすわっていた。動いたとも見えなかったのに、である。

「社会的弱者に危害を加えようというのは感心せえへんで」

なにが社会的弱者だ。隼はアタマにきた。

「化け物ババアッ！」

跳びつこうとした隼だが、それより早く左右からくノ一たちに両腕をとられ、逆にねじあげられた。

「痛い痛い痛いっ！」

くノ一たちの力はすごかった。たちまち隼は身動きがとれなくなった。

その眼前にスッと、別のくノ一が立った。右手に何かもっている。注射器だ。

「や、やめろっ！」

注射器のくノ一が、隼の右腕をつかんだ。

注射針が行灯から漏れる明かりにキラリと光った。先端から透明な液体の滴がひと粒、押し出される。

「人殺しぃーっ！」

隼は声を限りに叫んだ。

注射針が隼の二の腕に突き刺されようとした寸前である。隼の足もとでパッ、と畳が一枚盛りあがった。

「わあーっ！　わあーっ！　わあーっ！」

恐怖が頂点に達していたところへ、またしてもだしぬけの闖入者《ちんにゅうしゃ》である。隼がバカみたいにわめきちらしたのもムリはない。

「サヤカさま……！」

くノ一の中のだれかがいうと、彼女たちはいっせいに、隼から離れて隅へしりぞいた。きつくねじあげられていた両腕が自由になった隼は、その場にヘナヘナと崩れ落ちた。

そのかたわらにスックと立っているサヤカは、上はタンクトップからTシャツに着替えてあったが、下は昼間と同じ白いミニ・スカート姿だった。

（いったい、どぉゆう家族なんだ！）

九十九歳のバアさんは人殺しをしようとするし、その曾々孫《ひいひいまご》である娘は畳の下から出現するし。隼は呆れるやらアホらしいやらおそろしいやらで、もう口をきくこともできなかった。

「バアちゃん」

サヤカは、ヒイヒイおばあちゃんに呼びかけた。

「殺すのはちょっと不憫《ふびん》や思うわ」

「さよか」

ヒイヒイおばあちゃんは、べつに怒っているようすもないが、

「ほな、どないするつもりや？」

とサヤカに訊き返した。

「わてらの裏稼業が世間さまにバレたら、どうもならんで」

「この人の口から漏れなければいいわけでしょ」

サヤカは、足もとに倒れて不安そうに彼女を見上げている隼を、チラッと見た。

ヒイヒイおばあちゃんのサヤカへの視線が、ふいにやわらかいものに変わる。

「なんか考えあるのンやな」

コクッ、とサヤカはうなずいた。

「もともとあんたがまいたタネや。いうてみなはれ」

「うちの社員にするの」

ほうっ、というようにヒイヒイおばあちゃんは、小っこい目をめいっぱい広げてみせた。

周囲に控えるくノ一たちも一瞬、互いの顔を見合わせて、かすかにざわめく。

隼は、彼の人権がまったく無視されたところで話が進行しているのに怒りをおぼえたが、何もいわなかった。

いや、いえなかったというのが、この場合は正しい。そんなヒマはないのだ。

なぜかといえば、倒れている彼の視線が、サヤカのミニ・スカートの奥へ侵入していたからである。白いパンティーがまる見えだった。

でも、部屋の照明が行灯ひとつで薄暗いため、はっきりくっきりとまではいかない。

隼は、右足をそろりそろりとのばした。

その先に行灯がある。それをもっと近寄せて、サヤカのミニの中をじっくり観察しようという不埒《ふらち》な挙に出たのである。

自分の生死がかかっている場面で、よくもまあこんなことを思いつくものだ。

どうも隼には、いま鳴いたカラスがもう笑った、というような幼児性がある。まあ楽天的なのだといえなくもないが、ようするに著しく知性が欠如しているのだろう。

「きたえて下忍にするいうことやの」

たしかめるようにヒイヒイおばあちゃんがいう。

サヤカは、ウンと首肯した。

「長いあいだくノ一だけでやってきたけど、男がいたらあかんゆうことないやン」

「そらそうやが、忍びの家系でないのンはどうもなァ……」

などといいながら、ヒイヒイおばあちゃんはハナクソをほじくりはじめた。

「バアちゃん。もう昭和も終わって平成やン。ここらあたりで忍びもアタマきりかえなあかん思うわ」

サヤカはくいさがる。

ヒイヒイおばあちゃんは、鼻の穴に指を突っこんだまま、さぐるような目でサヤカの表情を注視した。

「サヤカ。男は選んだほうがええで」

「え……」

サヤカの頬《ほお》がちょっとあからんだ。

ヒイヒイおばあちゃんは、鼻の穴から人差し指を抜くなり、その指先を顔前でピッとはじいた。電光の早業である。

宙をはしったハナクソが、サヤカのパンティーへ視線を釘《くぎ》づけにしていた隼の半開きの口の中へとびこんだ。

「ゲホッ……！」

ハナクソはノド奥まではいったらしい。隼はひどくむせ返った。

その拍子に、少しずつ引き寄せていた行灯を蹴とばしてしまった。

行灯はヒイヒイおばあちゃんめがけてとんだ。

ヒイヒイおばあちゃんはハッシとうけとめるや、何を思ったか、フッと明かりを吹き消した。

瞬時に部屋が闇につつまれる。

「おにいちゃん。わてが仕込んだる」

ヒイヒイおばあちゃんの声がした直後、

「わっ！　そこだけは……」

という隼の悲鳴がきこえた。

## 6

ヒイヒイおばあちゃんの名は、藤林千賀《ちが》。

藤林くノ一組棟梁《とうりよう》第十四世である。配下の女たちからは、婆《ばば》どの、とよばれている。

千賀は、ご先祖サマたちの位牌《いはい》へ向かって挨拶を済ませると、鍵穴《かぎあな》もついていない粗末な板扉をガラリと開いた。

外はまだ薄暗い。婆どのの朝は早いのである。

婆どのが起居につかっているのは、茅葺《かやぶ》き六角堂の風雅な東屋《あずまや》だ。

小高い山上にあって、緑濃い四囲の山容を樹間《じゆかん》に見渡すことができる。

どっちを向いても山また山の連なりは、さすがにこのあたりがその昔、名にし負う忍びの里といわれた秘境であった事実を想起させる。

婆どのは、下方へ目を転じた。

松や杉の老木の鬱蒼《うつそう》とした中に、広範囲にわたって入母屋《いりもや》造りの屋根が散見される。

そちらへの石段を婆どのはヒョイヒョイと軽やかに下りはじめた。

林の中の石段を下りきると、宏壮《こうそう》な庭園がひらける。

中央の大きな池は、清澄な水をたたえ、複雑に入り組んだ汀線《みぎわせん》をみせている。

池周辺には、書院ふうの建物や茶亭や堂が自在に配され、それらのあいだを飛石や敷石などの苑路《えんろ》で結んでいる。木橋や石橋で連絡しているところもある。

汀に数艘《そう》の小舟まで浮かべてあるのがおもしろい。

回遊式庭園というのだろうか、さながら伊賀の桂離宮《かつらりきゆう》といった趣である。

ここは藤林くノ一組の下忍たちの生活空間だ。書院ふうの建物が彼女たちの寮である。

すでに全員起床して、早朝のトレーニングを始めているはずだ。

下忍の日常は、トレーニングと農作業に明け暮れする。

いったん裏稼業の仕事の指令が下るや、日本国内はおろか世界中どこへでもとんでいく。むろん人材派遣会社ウェルカム《W》・ウッズ《W》・インテリジェンス《I》の登録社員としてである。

ついでに、下忍の現場の指揮官たる中忍のことにも少しふれておく。

中忍の女たちは東京、大阪をはじめ全国主要都市におかれたＷＷＩの支店長をつとめている。

それらＷＷＩでは、ごくふつうの男女が社員として働き、また何万人という登録者も抱えている。つまり、れっきとした人材派遣業を営んでいるのである。

ただ、それらふつうの社員や登録者は、女支店長が忍者であると知らないだけである。

裏稼業の仕事の依頼については、これら全国の支店長のところへ直接連絡が入る。

しかし、彼女たちと依頼者が直接顔を合わせることはない。

依頼者が接するのは、藤林くノ一組とつながるある情報組織の者に限られる。

これとて、二重三重の秘密保持の幕を張ったうえでのことだ。悪事を懲らしめる仕事が主とはいえ、やり方が法に抵触することが多いため、どうしてもそうせざるをえないのである。

仕事が仕事だけに料金は安くないが、もともと依頼者がそのつもりだから、金銭面でのトラブルは過去に一度もない。もっとも、その情報組織の長の気紛《きまぐ》れや、正義感の強さから、わりに合わない仕事が回されてくることもしばしばではある。

仕事をうけた中忍がみずから藤林屋敷までやってきて、その内容を婆どのに報告する。婆どののＯＫが出てはじめて、その中忍は自身の組下の忍び、つまり下忍たちをよんで仕事内容を明かす段階に入るのである。あとは、その組が実行するのみである。

中忍、下忍たちは戦国期以来、代々藤林家に仕えてきた忍びの子孫ばかりではなく、素性はいろいろである。が、いちいち挙げると煩瑣《はんさ》になるから、ここでは詳述しない。

またＷＷＩは海外にも出張所をもっているが、これもややこしくなるので、説明を省く。

ただ海外で婆どのの存在を知るごく一部の要人たちが、畏敬《いけい》の念をこめて彼女のことを「マジカル・クイーン」とよぶという。魔法使いの女王、つまり忍者団の女首領という意味だろう。

そのマジカル・クイーンこと婆どのはしばし、庭園の隅に佇立《ちょりつ》して、朝の冷気を吸いこんでいた。

だしぬけに、山の気をふるわせて、ディスコ・サウンドが響き渡ってきた。

「ほい。今朝《けさ》はブラザーズ・ジョンソンや」

婆どのの小柄なからだがしぜんに動きだす。

アップ・テンポな「Ｓｔｏｍｐ」のリズムに合わせて、婆どのは敷石を踏んでいく。

山の端《は》を陽光が射し染めてきた。

婆どのは、寺院を思わせる高床《たかゆか》の大きな一棟のほうへ歩いていく。

その建物の四囲はガラス戸で、回廊の端に低い手すりを廻《めぐ》らせてある。

室内にはまず広縁《ひろえん》があって、そこから一段高いところが武道場のように広い。すべて板敷である。

欄間《らんま》の透彫《すかしぼり》が「正忍堂《しょうにんどう》」と読める。ブラザーズ・ジョンソンはこの正忍堂から流れ出ていた。

五十人前後の若い女忍者たちが、思い思いの色のレオタードにつつんだ肢体を、音楽にのせてエネルギッシュに躍動させている。

中央で白のレオタードがしなやかに踊っている。白はひとりだけなので目立つ。サヤカだ。

サヤカは下忍たちとともに起居し、ともに忍技《しのびわざ》を学んでいる。彼女がみずから望んでしていることだった。

いつのまにか山の向こうに姿を現した太陽が夏の燦々《さんさん》とした光を降らせはじめ、サヤ力の額や胸もとに流れる汗が早くもきらめきを帯びている。

婆どのは正忍堂の回廊の下までくると、階段はつかわずに、ヒョイと跳びのった。

ヒョイと、といっても、地上から回廊まで高さ二メートルはある。まるで天狗《てんぐ》だ。

下忍たちは婆どのに気づくと、ダンスをやめ、一斉に声をそろえて、おはようございます、と元気よくいった。

「おはようさん」

婆どのも機嫌よくこたえたが、すぐに、あれっ？　という表情になった。

だれかをさがすように彼女たちの顔を見回している婆どのの前へ、サヤカが進みでてきた。

サヤカは困ったような顔つきをしている。

「また逃げおったかいの？」

婆どのが先に訊いた。サヤカは無言でうなずく。

すると婆どのは、歯のない口もとをほころばせて、ヌケケと笑った。

「きょうは意表をつきおった」

「三十分前まではいたンよ……」

隼のことである。

隼が忍者修行をはじめてすでに十日たつ。その間、隼だって、ただ婆どののいいなりになっていたわけではない。なんどもこの藤林屋敷からの脱走をこころみた。

しかし、そのたびに、屋敷から十メートルと離れないうちに捕まっている。

とうぜんではあった。戦国時代から四百年来の伝統を誇る藤林くノ一組の目を、素人《しろうと》がごまかせるわけはない。

その隼がこのダンスだけは、毎朝欠かさずに嬉々《きき》として出ていた。理由は読者の皆さんもご想像のとおりで、サヤカをはじめとする若い女たちのレオタード姿を見たいばっかりに、である。さいしょの三日間は、ここで鼻血を噴きだして、ぶっ倒れているほどだ。

だから、ダンス時間の三十分前に隼がまだ屋敷内にいたのなら、まずダンス後までは逃げだす心配はないといえた。

婆どのが、きょうは意表をついた、といったのはその点である。

「どうせつかまるのに……」

サヤカが溜め息をついたときである。

「ちくしょう！　はなせえっ！」

うわさの人の、悲痛ともきこえるわめき声がした。

庭をまわって、一台のリヤカーがやってくる。曳《ひ》いているのは、農家の嫁ふうのスタイルをした二人の若い女だ。

「おやおや……」

婆どのが首をふりながら、しかし、うれしそうにつぶやいた。

二人の女は、リヤカーを正忍堂の回廊の下まで曳いてきて、そこに止めた。荷台に隼が縛りつけられていた。

「横笛《よこぶえ》。鈴虫《すずむし》。ご苦労はんやったな」

婆どのが二人をねぎらった。

藤林くノ一組では、下忍の名はすべて、源氏物語の中からとられている。

横笛と鈴虫は、チラッと隼を見て、クスクス笑いだした。

「なんや？」

婆どのがいぶかる。

「西瓜畑《すいかばたけ》で捕らえました」

「あわてて逃げようとしたらしく、西瓜に足を突っこんで抜けなくなっていたんです」

ドッ、と爆笑がわきおこった。

ドンクサイやっちゃなあ、と婆どのも大口あけてバカ笑いする。

サヤカだけはひとり、ちょっとすまなさそうな顔をしている。

それはそうだろう。隼は裏稼業のことを嗅ぎつけて彼女に接近してきたのだ、とサヤカがカンちがいしたばかりに、この若者の悲劇的な喜劇は始まってしまったのだから。

とはいえ、やっぱりおかしいものはおかしい。とうとうサヤカも吹きだしてしまった。

「そやけど、ええ度胸や。そないなかっこうで、山走っとったら、あんた、ヘンタイやでェ」

婆どのが冷やかすと、笑いは一層盛りあがった。隼は真っ赤なレオタード姿だった。

「笑うなっ！」

隼のその怒鳴り声は、女たちの屈託のない笑い声にかき消されてしまった。

婆どのはしかし、彼女たちの目の中に、親しみの色がたたえられているのをみてとった。

（あれでどうして、人気者のようやな……）

# 7

山間《やまあい》のくねくねした坂を、ドキッとするほど鮮烈な赤の車が、路面に吸いつくような走りで駆けあがっている。

ドアからリア・フェンダーにかけてざっくりとえぐられた両サイドのエア・インテークは、斬新《ざんしん》きわまりない。

シルエット・フォーミュラを髣髴《ほうふつ》とさせる優美な外観がピニンファリナのデザインと気づく人間なら、この車がどれほど羨望《せんぼう》のロードカーであるかわかるはずだ。リアに小さく、切り抜きの馬が跳ねている。

フェラーリ・テスタロッサだ。

そのステアリングをあやつるのは、白寿《はくじゅ》のバアさんだった。

「皐丸ちゃん。ええ気持ちやろ」

開け放した窓から流れこむ風にシワだらけの顔をなぶらせながら、婆どのは助手席へチラッと目をやった。

皐丸とは、婆どのがつけた隼の下忍名《げにんめい》である。

「ふぐり」と訓《よ》む。「こうがん」とか「きんたま」とか読んではいけない。

藤林くノ一組初の男忍びということで、「女」という字を分解した「く」「ノ」「一」にならい、「男」をバラして「口」「十」「力」という名をはじめは婆どのも考えたらしい。

しかし、これはどうも読みに苦労するので、結局ボツにした。口十力で「くそぢから」ではサマにならない。

もっとも「ふぐり」もあまり誇らしい名ではないが。

その下忍皐丸《ふぐり》こと隼は、助手席にあって、両手で黒い忍び装束の腿《もも》のあたりをギュッとつかみ、両目をきつく閉じていた。

(な、なにがええ気持ちやろ、だ……)

隼はそれどころではない。蒼白な顔面に脂汗がにじんでいる。景色がビュンビュン後ろへとんでいく。テスタロッサの時速はゆうに百キロをこえているだろう。くねった狭い山道なのに正気の沙汰《さた》ではない。

毎日、朝食後、隼はこうして婆どのの運転する車に同乗させられ、修行場の赤目四十八滝《あかめしじゅうはったき》へ連れていかれる。

峠をひとつ越える程度だから、たいした距離ではない。婆どのの運転なら三分もかからず行き着く。

その三分間の一秒一秒が、隼にとっては恐怖の連続だった。

早朝ということばかりでなく、山深い地ということもあって、対向車は全然ない。なのに道が舗装されているのは、婆どのが道路公団か何かのエライさんを忍術でたぶらかしたからにちがいない、と隼はかってな想像をしている。

それはともかく、婆どのは猛然たるスピードで突っ走るのである。

カーブでは必ず、車のテールが左右に大きく振られる。道の山側の斜面へ乗りあげたり、谷側スレスレの小石をはねとばす、なんてことはザラだ。

隼は生きた心地がしなかった。

それで今朝ついに隼は、仕置きを覚悟で、もう婆どののダッヂに乗るのはイヤだと宣言した。

「ほなヤメよか」

婆どのはあっさりいった。

「わてもそろそろ飽きてきたとこや」

隼はホッとしたが、それは束の間《つかのま》の安堵感《あんどかん》だったとすぐに思い知らされた。

婆どのは、ガレージから、ダッヂ・チャージャーよりはるかに速そうな車を出してきたのである。

それが、フェラーリTR《テスタロッサ》だった。

「これならええやろ」

「こ、これならって……！　婆どの、これ、フェラーリでしょ……」

TRの流線形のスタイリングを見たとたん、隼はおびえるより先に、なんだってこんなスゴイ車をもっているのだろうとあきれてしまった。

「高いんでしょ、これ」

「もらいもんやから、値ェは知らへん」

「もらいもの!?」

途方もないもらいものである。

隼はフェラーリTRがいくらするか知らないが、地方ならば庭付き一戸建ての家も買えようかという金額にちがいない。

「だれにもらったんですか?」

「女にはずかしいこといわせるもんやない」

とつぜん年がいもなく頬をあからめた婆どのに、隼は絶句し、おぞけをふるった。

(き、きもち悪いバアさんだなア……)

やっぱり化け物だ、妖怪《ようかい》だ、魔女だと思った。

「最高時速二九〇キロやでェ」

婆どのがうれしそうにいったとき、隼はようやく、車の値段のことは忘れて、現実にたち返り、ひどく蒼ざめたのである。ダッヂよりタチが悪いではないか。

「そ、そんなにスピード出して、事故でも起こしたらどうするんです!」

抗議する隼へ婆どのは、心配あらへん、と軽く手をふっていったものだ。

「こないなトシや。いつ死んでも、悔いない」

とんでもないバアさんである。そりゃあ九十九年も生きれば、もう充分だろう。

(けど、オレはどうなるんだ、オレは……!)

泣きたい気持ちになった隼を、下忍たちがTRの車内へ押しこめてしまった。

かくして隼は、昨日《きのう》までの三分間よりさらに恐怖度の高まった三分間を、いま過ごしている最中なのであった。

「赤い頭《テスタロッサ》」の名のとおり、頂部のカム・カヴァに戦闘的な赤色を塗りつけた、水冷水平対向十二気筒DOHC四十八ヴァルヴ五リットルエンジンは、低く唸《うな》りつづけている。それは、自身の実力を発揮できる直線のほとんどない山道に、不平を鳴らしているかのようだった。

革張りのソファーに、汗びっしょりで沈みこんでいた隼は、やがてTRが減速しはじめたのに気づき、おそるおそる目をあけた。

道は下っている。その下りきったところに架かるごく短い橋が見えてきた。

橋向こうの道は赤目《あかめ》街道である。

この十日間、見馴れた風景だ。

目的地到着である。もうアクセルを踏みこむところがない。

隼はこれで、きょうも死なずにすんだ、と心底から喜んだ。

橋の下には、滝川《たきかわ》が清涼な音をたてて流れている。

TRは橋を渡って、いつものように右へ折れた。

この赤目街道を左へ下りていけば、近鉄大阪線の赤目口《あかめぐち》駅へ行き着く。バスで十五分程度だろう。隼はぜひそうしたかったが、今朝の脱走発覚でもわかるとおり、婆どのの目から逃れるのは不可能に近いのである。

TRの前窓に、赤目四十八滝入口の景観がひろがる。

赤目街道の終点であるここには、山間の道の両側に数軒の旅館と、軽い食事もとらせる土産物店がやはり何軒か並んでいる。

また、庭に重要文化財の石造り灯籠《どうろう》や、推定樹齢三百年のシダレザクラの老樹がある延寿院《えんじゅいん》という寺も左手に見える。

土産物店がまだどこも開いていないのは、陽《ひ》が昇ってまもないのだからとうぜんである。

観光客が訪れるのは、たいてい昼前後からだ。

婆どのは、ドライブイン赤目の向かいの駐車場にTRを入れた。

「ほな。きょうも元気でいこか」

婆どのは先に立って、どんどん奥へ歩いていく。

「痛ててて っ……」

いやいやながら、あとにつづく隼は、足をひきずっていた。

疲労のあまり脚の筋肉はパンパンに張り、甲は紫色に腫《は》れあがっているのだ。

(また地獄のロードワークか……)

隼に課された朝のロードワークは、赤目四十八滝の探勝路を駆けとおし、その終点である県道赤目今井線の出合《であい》まで行くというものだった。それも二十分以内で。

距離は五キロぐらいか。それで地獄とはオーバーなと思われるかもしれないが、とんでもない。探勝路といっても、湘南《しょうなん》海岸あたりの遊歩道などとはモノがちがう。樹冠におおわれた渓谷の道、それも四十八もの滝が落ちる川岸をえぐって設けられた、アップダウンのきつい道なのだ。

狭い。すれちがうとき、多くの場所は、一方がからだを斜めにしなければ通れないほど狭い。

手すりがついているところもあるにはあるが、ほとんど見かけない。しかも道は平坦《へいたん》ではない。どころか、木の根や土中の石の突き出しで凹凸《でこぼこ》がはげしい。くわえて滝の飛沫《しぶき》が、ごていねいにも道を濡らして、滑りやすくしてくれている。だからといって、足もとばかりに気をとられていると、ときに妙な形にせり出した木の幹に頭をぶつけることがある。

それでも、こんな秘境じみた場所で、自然の景観をできるだけ損なわず、よくここまで整備しえたと感心できる探勝路なのだ。のちに何度か改修工事をしたようだが、なんでもさいしょは、明治期にすべて人力で完成させたそうである。

余談を少し書く。

筆者はこの探勝路を踏破したが、ふだんの運動不足もあってか、ずいぶん息があがった。

そのとき、出発点から一キロ程度の布引滝《ぬのびき》あたりまでは大勢の観光客でにぎわっていたが、行程の半ばごろにあたる百畳岩《ひやくじょういわ》に到《いた》る前から人影は極端に少なくなり、すれちがう人も稀《まれ》になった。その後は、もうほとんど、我ひとり往《ゆ》く、である。

実に情けない話だが、筆者も含めヤワな現代人にとっては、さほどにキツイ道だということだ。

小学五、六年生ぐらいとおぼしき四、五人の元気な少年たちだけが、筆者と競うようにして前になり後ろになりしながら奥へ奥へとすすんだが、彼らも最後の岩窟《がんくつ》滝を見ずに引き返してしまった。

少年たちのことだから、疲れたのではなかろう。山奥の渓谷で、道連れが蒼白《あおじろ》い顔をした胡乱《うろん》な男ただひとりとあっては、おそろしくなってしまったのにちがいない。

それでおそろしくなってしまったのは筆者のほうである。ポツンと取り残されて、ひどく孤独だったのをおぼえている。

探勝案内図によると岩窟滝まで約四キロ。そこから筆者はさらに奥へ進み、杉林の中を一キロ余り歩いて、美林地帯を横断する県道赤目今井線の出合へ到達したのである。

たったの全長五キロでも、この悪路を二十分で走り抜こうなんて思いつくのは、バカか忍者だけである。

隼はバカとも忍者とも断定できないが、あえていうなら、バカな忍者である。走り抜く資格だけはたっぷりもちあわせてはいる。

だが隼はまだ一度も二十分をきったことがない。二十分どころか、たいてい三十分はかかる。それでも一所懸命に走っているのだ。なぜかといえば、タイムが悪いと何度でもやり直しをさせられるからである。

やり直しは、その日さいしょの観光客が、赤目渓谷へ入山する時点までつづけられる。たまったものではない。三日前は、五回も走らされた。ひきずらなければ歩けないほどに足も疲労するわけだ。地獄のロードワークたるゆえんである。

途中で逃げればいいと読者は思うかもしれない。

それができないのだ。いつもお目付け役の下忍が一緒に走るからである。

逃げるそぶりでも見せようものなら、電光石火の手刀《てがたな》や蹴りが容赦なくとんでくる。

彼女たちは、どんなに走っても、顔色ひとつ変えない。

「婆どの。きょうはだれと走るんですか?」

赤目民俗資料館の前を通過したあたりで、隼は婆どのの背にきいた。

伴走の下忍は、毎日ちがう。いつもどこからともなく現れて、隼がスタート地点に立ったときには、すぐ横にいたりする。

スタート地点はもう少し先だが気になった。怒らせると、隼にオシッコちびらせるほどこわい女たちとはいえ、いずれも可愛《かわい》いコばかりなので、その伴走はスケベな彼の唯一のたのしみなのだ。

「今朝は走らんでええでェ」

振り向いた婆どのはヌケケと笑った。

隼はイヤな予感がした。あのヌケケ笑いは、きっと裏に何かある。

ふたりは、最奥の土産物店の前から始まる石の歩道へ踏み入った。

そこからは、ほの暗くなる。夏の強い日射しが樹冠にさえぎられ、吹き渡るかすかな風が湿り気を運んできて、火照った膚《はだ》に心地よかった。

清流の音もさわやかに耳をうつ。

「祝『森林浴の森・日本一〇〇選』入選　赤目四十八滝　一九八六年、四月十九日」という看板が右手の渓流側の土手上に立っている。室生《むろう》・赤目・青山《あおやま》国定公園に属することの景勝地は、それより三十五年前、新日本観光百選「瀑布《ばくふ》の部」第一位に選出されてより有名になった。もっとも実際には滝の数は四十八よりずっと多い。

さらに奥へ行くと、ほどなく二階建てのコンクリートの建物に突きあたる。日本サンショウウオセンターである。

世界中の数十種のサンショウウオが展示、飼育されている。

むろん赤目渓谷に棲《す》むオオサンショウウオも見られる。国指定の特別天然記念物だ。

観光客は、ここで二百円払って、中へ入る。センターの見学料と赤目渓谷への入山料込みだ。建物内を抜けたところから探勝路がはじまるのである。

この時間、土産物店と同様、センターは閉まっている。

建物の渓流側の外壁に沿って幅の狭い通路があり、それが探勝路へ通じているが、客がまちがって出ないよう鉄柵《てっさく》でさえぎってある。

低い鉄柵だ。婆どのと隼は乗り越えた。

二人はこうしていつもの手順をふんで探勝路へ入った。

伴走役の下忍が現れないので、隼は首をひねった。

（じゃあ、ホントにきょうは走らなくていいのか……）

助かったァ、と心の底から思った。

可愛い下忍ギャルと一緒にいられないのは残念でなくもなかったが、苛酷《かこく》なロードワークをやらなくてすむのなら、そのほうが何倍もうれしかった。

しかし、そう思う一方で、あらたな不安が首をもたげてきた。

（ひょっとして、もっとひどい目にあわされるんじゃないか……！）

婆どのをみると、隼のそんな悲観的な想像を知ってか知らずか、達者な足でズンズン先へ進んでいく。

（背中に石でも投げつけてやろうか）

隼は一瞬、殺意にちかい感情を抱いたが、とうてい敵《かな》わない相手であることは、これまでにイヤというほど思い知らされている。仕方なく、重くズキズキ痛む足を前へ踏みだした。

緑が目に鮮やかだ。鳥たちも美しい声を渓間《たにま》に渡らせている。トンボが早瀬の岩の上にチョコンととまっている。

観光だったらどんなにいいだろうと思うと、隼はあまりに自分がかわいそうで涙がこみあげてきそうになった。

父の病の快癒を祈って滝にうたれる孝行娘のために、役《えん》の行者《ぎょうじゃ》がそこから姿を現したという行者滝《ぎょうじゃ》をあとにして、探勝路は左へ折れ曲がっていく。

ついで、林の中に落ちる銚子滝《ちょうし》の小さな水音を耳にしたかと思うまに、目前に霊蛇滝《れいじゃ》が轟音《ごうおん》とともに出現する。

霊蛇滝はけっして長大な瀑布ではないが、なかなか男性的だ。すぐ上流に、荒々しい不動滝《ふどう》が連続している景観にもよろう。

霊蛇滝の前には木橋が渡してあって、瀑布の偉容を正面から眺めることができる。

橋はこの滝の上にも架かっている。

そっちの滝は、落ちゆく霊蛇と、上から落ちてくる不動、ふたつの瀑布の中間にあるせいで、渡る時はちょっとこわい。

婆どのは、その恐怖感をもよおす橋上に立った。立ったまま動かない。

こわごわとそこまでやってきた隼は、めまいがしそうだった。

「ねえ、婆どの。先へ行くなら行く、戻るなら戻る。どっちかはっきりしてください」

すると婆どのは、またヌケケと笑った。

「どっちでもあらへん」

隼の不安感は、胸のうちで、破裂寸前まで一挙に膨れあがった。

「ど、どっちでもあらへん……て？」

「暑いやろ」

婆どのは全然別のことを訊いた。

隼はこたえるのをためらった。婆どのには何かよからぬ魂胆があるのだ。

「ここの水は冷やっこくて気持ちえぇでェ」

「…………！」

「とびこんでみたらどないや」

「じょ、冗談やめてください。こんなとことびこんだら死んじゃいますよ」

「死ぬもんかいな。サヤカかてとびこんだんやで」

「えっ！　サヤカさんが」

「修行やさかいな」

婆どのの小っこい目の奥に妖《あや》しげな光が宿った。

「失礼しまーす」

隼は急いで橋から道へ降りようとした。その襟首をムンズとつかまれた。

「夏は水泳にかぎるでェ」

婆どののそのことばを耳にしたときには、隼のからだはすでに宙へ放りだされていた。

「わあっ！」

白い飛瀑《ひばく》の前の空中で、黒い忍び装束がむなしく手足をジタバタさせる。

そのまま隼は霊蛇滝の滝壺《たきつぼ》めがけて墜落していった。

隼は何か叫んだ。

「クソ……」

としかきこえなかった。あとのことばを発したとき、隼の口は水中にあった。

クソババアッ！　といったのにちがいない。

## 8

隼のからだは、墜落の勢いと、叩きつける瀑布の圧力とで、滝壺の底まで沈みこまされた。

その深淵《しんえん》から浮上しようと、隼はおおあわてで水をかいた。

泳ぎにはいくらか自信がある。夏休み前のクラス対抗の水泳大会では、五十メートル背泳ぎに出場し、鈴木大地《すずきだいち》ばりのバサロ泳法を披露したほどだ。

もっともそのときは、一位でゴールインしたのにもかかわらず失格になった。

べつに世界水泳連盟がソウル・オリンピック後にバサロの潜水距離を制限したこととは関係ない。二十メートルのバサロのあと浮上したのが隣りのコースだっただけのことである。隼はそれに気づかないまま泳ぎきった。

ともかくいまは、プールの中などではなく、滝壺の深みだ。

バサロをやっているヒマはない。一秒でも早く浮きあがらなければ窒息してしまう。

隼はいったん、横へ移動した。瀑布の落下圏内から逃れるためだ。

それから一気に浮上しようという体勢をつくりかけた隼のからだが、何かに驚いたように、ふいにバランスを崩した。

水中で隼の両目が大きく見開かれる。瞳の奥に走った色は恐怖そのものだった。

何を思ったのか、隼はからだを大きくひねった。

その顔面スレスレのところを、黒っぽいぬめりとした大きな物体が通過した。

隼は、片足を蹴りあげるようにして、水底へ腰から落ちた。

水を少しのんでしまったのだろう、かなり苦しそうだ。

黒っぽい物体は、ゆっくり反転して、ふたたび隼のようすをうかがった。

イモリと見紛《みまが》うその体形は、特別天然記念物のものだった。

体長三メートルはあろうかというオオサンショウウオである。

有尾両棲類《ゆうびりょうせいるい》中最大の動物とはいえ、ふつうはどんなに大きくても一五〇センチていどだ。

こいつは信じられない巨大さだった。化け物といっていい。

生きた化石といわれるオオサンショウウオは夜行性で、明るいうちは渓流の岩穴の中でじっとしている。だが危害を加えれば、グロテスクなU字型の口をあけて、かみついたりする。

隼は危害を加えたわけではないが、刺激をあたえたことだけはたしかなようだ。

その証拠に巨大なオオサンショウウオは、灰褐色地に黒褐色のまだら模様を描く背面にあるイボから、乳白色の粘液を湧《わ》きださせていた。なんらかの刺激をうけると、この液を出す。

液の発する香りが山椒《さんしょう》のそれに似ていることから、サンショウウオと名づけられたともいう。

隼は水底を思いきり蹴った。足の痛みはとうに忘れている。

死にたくないという必死の思いだけが、隼の全身に満ちていた。

浮上していく隼を巨大オオサンショウウオが追う。

あるのかないのかわからないほど小さな双眼が、ギラリと獰猛《どうもう》な光を帯びた。それは婆どのの眼《まなこ》に似ていた。

オオサンショウウオの口が開いた。

鋭い歯でいましも足首をガブリとやられそうになった瞬間、隼は頭を抱えこんでターンした。

浮上から沈降へ変化した隼のからだと、上昇するオオサンショウウオの巨体とがすれちがう。

そのとき隼の伸ばした両腕の先できらめいたものがあった。

すさまじい気泡が噴きあがった。同時にオオサンショウウオの胴体が頭から尾まで真っ二つに分かれ、臓物がとびだしていた。

あたりにオオサンショウウオの体液が拡散する。

隼は手に忍者刀《しのびがたな》をもっていた。

ふたたび浮上を開始した隼の頭上から、しかし、猛然と襲撃してきたものがある。

オオサンショウウオの半身と半身だった。ハンザキ（半裂）の異名《いみょう》をもつオオサンショウウオは、身を半分に裂かれても死なない強烈な生命力をもっているのか。

隼は水中で身ぶるいした。

一方の半身が突如、姿を変えた。

「婆どの……！」

残る片割れもあっというまに変化《へんげ》した。

「サヤカさん……！」

サヤカは一糸まとわぬ姿だった。

アッと口をあけた隼は、大量の水をのみこんだ。

死ぬと思った。そう思ったそばから、死にたくないと願った。童貞のままじゃイヤだ。

サヤカの裸身が迫った。

「やりたいーっ！」

自身のあまりの悲痛な叫びにおどろき、隼は夢から覚めてしまった。

そこに、サヤカが端座していた。

隼は上半身をガバッと起こした。目の前の障子戸に、自分の影が大きく映っている。

ここは藤林屋敷なのだと、ようやく気づいた。

枕《まくら》もとに、蚊取り線香がおいてある。行灯の明かりは小さかった。

「脱いで」

だしぬけに、サヤカがドキッとするようなことをいった。

「ぬ、脱ぐって……あの……」

隼はサヤカをじっと見つめて、なまつばをのみこんだ。

市松模様《いちまつ》のゆかた姿が、見惚れてしまうほどキマっていた。

風呂《ふろ》あがりなのだろう、洗いざらしの長い髪を無造作にアップで束ねている。

耳もとのウェーブのかかった後れ毛が、やや上気した頬にかかって、ひどくなまめかしい。

レモン・ライムの香りがただよっている。それがサヤカ常用のシャワー・コロンの匂《にお》いであることを、いまでは隼は知っていた。

あの白いブラジャーと、浜辺で一瞬だけ垣間見《かいまみ》たふっくらした乳房が、脳裡《のうり》に鮮烈によみがえる。

（オレが脱いだら、サヤカさんも脱いで……）

隼の頭はクラクラした。

「早《はよ》う脱いで。汗ふかな風邪《かぜ》こじらすやン」

サヤカは手拭《てぬぐ》いと、着替えを差し出していた。

「え？」

カンちがいだったと隼はやっとわかった。

自分の寝間着《ねまき》の胸もとへ手を入れてみた。汗がべっとりついた。

（そりゃそうだよな。ンな、うまくいくわきゃないか……）

隼は、手拭いを受け取ってから、汗びっしょりの寝間着の帯を解きはじめたが、ハッとしてその手をとめた。

スケベなくせに、はずかしがり屋なのである。裸をサヤカに見られたくない。

サヤカのほうをうかがうと、彼女はいつのまにかこちらに背を向けていた。

隼は手早く脱いで、全身の汗を拭《ぬぐ》い、新しい寝間着に着替えた。

「もういいよ」

隼は、掛けぶとんをのけて、敷きぶとんの上にすわり直してから声をかけた。

振り返ったサヤカが、隼のひたいに手をあてた。

隼はちょっとビクッとした。たちまち全身が火照る。

視線を下に落としてはじめて、サヤカの膝の横に、氷水をたたえた洗面器と濡れ手拭いがあったことに気づいた。

「熱さがったみたい」

サヤカは、手をひいて、ニッコリした。

「ずっと看病してくれてたの?」

隼がきくと、サヤカはややはずかしそうに小さくうなずいた。隼の胸はジーンとしびれた。

「バアちゃんがアホやて」

「何が?」

「夏風邪ひくのンは」

そういわれて、隼の感動はいっぺんにどこかへ吹きとんだ。

「夏風邪ひくようなことさせたのは、あのクソバ……婆どのだぞ」

滝壺での水練《すいれん》をはじめてから七日目の夜だった。

四十八滝ぜんぶの滝壺で泳がせたる、などとおそろしいことを婆どのはいっているのだ。夏風邪もひき、熱も出ようというものではないか。

ふとサヤカが悲しげにうつむいた。

「うち……責任感じてるンよ」

隼はあわてて手をふる。

「あ、いや、サヤカさん。キミのせいじゃないよ。キミはちっとも責任感じることとなんかないんだから。ホントだから。ホントにホントなんだから」

サヤカの憂い顔を見ると、隼は胸がしめつけられてしまうのである。

「そやけど、うちが早トチリさえしなかったら、隼クンこんな目にあわなくてもすんだンよ。うちの責任やわ」

「それはそうかもしれないけど、だけど、サヤカさん、オレの命すくってくれたじゃないか」

「そら、あのときはああするしかなかったもン」

「ホント、こわかったなア、あのときは」

隼はつとめて明るい口調でいった。サヤカの気分をなんとかひきたたせたかった。

「だけど、アレだよね。WWIって人殺しだけは請け負わないわけでしょ。婆どのだってまさか本気ではね……」

「ううん。うちのバアちゃんなら殺《や》ったよ」

サヤカはいともかんたんにいった。

「や、やったかなア……」

あのバアさんならやっただろう、とは内心では隼もほぼ確信している。

「戦前、戦時中は大勢、彼岸《ひがん》へ送ったいうてるもン」

大勢、ということばに隼は顔をひきつらせた。

(こっちの気分が悪くなってきた……)

それでも隼は、アハハと笑った。

「だ、だったら、なおさらじゃないか。サヤカさんはオレの正真正銘の命の恩人ってことになるよ」

「いい人やね、隼クンて……」

サヤカは、潤いを帯びた目で、隼を見つめる。

隼は急に落ち着かなくなった。

「そうだ。オレ、もう寝なきゃ。明日また早いから」

いいながら掛けぶとんを引き寄せる。

「下忍修行も悪くないよ。なんだか日ごとにからだがたくましくなってる感じなんだ」

ほら、と隼は貧弱な胸を張り、ボディビルダーのようにポーズをとった。

サヤカは、クスッと笑った。隼も微笑を返す。

「おやすみなさーい」

ふとんを頭までひっかぶって、隼は横になった。

サヤカの立ち上がる気配がする。

「バアちゃんが明日は香落渓《こおちだに》のクライミングやゆうてた。がんばってネ」

暗いふとんの中で、隼のからだがふるえだした。

香落渓は、目もくらむ高さの、削りとったような荒々しい大岩壁が、青蓮寺川《しょうれんじがわ》に沿って四キロにもわたっている奇勝の大渓谷である。

数日前、ロードワークの帰りに、下忍の運転する車でそちらをまわったので、隼は見ているのだ。

あんなところをクライミングして、墜落でもしたら、こんどこそ命はないだろう。

血も涙もない鬼婆《おにばば》アだ、とむかっ腹が立った。

(今夜こそ絶対に逃げるんだ)

隼は、サヤカが障子戸を開け閉めする音をかすかにききながら、祈るような気持ちで自分にいいきかせた。

# 9

隼は上り坂の途中で振り返った。

月夜の底、数百メートル向こうの山裾に、藤林屋敷の森がこんもりと盛りあがっている。

その山上には、注視しなければ望見できないほどのかすかな明かりが浮かんでいた。婆どのの六角堂から灯火が漏れているのだ。

「年寄りのくせに夜ふかししてやがる」

隼は憎々しげにつぶやいてから、そっちへ向かってベーッと舌をだした。

「ざまアみろ。ここまできたら、もうつかまらないからな」

実際、これまで七、八回脱走を試みたが、屋敷からこんなに離れた地点まできたことはなかった。ことごとく、ずうっと手前で捕まっていた。

とにかく、思いもよらぬところから、だしぬけに下忍がとびだしてきて、アッという間もなく縄をうたれてしまっていたのだ。

今夜ばかりはちがう、という感触を隼は得ていた。

数時間前には熱をだしてウンウン唸っていたヤツが、まさかその夜に脱走しようとは思いもよらぬことだろう。

敵の虚を衝《つ》くのは忍術の要諦《ようたい》である、と婆どのもいっていた。

一週間前の早朝、ダンスの時間直前にレオタード姿のまま逃亡を敢行したのも、まさに敵の虚を衝いた計略だった。あのときだって、西瓜に足を突っこんでさえいなかったら、逃げおおせる自信はあったのだ。

今夜はむろんレオタード姿ではない。ジーンズ、Tシャツ、スニーカーというスタイルだ。ナップザックも背負《しょ》っている。日本半周サイクリング旅行をしていたころの服装である。

五日前、勇気をだして婆どのに直談判《じかだんぱん》し、ぜんぶ取り返したのだ。

「オレを誘拐したあげく連日虐待して、そのうえ窃盗の罪まで犯すのか！　このクソババア」

とは、いいたくてもいえなかった。そんなことをいえば、婆どのに拷問されかねない。

事実は、あわれっぽく懇願したのである。

「お願いです。返してください」

「なんや。そんなことかいな」

婆どのはあっさり返してくれた。

あれならもっと早くいえばよかったと拍子抜けしたくらいである。

デジタル腕時計のランプ・ボタンを押して、時刻を読む。午前二時。

懐中電灯を携帯してはいるが、明かりを灯《とも》したとたんに下忍にとびかかられたりしたらたまったものではない。

用心にこしたことはないのだ。絶対安全と確信できる地点へ到達するまでは、懐中電灯を点けるつもりはなかった。

ひとつ大きく深呼吸してから、暗い坂をのぼりはじめた。

毎朝、婆どののテスタロッサに同乗して、突っ走っている山道だ。赤目街道に突きあたる橋まで二キロぐらいか。

そこから近鉄大阪線の赤目口駅まで、長くみて六、七キロだろうと隼は思っている。バスが早いときは十分、と下忍のひとり「薄雲《うすぐも》」からきいたことばをたよりに算出した距離だ。

だから駅までは十キロもないと見当をつけている。夜道であることを考慮しても充分、夜明け前には到着できるはずだ。

といっても、電車をつかうつもりはさらさらない。

まだ薄暗いうちに起床する婆どのが、隼の脱走に気づくやいなや、テスタロッサをぶっとばして、始発電車の出る前に駅へ駆けつけてくるにちがいないからだ。

駅前を通過して国道一六五号線へ出る計画だった。国道へ出てタクシーをつかまえるのが最良策なのだ。

隼は黙々と歩いた。

足もとが暗い。星明かりだけがたよりだった。

少しふらつく。風邪の熱がひいたばかりだからとうぜんかもしれない。

自転車をもってこなかったことが、ちょっと悔やまれる。

だが、もし藤林屋敷のガレージから自転車をひきだしたら、その物音に下忍たちが気づいてしまったろう。悔やむことはない、と思い直した。

隼は、歩速をゆるめなかった。

とにかくあの婆どのから一秒でも早く、一メートルでも遠くへ離れるのだ。

ほどなく峠をこえて、下りになった。下りは制動をかけながら歩くため、スニーカーであってもどうしてもペッタンパッタンと靴音が高くなる。

あたりが森閑としているだけに、ペッタンパッタンは耳にやけに大きくひびいた。

付近には人家一軒ない。隼の心に恐怖が芽生えた。

ペッタンパッタンに眠りをやぶられて怒った獣が、両側の林の中から襲いかかってきそうな気がした。

このあたりにはイノシシやサルが多く棲息《せいそく》している。以前にはクマも見られたという話を、隼はサヤカからきいたことがある。

いや、獣ばかりか、だれか悪意をもった人間があとを尾《つ》けてくるような気配さえ隼は感じる。背中に冷たい汗が流れた。

背後をたしかめてみたい衝動に駆られたが、こわくて振り向けない。

振り向けないから、逃げるように歩速が上がった。ペッタンパッタンがさらに高くなる。

それがまた、自分のものではなく、尾行者のペッタンパッタンのように思える。

延宝《えんぽう》九年（一六八一年）紀州《きしゆう》の兵学者・名取正武《なとりまさたけ》が著した忍術秘伝書「正忍記《しようにんき》」では、夜道之《の》事という条に、夜道を歩くときの心得を説いている。

夜道で「草木を人とうたがふ」のは心に迷いがあるからだとして、そういうときは「しばらく居《お》り敷《し》きて見るべし」と教える。つまり、その場に落ち着いてしばらく見ていれば、相手が人間だったらそのうち動くだろうといっているのだ。疑心暗鬼へのいましめである。

だが、忍者修行をはじめたばかりの隼は、まだそういうことまでは教育されていない。

未熟者である。恐怖にたえきれず、とうとう走りだしてしまった。

坂を転げ落ちんばかりにペッタンパッタン走った。夢中でペッタンパッタン走った。たちまちアゴがあがる。

ペッタンパッタン。

橋が目前に迫った。

ペッタンパッタン渡った。

渡りきったところで足がもつれ、前へつんのめった。

ペタパタペタパタ……！

赤目街道の路上に、隼のからだが転がった。

しりを打った。瞬間、息が止まった。道路の真ん中に、大の字になった。

「いっ、いっ、いっ、痛《いて》え……」

荒い息と一緒に、悲鳴を吐きだす。

首だけもたげて、橋の向こう側を見やった。

いま隼が走ってきた舗装道路は、夜空の下で暗灰色に見える。その道は右へ切れ込んですぐ、手前の林の向こうに隠れてしまっている。

そこから追走者、あるいは牙《きば》を剝《む》く獣が現れはしないか、と隼の心はまだおののいていた。

何も現れなかった。

もたげていた首をもとに戻して、大きな溜め息をつく。

路上に大の字に寝そべったままで、喘《あえ》ぎがおさまるのを待つことにした。

呼吸が整ってくると、見上げている星空がきれいだと感じた。パニックから解放され、少し余裕がでてきた証拠だ。

渓流の音にもようやく気がついた。

意識して、山の空気を吸ってみる。おいしいと思った。東京の空気とはまるでちがう。母親の顔が目に浮かんだ。

隼はサイクリング旅行をはじめてから、自宅へは二日おきに電話をしていた。それは藤林屋敷で軟禁状態になってからも欠かしていない。

もっとも藤林屋敷から電話をするときは、必ずそばに婆どのが付き添った。

婆どのは、修行は夏休みじゅうつづけるから、そのあいだ、行きもしない各地から自宅へのウソの電話を忘れないよう、隼に命じたのだ。

そのたびに婆どのは隼の大事なところをつかみ、ヘタなことを喋《しゃべ》りそうになると、強烈なしめあげをくらわせた。

婆どの得意の忍技で「ふぐり殺し《ホーデン・クラッシュ》」というらしい。

隼の下忍名もこれからとったようなものだ。

数度の脱走未遂の後も隼はこの技をかけられたが、そのたびに激痛が走り、脂汗が流れ、しばらく呼吸困難におちいった。失神したこともある。

だから藤林屋敷での隼は、受話器の送話口に向かって、

「きょうは大阪だよ。やっぱり本場のタコ焼きはうまいなア」

とか、

「京都に着いたよ。舞妓《まいこ》さんに握手してもらっちゃった」

てなことを、ひきつった声で話していたのである。

母に、声がヘンよ、風邪でもひいたの？　と何度かきかれたが、そのたびに、声が裏返っちゃうほど楽しいんだよ、アハハ、と笑ってごまかさなければならなかった。

もっともそれで、隼には得なことがひとつあった。

こんな悲惨な境涯に突き落とされる直前までは、日本半周サイクリング旅行を断念して早々に帰京するつもりだった隼である。それが自分の意志とは関係なく、身は藤林屋敷に長くおかれるハメにおちいってしまった。

となれば、夏休みの終わりに隼が、日焼けした顔で自転車に乗って帰宅したとき、家族は旅行を完遂したと信じるにちがいない。親兄弟は彼を見直すことだろう。

問題はガールフレンドの美樹だ。周到な彼女は、隼が各地へたしかに行った証拠として、レストランに入ったり、何かを買ったりしたときは、必ずその店の領収書をもらう

ことを条件に賭けをした。それには店の住所が記載されているからだ。

愛知県まではマメに集めていたが、四日市をすぎて挫折した時点から、そんなめんどうなことはやめてしまった隼である。すでに美樹との賭けには敗れたのだ。

家に帰ったら、残りの高校生活を、美樹の指導のもとに勉学に勤《いそ》しまなければならない。

それは隼にとっては地獄の責め苦にひとしいが、死と紙一重の忍者修行をこのままつづけるよりは、美樹が一緒のぶんだけたのしいはずだ。

(家に電話しようか……)

路上に寝ころんだまま、隼は考えた。といっても、近くに電話機がない。

赤目四十八滝の入口のほうへ目を向けた。

いちばん手前に黒くこんもりとうずくまっているのは、赤目観光ハウスの建物だろう。とうぜんだが、閉まっているし、灯火ひとつ見えない。ほかの土産物店も同様だろう。

数軒ある旅館だって、都会のホテルとはちがうのだ。午前二時をまわって、まだ従業員が起きているとは思えない。

それに、と隼は思い直した。家に電話したところで話すことがないではないか。

藤林くノ一組の秘密を口にすることはできない。ひとことでも喋れば、あの婆どの、隼を生かしてはおかないだろう。

それを思っただけで、婆どのの不気味な笑みと、彼をあの世へ送ろうとした注射器が、隼の脳裡を戦慄《せんりつ》とともによぎった。

（こわい……）

一瞬、ここで踵《きびす》を返して藤林屋敷へ戻ろうかと本気で考えた。

忍者修行は夏休みの間だけ、と婆どのは約束しているのだ。あと二週間余りの辛抱だ。

（いや、やっぱりイヤだ）

香落渓のクライミングなんて、とてもできたものではない。墜落死がオチだ。

仮にそれがやり遂げられたとしよう。あの鬼婆アのことだ。つぎはもっと苛酷な修行を課すにちがいない。

悪路のロードワーク、滝壺の水練、断崖《だんがい》登り、と順に並べただけでもわかる。次段階へ移るたびに、死ぬ確率が高まっているではないか。

やっぱり逃げるのだ。

家に帰り着けば、あとはなんとかなるだろう。もし婆どのが家まで追ってきたら、秘密は生涯喋らないと誓って信じてもらうしかない。

隼は立ち上がった。

サヤカには未練があるし、また命を救ってくれた彼女にすまないとも思うが、あの猛烈バアさんにこれ以上しごかれるのは、もうこりごりだ。

（ゴメン。サヤカさん）

藤林屋敷のある方角へちょっと視線を向けたあと、隼は赤目街道を足早に下りはじめた。

左側に滝川が、鬱蒼たる松や杉の老木の間に見え隠れしながら、街道に沿って流れている。

その瀬音と、隼の息づかいとペッタンパッタンだけが、寂寞《せきばく》とした赤目の山間に一定のリズムを保ちつづけた。

途中から隼は懐中電灯を灯した。

婆どのの手から逃れえたと確信したわけではなかったが、もうかまわなかった。とにかく一刻も早く自分の家へ帰りたかった。

足もとを照らして、何も考えず、無心に歩きつづけた。

日之谷橋《ひのたにばし》をすぎ、長坂《ながさか》に到ると、川の流れは街道の右側に転じた。

このあたりにはもう、まばらとはいえ人家が点在している。

国道へ出る前にタクシーがつかまえられれば何よりなのだが、タクシーどころか猫の子一匹通らない。それでも黙々と歩く。

たいしてキツイとも感じなかった。隼は認めたくなかったが、二週間以上に及んだ連日の修行が足腰を鍛えてくれたのだと思わざるをえない。

やがて、とうとう柏原《かしわら》の集落の街灯を望むところまでやってきた。

うれしくなった。足がさらに早まった。

寝静まった集落の中へ入った。

小さな橋を渡ったところで、滝川とは別れた。

赤目公民館の前を通過してから二百メートル程度だろうか、土産物店を隣接させたごく小さな駅舎が左手に見えた。赤目口駅だ。

赤目四十八滝へのただの出発点でしかないからだろうか、駅前はひどく寂《さび》れている。

隼は近鉄大阪線の線路を横切った。

ほどなく、ふたたび川と出会った。幅が広い。宇陀川《うだがわ》だ。

そこにかかる赤目口橋を渡った。

すぐ前方に左右にのびる道路があり、量は少ないが車が往来していた。

国道一六五号線だ。

(やったア！)

隼は小躍りしたい心境だったが、実際にはほうっと肩の力を抜いただけだった。

まだあたりの闇は濃い。腕時計を見た。午前四時四十分。

夜道を三時間近く、よく歩いたものだ。

だが、一六五号線の道路脇まで出たところで考えた。朝一番の東海道新幹線に乗るとして、最寄りの駅はどこだろう、ということだ。

そこまで計画をたてていなかったところが、いかにも隼らしい。

隼はナップザックから全国道路地図を出し、近畿地方のページをひろげて、懐中電灯で照らした。

（やっぱり京都かなア……）

しかし、ここから京都までタクシーをつかったら、料金がどれくらいかかるかわからない。

財布に十万円以上もってはいるが、こんなことに使うのはムダなような気がした。

それ以前に、国道に目をやってみれば、タクシーなんかちっとも通りはしない。たいてい大型トラックか、さもなければライトバンのような業務用の車ばかりである。むろん、乗用車も通ってはいる。

（ヒッチハイクといくか）

いい思いつきだと隼はひとりうなずいた。

となれば、少しでも東京へ近づいたほうがいい。隼は道路を横断した。

名張《なばり》方面へ少しずつ歩きながら、振り返り振り返りして、トラックが来るのを待った。

ちょうどそのとき、いま隼が歩いてきた駅前へ通じる道から出てきた大型トラックが、右折して隼のほうへ鼻面を向けた。

ルーフの電飾が明るくまたたいている。そのたくさんの豆電球の枠の中には、大きく「渡り鳥号」の文字。典型的なトラック野郎だ。

隼は急いで両手をあげ、頭上でうち振った。

ヘッド・ライトの光がまぶしい。

キュッ、キュッとトラックのタイヤが軋《きし》み音をたてた。

止まってくれたのだ。

「ツイてるゥ！」

隼はパチンと指を鳴らした。

助手席側のドアが内側から開かれた。

隼は、ドアに手をかけ、踏み段に片足をかけて、身軽くヒョイと車内へ乗りこみながら、

「どうもありが……！」

と礼のことばをいいかけた。瞬間、顔面に何かが投げつけられた。

顔をおおったそれを隼はもぎとる。見ると、見おぼえのある黒い衣類だった。

ハッとして、運転手のほうを見やる。

ふせぐ間もなく、大事なところをつかまれた。

「うっ……！」

秘技ふぐり殺しに隼の全身はこわばり、総毛立った。

婆どのはヌケケと笑った。

「このトラック、香落渓行きやでェ」

電飾の文字板が、クルリと回転した。

「渡り鳥号」が消えて、「くノ一号」が現れた。

# 第二章　双忍《ダブル・ステルス》

## 1

夏休みも明日《あす》一日を残すのみとなった、残暑厳しい九月初めのある夜。

交通量の多い片側二車線の通りの路肩へ、一台のランドクルーザーが止まった。

高さが不揃《ふぞろ》いに林立するビルと密集する家並みの向こうに、新宿《しんじゅく》副都心の超高層ビル群が、ろくに星も見えず濁ったような夜空へむかって、ひときわ高くそびえている。

ランドクルーザーの後部席の左側のドアが開いた。

降り立ったのは、隼である。街灯の明かりに浮かんだ顔は、頬《ほお》がいくぶんこけていた。

フィットしたTシャツ姿の上半身も、痩《や》せているというよりは、絞りこんだような印象をあたえる。一か月余り、苛酷《かこく》な忍者修行に耐えぬいた結果だろうか。

運転席と助手席からも人が降りた。二人ともジーンズの短パンから形のいい脚を突きだした美女である。

後ろからきたサバンナRXがランドクルーザーの横を通過するとき、ドア・ウィンドウから外へ顔を出したオニイチャンが、ピーピー口笛を吹いてはやしたてていった。

「アホ……」

隼は、ブンブンふかしながら去っていくRXのテール・ランプを目で追いながら、小声でつぶやいた。

この二人の女をナンパしようとは、隼ならぜったいに思わない。

藤林くノ一組の下忍《げにん》「鈴虫」と「横笛」は、そのやさしげな外見からは想像もつかないパワーを秘めている。夜中に畑を荒らしにきたイノシシを、どちらも素手で組み伏せたことがある猛者《もさ》なのだ。

リア・ドアを鈴虫があける。広い荷台に、隼の買い物用自転車が寝かせてあった。

隼が引きずりだそうとするのへ、横笛が手をかす。

はい、と鈴虫からナップザックを手渡されて、隼は情けなさそうな顔つきになった。

「これからオレ、どうなるんですか?」

「いずれ指令がくるわ」

鈴虫はにこやかにこたえた。

「指令っていったって、オレはその、裏稼業とかいうのは……」

「だいじょうぶ。そのうち馴《な》れるわ」

「な、馴れるかなア……」

隼は不安でたまらない。

馴れる馴れる、と横笛も唄《うた》うようにいう。

「でも婆《ばば》どのは、オレはまだまだ修行しなきゃダメだって……」

「こんどの修行は冬休みでしょ」

「げえっ！」

そんなことは隼はきいていない。目の前が闇《やみ》になり、立ちくらみがしそうだった。

「冬の四十八滝って、瀑布《ばくふ》が凍りついて、とってもきれいよ」

「そう。薄く氷の張った滝壺渡《たきつぼわた》りなんか、スリルだものね」

鈴虫と横笛はまるで、たのしい観光案内みたいないいかたをする。

隼は、自分がその滝壺渡りをしているような気分になり、膝《ひざ》がふるえてよろめいた。

二人が抱きとめる。

「どうしたの？　ふぐりクン」

「大丈夫？　ふぐりクン」

ふぐり、ふぐりと呼ばれて腹が立ったせいで、隼は恐怖から立ち直った。

「そのふぐりっていうの、やめてくれませんか」

「だって、ふぐりクン。ふぐりはあなたの下忍名《げにんめい》よ、ふぐりクン」

「そうよ、ふぐりクン」

鈴虫と横笛はけげんそうな顔をする。

「………」

いいあってもムダだと思い直し、隼は黙った。

「じゃあ、これでね」

二人の下忍は、ふたたびランドクルーザーに乗りこんだ。

隼は自転車をひいて助手席側のドアの横へ回り、サヤカさんによろしく伝えてください、といった。

サヤカは八月の終わりごろ裏稼業の仕事でどこかへ出かけたきり、まだ戻っていない。別れの挨拶《あいさつ》をしてこなかったのが、隼はひどく心残りだった。

「またね、ふぐりクン」

鈴虫と横笛は声をそろえていった。

ランドクルーザーはまたたくまに車の流れの中に入る。

数秒間見送ったあと、隼はホッと吐息をついた。

疲れたようにゆっくり自転車をひいて、脇道《わきみち》へ入る。

車の騒音が徐々に遠のいていく。都内でも、幹線道路からちょっと奥の住宅街へ入れば、夜はけっこう静かなものだ。

だが町並みにゆとりや、美しさが感じられないのはどういうわけだろう。

久々に生まれ育った町へ戻ってきて、大いなる安堵感《あんどかん》とは別に、そんな感懐をもった。

隼の家があるこのあたりは、緑が少なく環境良好とはいいがたいし、かといって近辺に何か人を魅《ひ》きよせる名所があるわけでもない。なのに二十三区内というだけで、地価は高騰しつづけてきた。

そのあおりでべらぼうに上がった固定資産税を払えなくなった二代目、三代目が、自家の土地を切り売りした結果、いわゆる御邸《おやしき》は完全に姿を消し去り、いまでは安普請《やすぶしん》の小さな家と、数階建てのマンションやアパートが雑然と肩を寄せ合う、実にみっともない町並みへと変貌《へんぼう》してしまった。

東京というと地方の人は、銀座《ぎんざ》、新宿、渋谷《しぶや》みたいな繁華街とか、皇居周辺のビジネス・ストリートとか、世田谷《せたがや》、目黒《めぐろ》あたりの高級住宅地とかを想起しがちだが、それらはこの大都会でも「ミス東京」的な容姿をもったところだ。たいていはもっと平凡で、隼の住む町こそが、東京のどこにでもゴロゴロしているタイプなのである。

（なんか、あっちとはえらいちがいだなア……）

あっちというのは、今朝《けさ》出てきたばかりの三重県の山奥と、藤林屋敷のことだ。

がっかりしたような表情をしているところをみると、隼は、あの星空と緑と清澄な気と水に囲まれた宏壮閑雅《こうそうかんが》な藤林屋敷をなつかしんでいるらしい。勝手なものだ。

見馴れた小公園の前へさしかかった。家まであと二百メートルぐらいだ。そのときである。

ジリン、ジリン、ジリン、ジリン……！

ふいに後ろで、けたたましくベルの音がした。おどろいて振り返ると、前照灯《ヘッド・ランプ》を煌々《こうこう》と照らして、自転車がこちらへ突っ走ってくる。隼は眉《まゆ》をしかめた。

隼はちゃんと片側へよけ、自転車どころか自動車だって通れるよう道を広くあけて歩いているのだ。あんなに追い立てるようにひどくベルを鳴らされるおぼえはない。

(どこのどいつだ！)

近所のガキかもしれない。弱そうなヤツだったら、耳たぶでもひっぱってやろうと思った。

ところがその自転車は、隼の横を通過していくかと待っていたら、そうではなかった。隼めがけて、まっすぐに突っこんできたのである。

「なんだ、なんだ……！」

前照灯の明かりが隼の顔面をまともにとらえる。よほど灯器を上向きに付けてあるのだ。

（ヘッド・ランプは、地面前方十メートルまで照らす角度にセットするんだゾ）

などと隼が思ったところへ、むこうは猛然と突進を敢行してきた。もはや隼を狙《ねら》っているのは明白だ。

わあっ、と叫んで隼は、自分の自転車を突き放しざま、小公園の道路際の植え込みの中へ突んのめるようにして走りこんだ。

「逃げるなっ！　卑怯者《ひきょうもの》」

襲撃者の声は若い女のものだった。

「なに……？」

ききおぼえがあると思ったその声に、駆けながら一瞬後ろへ首をひねってしまった隼は、前方に柱があったのを見そこねた。砂場の屋根を支える四柱の一本である。

ゴンッ……！

「うぎゃっ！」

目から星がとんだ。隼は砂場の上へひっくり返った。

女のほうは、急ブレーキをかけたが、路上に転がされた隼の自転車の上へ乗りあげていた。

それでもサドルから落ちずに、自分の自転車の向きを変えると、女はこんどは小公園内へ乗り入れてきた。

「ひき殺してやる！」

おだやかでないわめき声にびっくりして、隼は頭をふりふり、懸命に起き上がった。

女がだれだか、隼にはもうわかっていた。

「美樹っ！」

隼が怒鳴っても、美樹はかまわず砂場へ自転車を突っこませた。

「わっ！　バカッ、何考えてンだ、おまえ」

隼は横へとんだ。

「そっちこそ、何考えてンのよ！」

なおも美樹は追いかけ回す。

「だから、なんだってンだよ」

「なアーにが、またね、ふぐりクン、よ！」

「えっ！」

隼は動転した。

(見てたのか……！)

二つのブランコのあいだを駆け抜けながら、隼はマズイなアと思った。

「ふぐりって、どういう意味よ」

「さ、さあ、なんのことだか……」

まさかキャンタマのことだとはいえない。いえば誤解を招く。

「しらばくれるんじゃないわよ！」

「あ、美樹、おまえ、妬《や》いてるのか」

隼は、二つある鉄棒の低いほうに手をかけ、身軽く跳びこえた。

美樹の自転車がすかさずまわりこむ。

「だれがあんたなんかに！」

美樹が怒りにまかせて猪突《ちょとつ》させた自転車は、隼が横へパッと跳びのいたため、その背後にあった鉄棒にハンドルをぶちあてた。

「きゃあ！」

自転車は横倒しになり、同時に美樹のからだも地へ投げだされた。

「痛アーい……！」

美樹が悲鳴をあげたので、隼はドキッとして急いで駆け寄った。

「大丈夫か。美樹」

上半身を起こしてやる。

「さわらないで！　ヤラシイわねっ」

ピシッと美樹ははねつけた。この元気だ。どこかちょっと打ったぐらいだろう。

ちえっ、と舌打ちを漏らして、隼もその場にすわりこんだ。

「なんだよ。せっかく心配してやってンのに」

「おおきなお世話ですぅだ」

憎々しげに唇をとがらせると、美樹はドルフィンが何頭もはねているグレーのスェット・パンツの膝小僧をかかえて、プイと横を向いた。マッシュルーム・ヘアが揺れた。パンツと同色で、水玉模様のヒモ付きランニング・シャツからむっちりした肩と腕が出ている。美樹は顔もからだつきもぽっちゃり型だ。

しかし、ちょっと見には、そうは思えない。中学一年からテニスをやっているせいで、すっかり浅黒くなった膚色《はだいろ》が、全体をひきしめた感じにみせるからだろう。

左の肘《ひじ》のあたりが少し擦りむけて、血がにじんでいた。美樹は、しかめっ面《つら》をして、その傷におそるおそる指をあてる。

「なめてやろうか」

隼は舌をだして、レロレロ動かしてみせた。

「冗談いわないでよ」

傷口を美樹はあわててかくす。

「子どものころ、美樹がころんだときはいつも、ツバつけてなおしてやったぜ」

「おぼえてないわ」

「ウソつけ。よろこんでたぞ、おまえ」

「よろこんでたのは、そっちでしょ」

「やっぱりおぼえてるじゃないか」

隼はクックッと笑った。美樹はにらみ返す。

ふたりは、同じこの町に生まれ、同じ幼稚園、同じ小学校、同じ中学校に通った仲だ。

そして現在また、同じ高校に通学している。腐れ縁といっていい。

美樹は隼の家から五十メートルと離れていない米屋の娘である。

いまは住宅ばかりのこのへんにも、昔はちょっとした商店街があった。

ところが、山手《やまのて》線外にのびる私鉄や地下鉄が整備されて都心の大繁華街との往来が簡便になり、さらには近くの幹線道路沿いや最寄り駅に大型スーパーが進出してくるに及んで、パパママ・ストアの商売はたちゆかなくなった。

貯《たくわ》えなり資産なりがあればいいが、そうでなければ、他所《よそ》へ移って巻き直しを図るか、とどまるにしても転業、転職するか、あるいは何がなんでも家業をつづけていくか、商店主たちは苛酷な選択を迫られた。

こうして老人の歯が一本一本抜け落ちていくように、一軒また一軒と店がたたまれはじめ、隼が小学校へあがるころには、だれも商店街とはよばなくなっていた。

現在では商店といえば、しもた屋としもた屋のあいだに、肩身が狭そうにポッンポッンと数軒が点在するのみである。美樹の家は、その数軒のうちの一軒なのだ。

おそらく米屋という商売がよかったのだろう。日本人でごはんを食べないという人は、まァいないだろうし、それに米は五キロ、十キロという単位で買うものだから、近くにあって配達してもらうのがいちばんいい。

もちろん企業努力もしている。二年前に行った屋号の改称などは、そのひとつだ。もとは「米源」といった。いまは「米米米米」という。

これは「ベイ・マイ・ベイ・ベイ」、つまり「Ｂｅ Ｍｙ Ｂａｂｙ」と訓《よ》ませる。美樹のアイデアだという。実際これで、得意客が増えたらしい。

「配達の帰りか?」

隼はそばに転がっている美樹の自転車のほうへアゴを突きだしていった。

「大通りの向こうの上岡《かみおか》さんとこ」

ぶっきらぼうに美樹はこたえる。

「それで見つかっちまったわけか……」

隼は頭をポリポリかいた。

「けど、そんなに怒ることないだろう。べつになんでもないんだから」

「バカねえ。隼があんなきれいなひとたちと何かあったなんて思ってやしないわよ」

美樹がせせら笑うようにいった。

これには隼はムカッときて、

「ばかやろう。オレなんか、ハーレム……」

みたいなところで一か月も暮らしてたんだゾ、といってやりたかったが、グッとこらえた。

たしかに数十人の若い美女ばかりが住む藤林屋敷はハーレムといえなくもない。もっとも隼はそこで奴隷同然の扱いをうけていたのであったが。

なんであれ、藤林くノ一組に関することは喋《しゃべ》れない。ひとことでももらしたら最後、隼は婆どのに命を奪われる。

「じゃあ、なんで怒ってるんだよ？」

ふてくさったように隼はきいた。

「怒るのあたりまえでしょ。あんなインチキして」

美樹はキッと鋭い視線を突き刺してきた。

「インチキ……？」

隼にはわからない。

「あれじゃヒッチハイクじゃない。日本半周全行程、自転車走行のみっていう約束はどうしたの」

「あ……！」

たちまち隼はオドオドしはじめた。

美樹と会えば、まっさきにその話が出てとうぜんなことを、すっかり忘れていた。いや、忘れていたわけではない。きょう明日じゅうに、やりもしなかった日本半周サイクリング旅行の話をなんとかデッチあげようと思っていたのだ。

それが疲労した心身をひきずって、自宅へたどりつかないうちに、この思いもよらぬ形での再会だ。考えるヒマもなかった。

「領収書だしなさい」

サイクリング旅行の証拠物件の提出を、美樹は求めた。

きた、と隼は思ったが、思ってもどうしようもない。うろたえるばかりだ。

「明日《あした》まで待って、明日まで。ね」

深夜にコンビニエンス・ストアで領収書を買い、徹夜でデタラメ書こうといま閃《ひらめ》いたのである。

「ないのね、領収書」

美樹はググッと詰め寄る。

隼は恐怖にかられた。昔から美樹の鋭い視線を浴びると、ヘビににらまれたカエルになってしまうのだ。

「あるよ。いやいや、あったんだ」

「あったんだって、何よ」

「あったんだ。たしかにあったんだけど、落としちゃってさ」

「どこで」

「あの、あの、大阪。大阪だよ」

「じゃあ、大阪からあとのはあるわけね」

「あっ！　ちがうちがう。大阪じゃなかった。そこ、すぐそこで落としたの。いまだよ、いま。いやあ、まいっちゃったなあ、アハアハアハ……」

「隼！」

ついに美樹は金切り声で怒鳴った。

「ウソなのね。みーんな、ウソだったのね。ヒッチハイクどころか、どこへも行かなかったのね。東京にずうっといたのね」

「そ、それはいいがかりだ。行ったよ。ちゃんとサイクリングには行ったよ」

神奈川、静岡、愛知の三県だけは、予定より大幅に日数を費やしたとはいえ、マジメに自転車で走破したのである。みーんなウソ、といわれては隼にしてみれば大いに心外だった。

だが、それをいったら美樹に、なあーんだ、たったの三県、と逆捩《さかね》じをくらわされるのがオチだ。

隼は、美樹に押されるまま、どんどん後退する。

「行ったフリして、どこに隠れてたのよ！」

「隠れてなんかいないったら。そんなにツバとばすなよ」

「隼からは二日おきに電話があって、サイクリング旅行をあきらめずにつづけてるのよって、おばさまからきいて、あたし、隼のことちょっと見直してたんだから」

おばさまというのは、隼の母の千鳥《ちどり》のことである。

「だから、隼がちゃんとやりとげて帰ってきたら、キスのひとつもしてやろう、胸のひとつもさわらせてやろう」

「ホ、ホントか、美樹！」

「ンなわけないだろうが！」

おめくと同時に美樹は、隼の左足の甲を思いきり踏ンづけた。

夜の住宅街を、隼の悲痛きわまる絶叫が駆けめぐった。

## 2

隼は薄暗い部屋の二段ベッドの下段で、タオルケット一枚掛けずに、よだれをたらしてぐっすり眠っている。

パジャマの上着の前ははだけ、ズボンのほうはパンツと一緒に、ヘソよりずうっと下までさがっていた。だらしないこと、おびただしい。

ドアが開いて、だれか入ってきた。

そのだれかは窓のカーテンを左右に引きあけた。サアーッと朝日が射しこむ。

居住者の性格をあらわす乱雑きわまりない部屋のようすが、白日の下《もと》にさらされた。

隼は依然、目を閉じている。だが、まぶしさにたえかね、顔をかくすものを手さぐりでさがしはじめた。

部屋への入来者である少年が、小脇に抱えていた雑誌を手に持ちかえ、真ん中あたりのページを開いて、そのまま、ジタバタしている隼の手につかませてやった。写真誌のようだ。

隼はそれで顔をかくした。が、グラビアのひんやりした感触におどろき、雑誌をすぐに顔面から離して、薄目を開いた。

「おーっ！」

とつぜん叫んで、隼ははね起きた。

ゴンッ！

「痛《いて》えっ……」

二段ベッドの上段の下側に脳天をぶつけたのだ。

「目がさめたろ」

と少年はいった。

「テル。お、おまえ、小学生のくせに、こんなスゲエの、どこで……」

隼は、強烈なヌード写真誌と、弟の燕昭《てるあき》の利発そうな顔を交互に見比べた。

「ブラザー・イーグルのだよ」

「鷲二《しゅうじ》アニキめ、とんでもないヤツだ。こんな上物《じょうもの》、オレに隠しておくなんて」

「隼兄《に》イ。ほかに考えることないのか」

「ないよ」

間髪《かんはつ》を入れず即答して、隼はニッと笑った。

「美樹さんがあきれるはずだよな」

燕昭は、おとなびた口のきき方をすると、床に散らかっている雑誌や空きカンや野球のグローブなどを踏みつけて、半開きになっているワードローブの前へいき、中のものをゴソゴソかきわけはじめた。

すぐに白の半袖《はんそで》ワイシャツとグレーのズボンを見つけだし、ほら隼兄イ、といってベッドのほうへ放《ほう》った。

寝起きのガラガラ声で、サンキューと隼はいった。

「始業式なんだろ。遅刻するぞ」

「ふぁーい」

あくびと一緒に隼が返事をしたときには、燕昭はもう廊下へ出ていた。

隼は、ベッドの上であぐらをかき、しぶしぶ着替えはじめた。

（きのうはまいったなア……）

一昨日《おととい》の夜、やりもしなかった日本半周サイクリング旅行から帰京した隼は、その夜は疲れているのを理由に、家族には何も話さなかった。

それから、風呂《ふろ》からあがってすぐに部屋へ入るなり、眠ったフリをして、日本地図や旅行社のパンフレットなどを引っぱりだし、サイクリング旅行をしたことになっている西日本各地に関する一夜漬けの勉強を開始した。なにしろ話をデッチあげなければならなかったのだ。

なのに横着して、ベッドに寝ころがったまま勉強しようとしたのがいけなかった。もともと、ほんとうに疲れていたのだ。ベッドにからだを横たえるなり、三十秒とたたないうちに隼の意識は薄れ、いけないと思って目をあけたときには、翌日の昼をまわっていた。

ところへ、美樹から脅迫電話がかかってきた。

隼が大ウソをついていたことを、隼の家族にバラすというのだ。

隼はあわてた。朝メシも食べずに家をとびだすや、「米米米米」へ駆けつけ、連れ出した美樹に、きょうはいちだんときれいだ、てな世辞を連発しながら、駅前のレストランでランチとチョコレート・パフェをおごった。散財である。

美樹は、家族には内緒にしておいてやるかわりに、夏休みのあいだどこにいたのか、それをきかせろと迫った。

隼は、それに対する答えだけは昨夜《ゆうべ》、風呂の中で考えておいた。

実は、と申し訳なさそうな顔つきをつくって、札幌《さっぽろ》の鷲二アニキの下宿にころがりこんでいたのだと白状した。

なあんだ、つまらない、と美樹は笑った。それは安堵の笑いだった。少なくとも隼が悪いことだけはしていなかったとわかったからである。

隼は男ばかりの四人兄弟の三男だ。

なぜか隼をのぞいて、兄弟いずれもデキが良く、次兄の鷲二は現在、国立北海道大学の二年生だった。

鷲二は、よく学びよく遊べというタイプで、夏休みだからといって家に戻ってくすぶっているような性分ではない。休暇中は所在の知れないことが多く、大学で知り合った全国各地の友人の家を泊まり歩いたりしている。

それだけに隼とすれば、ダシにつかうにはちょうどよかったのだ。鷲二と美樹が顔を合わさない限り、バレることはない。

これで美樹からかけられた嫌疑を晴らすことができた。といっても、ウソの上塗りをしただけのことだが。

このとき美樹から、ある事件のことをきいた。

人気タレント夫妻、諸出一樹と南田加イイ子の息子の呑人《どんと》クンが、生後一週間の七月末に病院から忽然《こつぜん》と消えたまま行方不明なのだという。以来マスコミも巷《ちまた》もその話でもちきりで、現在もその状態はつづいている。とうぜん誘拐の線が濃厚だが、身代金の要求さえいまだにないため何の手がかりも得られず、捜査当局は頭を悩ませているのだそうだ。

隼がそんなことあったのかとおどろくと、美樹は隼が読んでないのは教科書ばかりじゃないのねとあきれた。

美樹にいわれたとおり、藤林屋敷にいたあいだ、新聞を読んでいない。もっとも、ふだんでも新聞については、テレビ、ラジオの番組欄とスポーツ欄にしか目を通さないが。

藤林屋敷では、テレビも見れなかったし、ラジオもきけなかった。婆どのがあたえてくれなかったのだ。

それでも、ただひとつだけ隼が思いだしたことがある。上野城公園のパーキングに駐車中の観光バスから漏れていたラジオの音である。

あのときたしか、よくききとれなかったが、諸出呑人クンがどうのこうのといっていた。時期も七月末で符合する。とすれば、あれは、誘拐を知らせるニュースだったのだ。

しかし、隼には関係のないことだった。

美樹との冷汗ものの会見を終えて帰宅した隼は、待ちうけていた母親の前で、またしても口から出まかせを連発しなければならなかった。日本半周サイクリング旅行の土産《みやげ》話《ばなし》である。

母の千鳥は、息子の語るデッチあげ話を、ひかえめながら時折り、おどろきに目をまるくしたり、軽い相槌《あいづち》を打ったりしながら、熱心にきいた。たえずやさしい微笑をたたえていた。

この人、もとは良家の子女だった。隼というアホ息子を見てしまうと、それは信じられないだろうが、ほんとうである。

金沢《かなざわ》の生まれで、ルーツをたどれば、なんでも加賀《かが》百万石の重臣につながる家柄だという。

つまり、お嬢さま育ちなのだが、昨今どこにでもころがっているにわかのそれとはワケがちがう。数百年の伝統を受けついだお嬢さまだ。本物である。

ついでだが、隼の父親の風早鳶夫《とびお》は、お坊ちゃんでもなんでもない。神戸《こうべ》の小さな写真館の次男坊である。

大手出版社につとめる鳶夫は硬派の週刊誌の編集長をやっているが、入社してまもないころに、旅行情報誌で「この旅はどーも」という連載企画を担当したことがある。地元で見かけた美女をつかまえ、その女性をガイド役として、観光案内をするという他愛もない内容である。もちろんその女性には、年齢、スリー・サイズ、職業、趣味、理想の男性像といったおさだまりの質問にこたえてもらい、全身写真を掲載する。

金沢篇《へん》の取材旅行で鳶夫が見つけた美女が千鳥だった。千鳥は雑誌に出るのをやんわりと断ったのだが、そのときの笑顔が、たちまち鳶夫の心をとりこにしたという。これが縁で、二人は結ばれ、千鳥の実家の多大な援助を得て、現在の地に家をかまえたのである。

お嬢さま育ちの千鳥は天性、物事に恬淡《てんたん》としている。あくせくしない。言動がおそろしくおっとりしている。そして、人を信じて疑うことを知らない。

こういう女性だから、息子の大ウソを、ニコニコしながらきいて、かんたんに信じてしまう。

それだけに隼としては少々気がひけたが、真実を語ることは命を捨てることに同じである以上、このさい好人物の母親をだますのもやむをえなかった。

ところが、そこへ邪魔が入った。燕昭である。

燕昭は、いちいち鋭い質問を放って、隼の心臓に何度も早鐘を打たせた。

「へえ。隼兄イが広隆寺《こうりゅうじ》へ行ったのか。京都なんてガラじゃないのに」

「ちょいと歴史のお勉強をしようと思ってな」

「で、何見たの、広隆寺で?」

「な、何見たって、おまえ……広隆寺っていったら、もうきまってるじゃないか」

「きまってるって?」

「知ってるだろ、テル。ほら、仏像っていうかなんていうか……」

「弥勒菩薩《みろくぼさつ》像?」

「あたり! そのミクロ、ミクロ」

「ミロクだよ。ほんとうに見たのか、隼兄イ?」

「見たさ。テル、おまえ、おにいちゃんがウソをついてるとでも思ってるのか!」

「怒鳴ることないだろ。じゃあ、玉虫厨子《たまむしのずし》なんかも見てきたわけだ」

「とうぜんだ。広隆寺っていやあ、ミロクボサツにタムシズシだ」

「タマムシノズシ」

「それ、それ」

「ふうん……」

「な、なんだよ、その疑わしいリアクションは」

「だって、隼兄イ。玉虫厨子って、広隆寺じゃなくて、法隆寺《ほうりゅうじ》にあるんだけどな、奈良の」

「うっ……！　い、いちいち仏像の名前なんかおぼえていられるか！」

「厨子は仏像じゃない。物入れだよ」

てな調子であった。

まだ小学校五年生の燕昭が、どうして弥勒菩薩像や玉虫厨子のことなど知っているかというと、再来年《さらいねん》の私立中学校受験に照準を合わせて、日夜勉学に励んでいるからである。もともとアタマがいい。小学校の成績は一年生のときから、体育以外はオール5だ。

三年生から自主的に全国規模の塾へ通っているが、日曜日ごとの模擬テストでは、五年生になってこのかたコンスタントに偏差値七十前後で、開成《かいせい》、麻布《あざぶ》、武蔵《むさし》のご三家合格もほぼ確実という秀才ぶりを発揮している。

ご存知ない読者のために付言しておくが、ご三家クラスの中学の入試問題というのは、大学入試のそれより、文字どおりはるかに難しい。想像を絶すると申し上げておく。興味のおありになる方は、書店でその過去の出題集を買ってきてじっくりご覧になられるとよい。

そうすれば、燕昭が隼の前で披瀝《ひれき》した程度の知識は、小学生だからといっておどろくにあたらないとおわかりになるはずだ。

燕昭は、論じろといわれれば、「アメリカ大統領選挙の仕組みと弊害について」だって過不足なく簡潔に論じることができる。

かたや大統領といえば、ワシントンと桜の木の話しか浮かんでこないような隼である。それも、ワシントンは桜の木を伐《き》った犯人を突きだした正義の人だ、などとムチャクチャにおぼえているから処置ナシである。

どうころんでも十六歳の隼は、頭脳では十一歳の燕昭に歯が立たないのだ。

それで隼は、日本半周サイクリング旅行の土産話を手短に切りあげて、リビング・ルームから早々に退散した次第である。

以上が、夏休み最後の日の騒動の顚末《てんまつ》だった。

(あれで父さんや、鷹介《ようすけ》アニキでもいたら、たまったものじゃなかったな……)

隼は、半袖ワイシャツとグレーのズボン姿に着替えると、脱いだパジャマをそのへんに放り投げて、自室を出た。

商社マンである長兄の鷹介が不在なのは海外赴任中だからとうぜんだが、父の鳶夫はきのうも一昨日も帰宅していなかったので、隼は帰京してからまだ父と対面していない。

鳶夫が編集長をつとめる「週刊文潮《ぶんちょう》」はいま大きな事件を追って臨戦態勢をしている、と昨晩千鳥はいっていた。そのとき隼は、先週号を手にとって、パラパラとめくってみた。

『子どもが危ない！　恐怖の人身売買組織、日本上陸!?』というおどろおどろしいタイトルがおどる連載特集記事を目にして、ああ、これがそうかと思う一方、

（また父さん……）

と隼はあきれたものだ。こういうやたらセンセーショナルな見出しが鳶夫の好みだとはわかっているが、はっきりいってセンスが悪いと前々から感じているのだ。

とはいえ、その特集記事自体は、興味深い読み物であった。

二階建ての風早家は、上に三部屋ある。鷹介と鷲二がそれぞれ一室。隼と燕昭が同室だ。が、現在は、長期不在の鷹介の部屋を燕昭がつかい、隼もひとり部屋だった。

隼は一階へ降りると、小用をすませてから、風呂の脱衣場にある洗面所へいった。顔を洗いはじめたとき、音楽がリビングのほうから流れてきた。テレビだろう。

隼はギクッとして、洗顔の手をとめた。ききおぼえのある曲だった。

ブラザーズ・ジョンソンの「Ｓｔｏｍｐ」。

下忍たちの早朝のトレーニング・タイム。正忍堂。サヤカの白いレオタード。婆どのの「ふぐり殺し」……。

隼は急に落ち着かなくなった。

婆どのは彼にＷＷＩの裏稼業の危険な仕事をやらせるといったが、隼にしてみれば、それはひどく非現実的なことのような気がしていた。口封じのための、婆どののたんなる威《おど》しだとも考えられた。

もともと隼は藤林くノ一組とは無関係の一高校生にすぎない。ひょんなことから忍者修行を強要されるという悲惨な目にはあったが、こっちが東京へ帰ってふつうの生活に戻ってしまえば、まさか婆どのだって手出しはできないだろう、とどこかでたかをくっていた。

　なのにいま、藤林屋敷を思いださせる音楽をちょっと耳にしただけで、隼の心には勃《ぼっ》然《ぜん》といいしれぬ不安がひろがり、からだがふるえだしたのである。

　隼は自分をごまかしていたことを覚《さと》った。あれらはもう済んだこと、ふたたび関《かか》わり合いになることはない、と本気で信じていたわけではなく、むしろ必死にそう思いこもうとしていただけにすぎない自分を、隼はたったいま発見したのである。

　洗面所の鏡にうつる顔が、みるみる情けないものにかわっていった。

「Ｓｔｏｍｐ」はまだテレビから流れている。朝のワイド・ショーの中のエアロビクスとかジャズ・ダンスとかのコーナーにちがいない。

　隼は、その音楽が鳴りやむのを待ってから、ようやく洗面所を出てリビングへいった。

　燕昭はすでに朝食を終えて席をたつところだった。

「行ってきます」

「はい。行ってらっしゃい」

　千鳥が、コーヒーをのみながら、のんびりという。

「母さん。こげるよ、目玉焼き」

キッチンのほうへアゴをしゃくってから、燕昭はランドセルをひっかつぎ、隼といれちがいにリビングを出ていきかける。燕昭の小学校はもう先週から授業が始まっている。

「隼兄イ。遅刻するぞ」

おお、と隼はうなずいたが、声に精彩がない。

「どうしたの、隼兄イ？　元気ないぞ」

「そうか」

「まア、気持ちはわかるけどね」

「えっ！　じゃ、じゃあ、おまえ、あのことを……」

知ってるよ、とばかりに燕昭はニヤリとした。

隼はひどくうろたえた。目の前が真っ暗になった。藤林くノ一組の存在と、その裏稼業のことをだれかに漏らしたら、隼は婆どのに殺されてしまうのだ。

(けど、オレはだれにも話したおぼえはないゾ)

隼は一昨夜からの自分の言動を懸命に思いだそうとした。

「きのうの夜、塾からの帰り道で、美樹さんにバッタリ会ったんだ」

「美樹に……？」

「向学心に目覚めたそうじゃないか、隼兄イ」

「向学心に……目覚めた……？」

隼は一瞬キョトンとし、数秒たってから、あーあーそのことか、とほうっと息を吐きだした。

忘れていた。美樹との約束のことだ。

きのう駅前のレストランでランチとチョコレート・パフェをおごってやったのにもかかわらず、美樹は賭《か》けの一件をチャラにするとはいってくれなかった。非情な女である。

始業式の日から毎晩、最低二時間の勉強を隼は課せられることになった。教科書と参考書と問題集という拷問具を手にした美樹が密着して、これを高校卒業までつづけるという。

あと一年半もある。悪夢が現実になるのだ。

家族は賭けの一件に関しては一切知らない。それで今夜隼が、家に美樹を連れてきて、とつぜんマジメに勉強をはじめる理由を宣言することになっていた。

日本半周旅行をやり遂げたら、オレみたいなグータラでもその気になればなんでもできるという自信がついた、そこでこんどは学業に真剣に取り組んでみようと思う、ついては秀才の美樹に家庭教師をお願いした、とまアそういうような嘘八百《うそはっぴゃく》である。

そのことを美樹は昨夜のうちに、燕昭に話してしまったらしい。

土壇場で隼は破約して態度を豹変《ひょうへん》させるかもしれない、と美樹はおそれたのだろう。事前にそれとなく家族の耳に入れておき、隼を追いこむ作戦に出たのにちがいない。アタマのいい美樹らしいやり方だ。

(ちくしょう、美樹のヤツ……)

ただ、賢い燕昭は、美樹の話を額面どおりには受け取らなかったのだろう。愚か者の兄が何か弱味を握られていて、美樹のいいなりにならざるをえなかったのだと見当をつけたのは明らかだ。気持ちはわかるよというセリフが、それを如実に証明している。

「よろこんでたよ、美樹さん。隼兄イがやっと改心してくれたって」

改心、とはひどいいいかたではないか。

「オレは犯罪者か！」

学業成績最悪の兄が憤然とすると、

「犯罪者だって監房で読書ぐらいはするらしいよ」

有名私立中学合格率八十パーセントの弟はからかった。

返すことばも知らずただにらみつける隼に、燕昭はちょっとおそれをなし、じゃあネといってから、廊下を玄関のほうへピューッと駆けていく。

その背に、車に気をつけろ、と隼は声をかけた。

わかってるよ、と燕昭の元気のいい声が返ってくる。

この二人、愚兄賢弟だが、兄弟仲はすこぶるいい。

隼と燕昭だけに限らず、ここにいない鷹介も鷲二もふくめて、風早家の四人兄弟はみんなそうだ。

「あーら、たいへん」

と少しもたいへんそうではない間のびした声を出して、千鳥が煙をモクモクとあげるフライパンの中をのぞきこんでいる。目玉焼きが真っ黒だった。

「どうしましょう、隼ちゃん」

「いいよ。自分でやるから」

「そうねえ。でもねえ……」

などといいながら、千鳥は黒焦げの目玉焼きを箸《はし》でつまみあげて、さかんにためつすがめつしたあげく、クスクス笑いだした。

(これだもんなァ……)

隼のほうは苦笑した。

兄弟仲のいいのは、母親のこういうところが原因だといえる。

なにしろ、乳母日傘《おんばひがさ》育ちの千鳥は、物事をテキパキとやれるような女性ではない。万事スローモーで、とりとめがない。

そこへもってきて、父親は仕事柄、夜が遅いし、帰らないこともある。

男の子たちに、オレたちのことはオレたちだけでやろうという、兄弟としての自立心が芽生え、結束力が高まったのはしぜんの成り行きだった。

隼や燕昭などは、年の離れた長兄の鷹介に育てられたようなものだ。もっとも四人の兄弟がどの子も、三男のオツムだけをのぞいて心身ともに健康に育つことができたのは、母親に似た楽天的な性格の持ち主だったからだといわねばならない。

隼はその楽天性をいちばん色濃く享《う》けついでいる。ひとり風早四兄弟中ではめずらしく、そのうちなんとかなるだろう式で生きてきたのが、何よりの証拠だ。

しかも隼がスゴイのは、そのうちなんとかならなくても、ちっとも危機感をおぼえないところにある。こうなると、天性の楽天家なのか、たんにバカなのか、あるいは両方なのか、よくわからない。

しかし、その隼も、きょうから新しい学期が始まるにあたり、二つの苦悩を抱えて、危機感どころか恐怖感さえおぼえはじめているのだ。WWIの仕事に、美樹との約束。どちらも、考えれば考えるほど恐怖が増幅され、総身の膚が粟立《あわだ》つ思いがして、ともすれば度を失いかねなかった。

割ってフライパンに落とした卵が、なんだか婆どののシワくちゃ面に見えたり、美樹のぽっちゃり顔に見えたりした。

「このっ」

隼は、ガス・レンジのつまみを、めいっぱい左へひねった。ボッ、と音をたてて強火になる。

すると食卓の花瓶の花の位置を直していた千鳥がチラッとのぞきこみ、あらあら隼ちゃん、といってゆっくり首をふった。

「目玉焼きは火加減よ」

## 3

隼の通う明経《めいけい》学園高校は、終戦後の創立というから、都内の私立校としての歴史は浅いほうだろう。そのせいかどうか都心からやや離れている。それでもJR山手線のターミナル駅で乗り換えて五分、降りてから徒歩十分ほどのところだ。

なんでも加賀藩ゆかりの地だったことを奇貨として、校名は金沢にあった藩校の明倫《めいりん》館《かん》と経武館《けいぶかん》にちなんだという。

隼は、祖先が加賀藩の枢要につながる娘を母親にもつが、こちらはたんなる偶然である。

その隼はいま、大勢の通勤、通学者に混じって、駅の改札口から吐きだされたところだ。

明経学園高校のほかにも、いくつかの小・中学校や、幼稚園から大学まで一貫教育の女子校が集まっている、いわゆる学園の街なので、圧倒的に学生の数が多い。暦の上ではとうに秋だが、九月初旬はまだ暑い。学生たちの制服はいずれも白が基調だ。

といっても、女子学生の制服には、上から下まで総合的にみれば、各学校ごとにデザインにそれなりの自己主張があり、なかなか目を楽しませてくれる。このあたりは、さすがに都内である。

その点、男子学生のスタイルには、面白味がない。上は一様に白の半袖ワイシャツだし、ズボンにいたっては、黒か紺かグレーという、ちっとも暑い時季らしくない地味な色だ。

都会も地方もない。制服のみか、おそらくその中身も十年前二十年前となんらかわりばえがしないのは、男の子たちばかりであろう。

隼は、駅前の広場から通りへ出て、早足に歩いた。遅刻しそうなのである。

よおっ、と声をかけられたので、振り向いた。隼と同じ制服姿の大小コンビが駆けてくる。

大が西郷格之進《さいごうかくのしん》、小は神保雅士《じんぼまさし》。どちらも隼の悪友である。格之進は柔道着をさげていた。

「始業式の日から、練習あるのか」

　二人が追いつくのを待って、並んで歩きだすと、隼はその柔道着をポンとたたいた。およそ五十日ぶりに会ったといっても、久しぶりだな、みたいな挨拶がでないところは、学生らしい。

「ウン……」

　と格之進はいったつもりだろうが、フンとしかきこえない。空気がもれたようなヌーボーとした喋り方をするからである。

　もともと柔道にはなんの興味もなかった格之進だが、新入生のとき、たんにからだがデカイという理由だけで、むりやり柔道部へひっぱられた。身長一八一センチ、体重一四八キロ。ソウル・オリンピックの金メダリスト斎藤仁《さいとうひとし》と同じ体型の超巨漢は、いまだに白帯である。

「それより、隼」

　チビでメガネの雅士が、ニヤニヤしながらいった。

　一見、秀才タイプの雅士だが、ある意味ではそうともいえる。家業が古本屋なせいか、妙なことにひどく詳しく、理屈っぽいところがあるのだ。

　もっとも、隼や格之進ほどひどくはないにしろ、学業は得意なほうではない。

「日本半周サイクリング旅行、やり通したのか?」

その質問に隼が一瞬グッとつまったので、雅士はヘッヘッと薄ら笑った。

「やっぱりダメだったのか」

ダメ、のところをうれしそうに強調した雅士に向かって、隼はしかし自信ありげにニッと笑ってみせた。

雅士はちょっとおどろいて、わずかに身をひく。

「やったぜ」

隼は、両手ともにつくったVサインを、雅士のメガネがずり落ちそうな低い鼻面へピッと突きつけた。

「ウッソだあっ！」

間髪を入れず叫んだ雅士へ、ほんとうさ、と隼は涼しい顔でこたえる。

こういうとき、いつもの隼なら、ばかやろうウソなもんか、とムキになって抗議するのに、この落ち着きぶりは雅士に少なからぬショックをあたえたようだ。

「ホ……ホントにホントなのか、隼？」

雅士は目をまるくして、食い入るように隼の得意げな顔を見つめる。

「美樹との賭けのこと、おぼえてるだろ」

隼がきくと、雅士は、ああおぼえてる、おぼえてる、とうなずいた。

「きょうからオレは美樹のご主人さまよ」

隼は薄い胸板をめいっぱい反らせた。

「へーえ!……」

鼻からずり落ちかけていたメガネを指で押しあげながら感嘆詞を発した雅士だが、それでもまだ疑いを捨てきれない顔つきをしている。

「あとで美樹にきいてみな。あたしは風早隼さまの奴隷です、っていうから」

「ホントかよ……」

なおも半信半疑らしい雅士が、隼の表情の変化から目を離さず、さかんに首をひねりつづけていると、

「いいなあ、隼は!」

だしぬけに大声でいった者がいる。それまで茫洋《ぼうよう》とあらぬ方向を見ていて、話をきいていたとも思えなかった格之進だ。

「な、なんだよ、格之進! いきなり上から声ふらせるなよ。びっくりするだろうが」

一五〇センチしかない雅士が相手の胸に鼻をくっつけて怒った。

怒られた格之進はとみれば、なんだかすねたように分厚い唇をとがらせ、ぼんやりと空を見上げている。

「ぼくは美樹さんの奴隷になりたい」

格之進がポッンとつぶやいた。

「こ、こいつ、危ないヤツだな……」

隼がマジに頬をひきつらせたそのとき、キンコンカンコーン……。朝の空気をふるわせて鐘の音が響きわたった。始業の鐘だ。

「いけね。遅刻だ」

三人はあたふたと走りだした。もう目前だった明経学園高校の正面から広い校庭へ駆けこみ、そこを突っ切って、校舎の玄関まで一目散だ。

隼は駿足《しゅんそく》をとばした。頭脳のほうはほとんど回転しない隼でも、足だけはギャグ・マンガの主人公みたいによく回るのだ。

実際、途中で飽きないかぎり、百メートルを十一秒台前半で走破できる脚力をもっているのだが、体育の授業のタイム測定のときには全力で走ったことがない。人材不足に悩む陸上部の亀田《かめだ》先生にわかったりすると、強制入部させられかねないからだった。

その隼から、体重のある格之進と、運動オンチの雅士はみるみる後れる。

ほかにも五、六人急いでいる生徒がいたが、脚の速い隼は彼らも追い越して、真っ先に校舎内へ走りこんだ。

靴箱に靴を放りこみ、上履きにはきかえる。

隼は、廊下を左へ折れ、階段へ走り向かった。

明経学園では、各学年八クラスで、一組から六組までの普通クラスと、A組という成績優秀者のみの選抜クラスと、そして少人数の演劇クラスとがある。

Ａ組のＡは、ギリシア神話の知恵を司《つかさど》る女神Ａｔｈēｎａ《アテナ》のＡだそうだ。

いうまでもないが、隼はそんな頭のいい女神さまとは無関係で、タダの二年六組だ。格之進も同じタダの六組で、雅士がこれまたタダの四組である。

階段を駆けあがってすぐのところに、タダの六組はある。

廊下にはすでに生徒の影がなかった。担任の教師が教室へ入っている証拠だ。

隼は腰をかがめ、六組の教室の後ろの引き戸を、ソロリソロリとあけはじめた。

そこにいちばん近い席の江藤啓一《えとうけいいち》が気づいてニッと笑ったので、隼もニッと笑い返した。

「江藤！　どこ向いちゅうか」

担任の熊野井貫蔵《くまのいかんぞう》先生の土佐《とさ》弁がとんできた。途方もなく声がでかい。

いけねえ、と江藤ではなく隼が首をすくめた。

「クラスメイトと朝の挨拶交わしてましたア」

と江藤がまたよけいなことをいった。

「ばか」

隼が床に這《は》いつくばったまま、小声でなじる。

「立たんか、風早。シリが見えちゅうきに」

これにはクラスじゅうがドッと笑った。

隼は、苦笑し、頭をポリポリかきながら、視線を落としたまま立ち上がった。

「ほれ。あれがクラス一のお調子もンの風早隼じゃ」

熊野井先生がだれかに隼を紹介するようないいかたをした。

隼はふと視線をあげて、教壇のほうを見やる。

あっ、とあげかけた声を隼は危うくのみこんだ。

教師用の大机に両手をついて、壁の大黒板の前の教壇にヒゲ面の熊野井先生が立っているのは、およそ六週間ぶりとはいえ、朝の見馴れた光景である。

ところが、二学期第一日目の今朝は、熊野井先生の横に、とびきり可愛《かわい》い女の子がスラリとした立ち姿を登場させていたのである。

「風早。転入生じゃ」

熊野井先生が、うれしそうにいう。

転入生はチョコンと頭をさげ、微笑を浮かべて名乗った。

「藤林サヤカといいます」

隼は声もなく、バカのように笑っていた。

始業式の日は授業がないので、在校時間は短かったが、そのあいだに二年六組の転入生のことは、学園じゅうに伝わってしまった。

サヤカが帰るころには、二年生のほかのクラスからはいうに及ばず、おとなぶってい
る三年生からも、中学生に毛が生えた程度でしかない一年生からも、男子生徒が続々と見学に押し寄せる騒ぎだった。

そのドサクサに独身男性教師が五人や十人はまぎれこんでいたらしい、という証言も後になってとびだしたほどのクレージーぶりだ。

べつに明経学園に、サヤカが紅一点となったわけではない。

明経は共学だ。全校生徒千百名のうち、もともと紅四百五十点ぐらいはいる。演劇クラスの美樹だってそのうちの一点である。

ひとりサヤカが美しすぎるのだ。

しかもツンとした美人でないだけによけい始末が悪い。やや下がりぎみの眉がやさしい印象をあたえるため、明経学園の男子生徒たちほぼ全員が、ひと目サヤカを見ただけでコロッとイカレてしまった。

日頃《ひごろ》たいして女に興味を示さない雅士まで、目玉がハート型になったまま戻らなくなってしまったのだから、なんとも強烈な転入生である。

格之進だけは、ボクは美樹さんのほうがきれいだと思うなア、と審美眼を疑われても仕方のないタワゴトをいっていた。もっとも、これはこれで立派である。

格之進は話の埒外《らちがい》として、こういう場合、だれか特定の男にサヤカを射止められては、

すでに彼女に恋をしてしまった大多数の男の今後の人生が危ぶまれる。

サヤカが校内から出る前に、藤林サヤカ・ファン・クラブ結成の声があがり、圧倒的多数の賛同が得られたのは、彼らの互いの牽制策《けんせいさく》としてとうぜんだったろう。

そんなときに、正門でサヤカを待ち伏せ、早くもラブレターを渡そうとした三年二組の山田平助《やまだへいすけ》には同情を禁じえないが、まア先走りした身の不運だったとあきらめてもらうほかない。

山田は、サヤカの後ろを金魚のフンみたいにゾロゾロついてきた三百人余りの学友たちに現場をとりおさえられ、袋叩《ふくろだた》きの憂き目にあったのだ。

これがキッカケで、サヤカへの抜け駆けは何人《なんぴと》たりとも厳禁という法律が、明経学園男児たちのあいだで暗黙裡《あんもくり》に決定したといっていい。

当のサヤカは困ったような顔をしていたのだが、その表情がまた愛らしくて、男どもの心を形がなくなるまでにとろけさせた。

藤林サヤカはこうして、転入後わずか一時間ばかりのうちに、たちまち明経学園のアイドルに祭りあげられてしまった。

サヤカは正面を出たところで立ち止まり、道の左右を見渡した。

ボクが駅まで案内します、と男子生徒たちはこぞって申し出る。

そこへ、ぞくぞくするようなエクゾースト・ミュージックを奏でながら、ダークブルーのオープンカーがスーッと寄ってきて止まった。

蜜《みつ》にたかる蟻《あり》みたいに、サヤカの周りに蝟集《いしゅう》していた男子生徒らは度胆《どぎも》を抜かれた。そうと知らなくても、エンジン音をきき、ボディを一見しただけで、これが自分たちの父親が乗っている国産の大衆車と同列に論じていい車でないことぐらいは、だれにでもわかる。

獲物を狙う毒蛇を思わせるシャーシーはAC社製、V8気筒四二五馬力六九九七ccエンジンはフォード社のもの。最高速度二五七・六㎞／hを誇る英米混血のスーパー・スポーツカー、コブラ四二七だった。

しかも運転席から、カトラー&グロスのサングラスをはずして、サヤカに微笑《ほほえ》んだのが、超ミニ・スカートの色っぽいオネエサンだ。毛先にウェーブのかかったショート・ヘアがワイルドで、ガキはおよびじゃないよ、というフンイキをただよわせている。

男、というより少年たちは、いっせいにサヤカを見た。

サヤカは彼らに、明日からよろしくネというと、制服のスカートの裾《すそ》をひるがえして、軽やかに助手席へ乗りこんだ。

正門を出たところの道は、そこを突きあたりとしたT字路になっている。学園の敷地の塀に沿って左右にのびる広い道がTの横棒、ほかの学校の敷地へ通じるやや狭い道が縦棒だ。

後者には短い橋がかかっていて、その下を幅三メートル程度の浅い川が流れている。荒川《あらかわ》の支流である。

塀沿いの道を左へ行くと駅方面で、右なら都内の環状道路へ通じる。コブラ四二七は右へ道をとった。

明経男児たちは、素晴らしい加速で走り去っていくコブラの尾《テール》が見えなくなるまで、だれひとり声もたてずに茫然《ぼうぜん》と見送っていた。

その光景を、橋向こうの土手に腰かけて傍観している者がいた。隼である。

「おーおー、雅士も……」

正門前でまだポカンと口をあけたままの男子生徒の群れの中に悪友の姿を認め、隼はあきれたように、ひとりつぶやいている。

「なんだ、錦織《にしきおり》までいやがる。あいつ、きてたのか……」

隼は、おどおどした感じの小柄な男子生徒にも目をとめた。

彼は、群れからちょっと離れたところより、コブラの走り去った方角を見つめていたが、ふいにつまらなそうな表情になると、道を駅方面へ向かってトボトボと歩きだした。

錦織博明《ひろあき》は、一学期の半ばごろから休みがちになり、とうとう夏休みの十日前ぐらいから全然出席しなくなっていた。いわゆる不登校である。

もともと、いるのかいないのかわからないほど目立たない生徒なので、隼は同じクラスなのに、錦織がきょうきていたことにいまはじめて気がついたのだ。

(元気ねえヤツ……)

と思いながら隼は、しばらく錦織の小さくなっていく後ろ姿を見るともなく眺めていたが、やがて興味が失《う》せ、ふたたびコブラ四二七の去った方角へ視線を戻した。

(それにしても、どういうわけなんだ……)

どうしてサヤカが、よりによって隼の通う高校へ転入してきたのか。

サヤカ本人にそのことを質《ただ》そうにも、男子生徒どものあのバカ騒ぎで、二人きりになれる機会がまるでなかった。それどころか、彼女を囲む男たちの分厚い輪に阻まれて、半径十メートル以内にさえ接近できない始末だった。

サヤカもサヤカで、隼に声をかけるでもなし、目配せひとつするでもなし、ひょっとして故意に避けているのではないかとさえ思われた。

(そりゃそうかもな……)

隼とサヤカの関係が余人に知られては、そこから秘密の組織である藤林くノ一組の存在へと糸がたぐられかねない。まア学園の生徒たちに二人が知り合いだったことがバレたからといって、そこまで心配する必要もなさそうだが、何かひょんなことから秘密が漏れないとも限らないのだ。さいしょは互いに知らん顔をきめこんでいたほうがいいのかもしれない。

サヤカが学校にいるあいだ、関西弁をひとことも発せず、いわゆる標準語でとおしていたのもそのあたりに理由がありそうだった。

だからといって、それでサヤカの転入を説明できたことには全然ならない。

(母親の都合か何かで東京へきたのかなア……)

そんなふうにも思ってみたが、この想像にはちょっとムリがあるような気がした。

サヤカは婆どの以外の家族のことに関しては一切話したがらなかったが、隼はその婆どのから少しきいている。

サヤカの父親はすでに亡く、母親のほうは事情があっていまは一緒に住めないのだという。兄弟はいないらしい。それからすると、サヤカの転入に母親は無関係だと思われる。

そもそもサヤカが、東京のどのあたりに引っ越してきたのか、それすらわかっていない。

むろん隼はついさっき、職員室へ戻る熊野井先生を廊下でつかまえて、サヤカの住所をきいてみた。

「教えられんな」

熊野井先生はニベもなかった。

「あの清純無垢《むく》なる処女《おとめ》の住むところを、お前《まん》のごとき色気づいたガキンチョに教えてみぃ。下着でも盗むにきまっちゅうが」

「ひでえな。かわいい教え子によくそういうムチャクチャなことがいえますね、先生」

「かわいい教え子になりたかったら、少しは勉強せい」

ヤブヘビとはこのことである。

とにかく、ひとつだけはっきりしているのは、これが偶然ではないということである。サヤカの転入した高校にたまたま隼が通っていたなんてことは、どう考えてもありえない。

だいいち隼は藤林屋敷で、自分の家族や学校のことなどをサヤカに話している。だから彼女は、隼がいることを承知のうえで、明経学園にやってきたのだと思わざるをえない。

いや、隼がいるからやってきた、といったほうがもっとスンナリうなずける。

(ていうことはだよ……)

隼は急にニンマリした。

(サヤカさん……オレのことが忘れられなくて……)

メデタイ若者である。今朝、洗面所の鏡の前で、婆どのとくノ一組の影におびえていた隼はいったいどこへいってしまったのか。何も考えなくたって、サヤカと二年六組の教室で再会した時点で、WWIの裏稼業の仕事がいよいよ、と不安になってしかるべきだろう。

物事、こうも自分に都合よく考えられたら、人間しあわせではある。

サヤカの明経学園高校への転入は、実は婆どのの意志によるものだった。

WWIの裏稼業の仕事がどうしても東京に集中しがちなところから、ゆくゆくは藤林くノ一組の総帥となるサヤカにも、いずれそのもっともハードな場で実戦を積ませようと婆どのは以前から考えていたのだ。

隼の存在がそのキッカケになったといえる。となれば、同じ学校がいい。隼に仕事をさせるにも都合がいいし、また口の軽い彼の監視もできるというものだ。

サヤカが学校へ届け出た履歴書によれば、彼女は早くに両親を亡くして祖父母の手で育てられたが、その二人も昨年から今年の春にかけて相次いで不帰の人となったので、青山《あおやま》のマンションに住んでファッション関係の仕事をしている若い叔母《おば》をたよって上京したということになっている。むろん詐称《さしょう》だ。

それらは後日サヤカの口からきくことなので、いまの隼は、サヤカが望んで彼のいる明経学園へやってきたのだと勝手に思いこんでいるから、ただただ幸福《しあわせ》いっぱいの気分だった。

そういう物事を正確に認識し判断する能力が欠如した隼の頭へ、背後からいきなり、何か黒いものが唸《うな》りをたてて振り下ろされた。

パッコーン……！

「うぎゃっ！」

隼は目を回して、土手に腰をおろしたまま、横倒しになる。

昏倒《こんとう》した隼の後ろには、黒いカバンを手にした制服姿の美樹が仁王立ちしていた。

「奴隷はおまえじゃ」

隼の頭を殴ったのが汚《けが》らわしいとでもいいたげに、美樹は埃《ほこり》を落とすようにカバンをパンパンとはたきながら、冷然とつぶやいた。

# 4

バーン、と壁面に大きな模造紙が貼《は》られた。

上部の隅に真っ赤な文字で大きく「めざせ！　どこかの大学。隼もいつかは優等生」とあり、その下には縦書きで「九月—十二月予定表」として、毎日の学習事項がびっちりと書きこまれていた。

隼は、自分の部屋に貼りだされたその学習予定表を、椅子《いす》にかけたまま放心したように見つめている。

かたわらに立つ美樹は対照的に、かわいい小鼻を満足げにうごめかせていた。

昼間、学校で神保雅士に、隼の奴隷になったんだってとからかわれたとき、美樹はむかついた。表向きそういうことにしておいてやると隼に言質《げんち》をあたえはしたが、余人に話していいとまではいってなかったのだ。

それで美樹は、土手にすわってヘラヘラしていた隼に癇癪玉《かんしゃくだま》を破裂させたのである。

きょうから奴隷になるのは、もちろん隼のほうだ。美樹は御主人さまである。

「さあ、第一日目の今夜は、現代国語からよ」

上機嫌の御主人さまは、奴隷に向かって宣言した。

「まず日本語を理解できなきゃ、試験問題の意味もわかりませんからね」

「あの……その前に質問が……」

奴隷の隼は、御主人さまの機嫌をそこねないよう、おそるおそるいった。

「なに？」

「『めざせ！　どこかの大学』って、あれ、なんかヘンじゃないかなア」

「なにいってんの。あんたなんか、五流大学にも入れないくらいレベル低いんだから、どこかの大学でちょうどいいのよ」

「…………」

あたっているだけに、隼はグウの音《ね》も出ない。

（けど、もう少しやさしいいいかたしてくれたっていいじゃないか……）

隼はうらめしげにチラッと美樹の表情を見やった。

「何よ、その顔。何か文句あるの」

「め、めっそうもないです。御主人さま」

ふざけていったのではない。美樹の顔が殺戮《さつりく》好きの暴君に見えて、思わず卑屈になってしまったのだ。あわれな隼である。

もともと二人の通う私立明経学園高校は、隼が入れたくらいだから、全体としてはたいして偏差値の高い学校ではない。それでも隼はまちがって入ったといわれたくらいだ。

ただし、美樹の演劇クラスだけは別格である。

その方面のプロを講師として基礎からみっちりたたきこまれる明経の演劇クラスへは、カリキュラムのユニークなことや、卒業生の中に役者や劇作家をはじめとする著名人が少なくないということもあって、毎年志望者が殺到する。

それだけに受験生のレベルも高く、明経の演劇クラスに限っては、都立高よりもはるかに難関だといわれている。演劇クラスの卒業生で、すぐにはその道へすすまない者が、たいてい国公立大学か一流私立大学へ入っている事実からも、優秀さのほどはわかろう。

美樹はそのクラスでも、一、二を争う秀才なのである。

「じゃあ、現国の教科書ひらいて」

彼女が隼をうながすと、

「え……？」

「え、じゃない。教科書だしなさい」

「ない」

「ないって……なにばかなこといってンの」

「だって、ないもん」

「まさか教科書なくしたんじゃないでしょうね」

美樹の表情が険しくなる。

「ちゃんとあるよ」

「じゃ、出しなさい」

「でも、ここにはない」

「どこにあるのよ」

「学校のロッカーの中」

「なんですってえ！」

「そ、そんな大きな声ださなくたって……。デキの悪い生徒は、みんなそうだよ」

「しょうがないわね。じゃ、予定変更して、数学にします」

「それもロッカーの中」

「…………」

美樹は一瞬、隼をにらんだかと思ったら、机の上のカンに入れてあったコンパスをサッと抜くや、それを頭上に振りかざした。

天井からの蛍光灯の明かりを、コンパスの尖《とが》った部分が、キラリと銀色にはじき返す。

「ま、待った！」

隼は椅子からころげ落ちた。

「は、話し合おう。ねっ、話し合おうよ、美樹チャン」

「ほかの教科書は！」

「いや、そういうことより、あのね、暴力をね……暴力を授業にもちこんだら家庭教師失格だと思うな、アハアハ……」

隼は、シリで床をあとずさる。

部屋がきれいになっている。美樹が掃除をしてくれたおかげだ。

「ほかの教科書はってきいてんのよ！」

カンベンならんというふうに、美樹はドンと床を踏みつけた。

「だから……だからいったでしょ、デキの悪い生徒はみんなそうだって」

「教科書全部ロッカーの中なのね⁉」

「ピンポーン……なんちゃって」

「何がピンポーンじゃ！　このピンボケ男！」

美樹はついにコンパスを振りおろした。

「わあっ！」

隼は、それこそ死に物狂いで、身をかわした。

一瞬前まで隼のからだがあった床板へ、コンパスの先がグサッと突き刺さった。

「お、お、おまえ！　オレがよけなかったら、人殺しになってるとこだぞ」

「あんたなんか殺したほうが世の中のためよ！」

美樹はワッと隼へとびかかった。

「助けてえ！　母さーん」

ふたりは二段ベッドの下段の上へ、もつれあってころがった。

ドッタンバッタン、家が揺れるような騒ぎだ。これに家人《かじん》が気づかないはずはない。

ところが、当の二人は、必死の攻防をしていたせいで、ドアが開かれたのに気づかなかった。

「ついに一線を越えるか」

という少年の声がして、ようやく二人はベッドから顔をあげた。

ドア口のところに、敷居をまたいで、その声の主である十一歳の燕昭がワケ知り顔で立っていた。

廊下からは千鳥と、もうひとりあごヒゲのある五十歳ぐらいの男が部屋をのぞいている。

あごヒゲは、隼の父の鳶夫である。いま帰宅したばかりらしく、ヨレヨレのズボンのベルトをはずしかけていた。

「あ……！」

隼の上になっていた美樹のほうが先に彼らと目が合い、あわててベッドからおりた。

隼もバツが悪そうに、頭をかきながら起きあがった。

「隼。しばらく見ないうちにオトナになったようだな」

鳶夫がからかうようにいった。七月下旬に隼がサイクリング旅行に出かけて以来、この父子は初めて会う。

「あ……いや、これ……」

隼があかくなるだけで、何も弁明しないので、美樹はもっとあかくなった。全身が火のように熱いといっていい。

「ちょっと、隼。ちゃんと説明してよ」

小声で隼を急《せ》き立てる美樹は、うつむいている。顔などあげられたものではない。

「暑いでしょう。いま冷たいジュースもってきますからね」

ニコニコと笑顔をくずさない千鳥がのんびりとそういい、

「美樹ちゃん。隼をたのむよ」

と鳶夫も笑っていうと、それをしおに隼の両親と弟はドアをしめて出ていった。

風早家の人々は、隼と美樹が生まれたときからの仲のいいケンカ友だちであることをよく知っている。だから意に介さないこともあるが、それにしてもあまり尋常の反応ではない。

一風かわった家族であることだけはたしかなようだ。

「されたかな……誤解……」

それでも当事者である隼は、やはり少々きまりが悪そうではあった。

ふと美樹のほうを見ると、彼女はまだうつむいたままだった。

少女の美樹にしてみれば、めまいがしそうなほど羞《は》ずかしいことである。鳶夫から隼をたのむよといわれたが、何をたのまれたのか考えられないくらい、心おだやかではなかった。

「ま、しょうがねえか」

隼が椅子に腰かけて、立っている美樹の顔を下からのぞきこむと、彼女は頬を濡《ぬ》らしていた。

ちょっとおどろいた隼は、どうしたんだと訊《き》いたが、美樹は返事をしない。

「どっか打ったのか？」

いまの取っ組み合いで、怪我《けが》をさせたのかもしれない。隼は本気で心配になった。

「オレ、手加減したつもりだけど……」

彼女は小さく首を振った。涙が床へ落ちた。

「じゃあ、なんだよ。美樹らしくないぜ、これくらいのことで泣くなんて」

それとも演技だったりして、と隼が茶化すようにいうや、美樹がキッと顔をあげた。

隼を見つめる目が涙でキラキラと光っている。強くかんだ唇は、何かいいたいことをガマンしているみたいだ。

そのただならぬようすに、隼はどうしていいかわからず、声を失った。

「隼のバカ！」

ひとこと投げつけると、美樹はダッと部屋をとびだしていった。

「なんでえ、そっちが悪いんだろうが！」

隼の罵声《ばせい》は、ドアがしまる大きな音と同時に発せられたので、美樹にきこえたかどうか。

バタバタと階段を駆けおりる音が小さくなっていく。

隼は、両脚をグッと股《また》へ引き寄せ、椅子の上であぐらをかいた。両腕も胸の前で組む。憤懣《ふんまん》やるかたないといったポーズだ。

机を片寄せてある壁のほうへ視線を送る。

予定表の「めざせ！　どこかの大学。隼もいつかは優等生」の文字がやけに大きかった。

すぐに目をそらし、見るともなくベッドのほうを見やる。

シーツの上にコンパスが落ちていた。

隼は大きく溜《た》め息《いき》をついてから、ちょっと鼻をすった。ふいに、けげんな顔つきになる。

もう一度、こんどはするのではなく、何かのにおいを嗅《か》ぎわけようとするように、鼻をクンクンさせた。

「……女くせえや」

玄関の門扉《もんぴ》の開閉音につづく、通りを走って遠ざかる靴音が隼の耳に残った。

**5**

①貼付　②反物　③時化　④生憎　⑤肌理　⑥疾病　⑦心算　⑧相殺　⑨五月雨　⑩一蓮托生……。
「よ、よめない……ひとつもよめない……」

隼はひとり、机の前で頭をかかえていた。

室内灯はついていない。机上のスタンドの明かりだけが煌々《こうこう》としていた。外は真っ暗だが、カーテンを引いていないので、アルミ・サッシュのガラス戸の向こうに狭いベランダが見え、さらにその向こうに隣家の輪郭が黒く迫っている。時刻はすでに午後十一時をまわっていた。

隼が挑戦している漢字の読み取りテストは、中学受験の問題集の中のものである。燕昭からかりたのだ。

五十問あるが、隼は見事にひとつも読めない。

これでも燕昭にいわせると、カンタンなやつ、ということだった。

(あ、あいつ、毎日こんなのやってるのか……!)

いままでいい合いをして燕昭に勝ったことのない隼だが、これではとうぜんだと思わざるをえない。その燕昭はまだ、廊下を隔てた向かいの部屋で勉強中だ。

それにしても、なぜ隼がこの夜中に、やったこともない勉強をしているのかというと、美樹に悪いと思ったからだ。

さすがに美樹に泣かれたせいか、隼でも反省というものをした。それで、せめて明日までに何か勉強らしいものをして、その成果を彼女に見せようと思いたったわけである。

案外、かわいいところがある。

しかし、気持ちに実力がともなわないこと、おびただしい。成果を見せようにも、一問も解けないのではお話にも何もならない。

「テルに答え見せてもらおうかな……」

てなズルイことを早くも考えはじめている。

「けど、そんなことしたら、あいつ、美樹に告げ口するだろうし……」

隼は腕を組んで、しばらく思案していたが、そのうち、そうだ、と手をうった。

「テルが寝てから、解答篇を盗んじまえばいいんだ」

思案のわりには、ロクでもない結論である。

燕昭はどんなに勉強がすすんでもすすまなくても、午前零時までには必ず床に就く。翌日にひびかないように、ちゃんと自己管理をしているのだ。アニキとはえらいちがいである。

時計を見た。あと三十分だ。隼は待った。

待っているあいだに少しでも自分で解こうという気にはなれないらしい。鼻クソをほじくりだした。

読み取り問題をふと見やり、「㉛勤王」に目をとめた。これは「勤皇」とも書いて、もちろん「きんのう」と読むのだが、隼は「きんおう」かなと思っている。

何を思ったか隼は、丸めた鼻クソをその勤王の「王」の字にくっつけた。「勤玉」となった。

隼はクックッと忍び笑いをもらした。

こういう不逞《ふてい》な若者を改悛《かいしゅん》させようという美樹の壮挙に、筆者は拍手を送りたい。

やがて、あと五分で時計の針が夜中の十二時をさそうとしていた。

燕昭の部屋のドアが開く音がした。寝る前にトイレへ行くのだろう。

しばらくすると、燕昭が廊下を戻ってくる音がして、隼の部屋のドアがノックされた。

「あいてるよ」

隼はいった。むろん机の前に向かって椅子の位置をなおし、勉強しているフリをつくってからである。

ドアをあけて、顔をのぞかせた燕昭は、へえーとおどろいた。

「隼兄イ、とっくに寝たかと思ってた」

「バカいえ。兄ちゃんだって、やるときはやるんだ」

「三日つづいたら見直してやるけどな」

「それじゃ三日坊主だろうが」

「隼兄イなら、三日つづけば、坊主もビックリさ」

うまいこといいやがる。隼はいい返すより先に感心してしまった。

燕昭が自室へさがってから、なおしばらく隼は待った。

（完全に寝入ってからでないとな……）

零時半になった。よし、とばかりに隼は椅子から立った。

抜き足さし足で、ドア口までいき、なるべく音をたてないようにあけた。

ところが、廊下へ片足を踏みだそうとしたとき、

「何してるのン？」

という女声が背後からかかったので、隼は美樹の不意打ちを食らったと錯覚し、ビクッとして振り向くや、思わず目を瞑《つぶ》り両手を合わせて、ゴメンナサイ、と謝ってしまった。

「うちよ」

美樹の声ではなかった。が、ききおぼえのある関西弁だ。

（サヤカさん……!?）

隼は、きつくとじていた目をあけた。

ガラス戸の前に忍び装束の人物が立っていた。頭巾《ずきん》のせいで目だけしか見えていない。

サヤカは、頭巾の鼻から下をかくしている部分を、引き下げた。ニコッと皓《しろ》い歯がこぼれた。

「サヤカさん、どうやって入ってきたの？」

「そこ、あいてたよ」

サヤカはガラス戸のほうへ首をちょっとひねった。

「だけど、こんな時間に、そんなかっこうで……」

「こんな時間だから、こんなかっこうしてるンよ」

「はア……」

間の抜けた声を隼は漏らした。

「仕事よ」

「え?」

「そやから、仕事」

「仕事って……裏稼業の!?」

隼は身をかたくした。ついにくるべきものがきた。本当にくるとは思っていなかった。

「だ、だけど、いまから?」

サヤカは、どうしてそんなことをきくのかという面持ちで、ウンとうなずいた。

「いやあ、困ったなア。オレ、これからまだやることがあって」

なんとか隼は逃れたい。

「何やるのン?」

「ほら、これこれ」

隼は急いで、机の上の問題集をトントンと指でたたいた。

「このね、この漢字の読み取り。明日までにやらなきゃならないんだ。サヤカさんと一緒に行きたいのはやまやまなんだけど、なんたって学生は、学業が第一だもんね」

一気にいって、残念だなア、アハハと隼は乾いた笑いをまいた。

すると、サヤカはスウッと机の前まできて、この五十問だけでいいのン、ときいた。

「そうだけど……」

「かんたんやないの」

サヤカは椅子にかけるなり、鉛筆をとり、サラサラと答えを書きはじめた。

その速いのなんの、隼は目をみはった。しかも、実に美しい文字だ。

①ちょうふ　②たんもの　③しけ　④あいにく　⑤きめ　⑥しっぺい　⑦つもり　⑧そうさい　⑨さみだれ　⑩いちれんたくしょう……。

あっというまに五十問解いてしまった。一分かかっていない。

「できたよ」

サヤカはにっこりした。

隼はアゼンとして声もない。

正解かどうかは隼にはわからない。だが、きっと全問正解にちがいない、と信じた。

あの砂丘での鮮やかな戦いぶりといい、そのあとの逃げ足の驚異的な速さといい、藤林屋敷でのいきなりの床下からの出現ぶりといい、サヤカにはどこか超人的なところがあるのを隼は知っているからだ。

　なおも何かいいわけをひねりだそうと焦る隼だったが、

「はよ行こ」

　サヤカに手をとられたとたんに、だらしなく相好をくずしてしまった。

(や、やわらかいな、サヤカさんの手……)

　この瞬間、隼の頭の中からは美樹のことはあとかたもなく消しとんでいた。とんだ浮気者である。

　サヤカは、隼をベランダへ押しだすと、跳んで、といった。

「けど、靴が」

「用意してあるよ」

　隼は狭い庭へ跳びおりた。

　ドスンと音がした。いけね、と思って家のほうを見る。

　その横へほとんど音もたてずに、サヤカが着地した。

「心配あらへんよ。隼クンのご両親、もう眠ってはるみたいやから」

　事実、一階のどこからも明かりは漏れていなかった。

　二人は、つぎに風早家の塀を乗り越えて、通りへ出た。

　住宅街はほぼ寝静まっているが、さすがに東京で、まだちらほらと窓明かりが見える。

だが、通りに人影はない。

サヤカに誘導されるまま、隼は通りを走り、さいしょの角を曲がった。素足の裏が路上の小石を踏んでチクチクと痛い。

十メートルほど先の左側に、黒っぽいワゴン車が、こちらにテールを向けて駐《と》まっていた。

サヤカは、荷台右側のスライド式のドアをあけ、乗って、といった。

サヤカにつづいて隼は乗りこんだ。

ワゴン車の後部内は、左右にベンチがあって、真ん中が広くあいている。

中には運転手がひとりいるきりだった。青い帽子をかぶり、作業員のようなかっこうをしている。

運転手は隼のほうへ振り返った。

「胡蝶《こちょう》さん……！」

「昼間は川の土手にすわってたわね」

と隼に胡蝶とよばれた女の運転手はいった。

「気づいてたんですか！」

下忍胡蝶は、きょう、いや正確にはきのうの昼間、明経学園の正門前へコブラ四二七で乗りつけた超ミニ・スカートのオネエサンである。サヤカの叔母ということになっている。

あのとき、その光景を川の土手から眺めていた隼は、藤林屋敷で一緒だった彼女だとすぐにわかったのだが、まさか胡蝶のほうも隼の姿を視認していたとは思っていなかったのだ。

「忍びは後ろにも目がついてなきゃダメよ、ふぐりクン」

胡蝶は、いいながら、イグニッション・キーを回した。エンジンがかかった。

「着替えはそこよ」

すでに助手席へまわったサヤカが、からだをひねって、まだ中腰になっている隼の足もとを指さした。

左側ベンチの上に、黒い忍び装束と、登山靴がおいてあった。それが隼の脳裡《のうり》に悪夢をよみがえらせた。

忍者修行中盤のころ、深夜に山中の藤林屋敷から逃亡を企て、なんとか国道までたどり着いた隼は、そこで婆どのに捕らえられ、その日から毎早朝、垂直に切り立つ香落渓《こおちだに》のクライミングを強制された。

あれはまさに地獄のロック・クライミングだった。命綱をつけてはもらったが、何度か足を滑らせ、そのたびに宙ぶらりんのまま失神したものだった。

「ま、まさか、どっか高いとこ登るんじゃ……」

隼は不安まるだしの声できいた。

「十七階建てのビルよ」

と事もなげにいったのは胡蝶である。

「オレ、失礼します」

ドアに手をかけようとしたとき、ワゴン車は急発進した。

隼はひっくり返って、ベンチの角に頭をぶつけた。

## 6

ガッ、とコンクリートに鋭利な鉄の爪《つめ》が食いこんだ。忍び道具の手甲鉤《てっこうかぎ》だ。

鉄の手甲をつけた人間の手は黒い。手袋をしているのだ。

黒手袋の主はサヤカだった。

サヤカは、コンクリート壁をかんだ両手の手甲鉤を支点にして、壁にぴったり寄せている自身のからだをグーッと持ちあげた。

風が唸っている。忍び装束の筒袖《つつそで》がパタパタ音たてってはためいていた。

こわいよ～、というおびえた声が小さくきこえた。サヤカは、右肩越しに下方をかえりみた。

隼が一メートルほど後れてついてきているが、サヤカを見上げている顔が、あまりの恐怖のせいで紙のように白かった。

二人はすでに十七階建てビルの十階あたりまで登攀《とうはん》している。地上三十メートル以上はある。

二人とも腰に、いくつもの物入れが付いた太い革のベルトをしている。さまざまな忍《にん》具《ぐ》を装備しているのだ。

サヤカのほうは、ベルトだけでなく、やや大ぶりの懐中電灯の紐《ひも》を肩へ斜めにかけまわしてギュッと結んである。

胡蝶はいない。彼女は二人が仕事を終えて帰還するのを下で待機しているのだ。

「隼クン。余計なこと考えたらあかんよ。一回一回、手足を動かすことだけに集中して」

サヤカは隼を励ましたが、

「す……すくんじゃって、動けないよォ」

情けない声が返ってくるだけだ。

「ここまで登れたんやないの。大丈夫、隼クンならできる」

「できません。隼クンだからできません」

隼は垂直の壁にへばりついたまま首を小刻みに左右に振った。振りすぎて、からだがちょっと壁から離れた。

「あっ……！」

壁のごく浅い溝にかけていた靴の爪先《つまさき》が、ズズッと滑った。

「隼クン！」

サヤカは思わず目を瞑った。

数秒たってから、彼女がゆっくり目をあけると、隼はなんとか再び壁にへばりついていた。

手甲鉤がコンクリートに深く食いこんでいたおかげだろう。

サヤカは、ホッと息をついた。

隼のほうは、安堵の息をつくどころのさわぎではない。

(冗談じゃないよ……)

たったいま落ちるところだった地上を、肩越しにおそるおそるのぞいてみた。

通りを走る車がオモチャのように見える。気が遠くなりそうだ。

下を見るのはヤバイ。遠くを見た。

藍色《あいいろ》のどんよりした空の下に、無数の人工照明と闇とを交錯させながら、大都会の街並みがはるか彼方《かなた》までひろがっている。まさかこんなところから東京の夜景を眺望することになろうとは、隼は想像したこともなかった。

命がけの夜景観覧だ。高層ビルの展望階あたりから眺めるのとは、てんで迫力がちがう。

「絢爛《けんらん》たるイルミネーション、いま東京タワーが新しい」とか、「摩天楼の街、新宿はリトル・ニューヨーク」とかいうようなヤツらを張り倒してやりたいと思った。

(いっぺん、ここへ登って見てみろ、ちくしょう……)

東京タワーや新宿の高層ビル群をビューティフルだなんて思うシアワセな感覚は麻痺《まひ》させられてしまうのだ。

隼の全神経を満たしているのは、その叫びだけだった。

(死にたくないよオ!)

「隼クン、きばって」

サヤカがなお叱咤《しった》しても、隼はもう顔もあげずにじいっとしていた。

だしぬけに彼女は、あーん、という悲鳴をあげた。隼は何事かとパッと顔を仰向《あおむ》けた。

「ダメ。見ないで」

「え?」

「上見ちゃダメ。おシリ破けちゃったンやもん」

「ええっ!」

さすがにこういうことには、すかさず反応する隼である。いままでの恐怖はどこへやら、たちまち目を皿のようにして、サヤカのおシリの部分を注視しはじめた。

「いややゆうてるやんか」

サヤカは窮屈そうに身をよじって、隼の視線からおシリをそらそうとする。

隼が視線をそらすわけはない。まばたきひとつしなかった。

「うち、隼クン、おいてく」

サヤカは右の手甲鉤の爪を壁から引き抜き、上方へ伸ばした。

サヤカの登攀は速い。たちまち、隼に四、五メートルの差をつけた。

「待て、サヤカさんのおシリ」

思わず隼はそう口走っていた。頭の中はもうそればっかりだ。

総身になぜか力がみなぎりだした。隼は登攀を再開した。

ガッ、ガッと手甲鉤が力強くコンクリートをえぐる。登山靴が壁の浅い溝をしっかりとらえていく。実に安定感のある、リズミカルな登りっぷりだ。

そのあいだも、顔をひたすら上向《うわむ》かせ、サヤカのおシリのどんな動きも見逃さないよう、目はしっかりとあけていた。

どのあたりが破れたのかわからないが、おシリの動き方によっては、必ず黒装束の下のものが垣間《かいま》見えるはずだ、と隼は信じているのだ。

残りの七階分の高さを、サヤカに三十秒とおくれず、隼は異常なスピードで登りきってしまった。

鉄柵《てっさく》を越えてビルの屋上へ転がりこんだ隼は、先に到着していたサヤカの笑顔に迎えられた。

「登れたやん、隼クン」

そういわれて、隼ははじめてわれに返ったのか、おもむろに周囲を見回し、自分が屋上に立っていることに気づくと、信じられないというように手甲鉤を付けた自分の両手を見た。

それまでは、サヤカのおシリめざして、無我夢中でビルの壁をよじ登っていたのだからムリもない。隼はサヤカの詐術《さじゅつ》にひっかかったことをさとった。

「じゃあ、サヤカさん……おシリ、破れたっていうのは……！」

「かんにんネ」

サヤカは悪びれずにあやまった。

「危地にあって臨機にことばを発し、事がうまく運ぶよう計る。これ、無計の弁舌という。バアちゃんが教えてくれたんよ」

「なんだか、力が抜けちゃったなア……」

「仕事はこれからやないの」

サヤカは、パッと身をひるがえした。

走っていく方向に、鉄筋の小屋がある。鉄扉がひとつだけついていて、そこが建物内との連絡口だ。

隼はあわてて、サヤカのあとにつづこうとしたが、手甲鉤をはずして折り畳み、ベルトの物入れにしまうのに手間どって、その場でしばらくモタモタしていた。そのため、サヤカがいったん小屋の裏側へまわってから、鉄扉側へ戻ってくるところを見ていなかった。

サヤカは、鉄扉に鍵《かぎ》がかかっていることを確かめると、腰のベルトから何やら細長い金属製の棒をとりだした。錠をあけるときにつかう「さく」という忍具を改良したものである。

サヤカは、鉄扉の前に片膝をつき、鍵穴にさくを差し入れた。

「照らさなくていいの？」

追いついてきた隼がきいたが、彼女は大丈夫といった。

さくをつかんだ指先を微妙に動かす忍び装束のサヤカを見下ろしながら、隼は何百年も昔にタイムスリップしたような錯覚におちいりそうになった。

（ホントに忍者してる……！）

ところで、なんとも間抜けな話だが、隼はこのオフィス・ビルへの侵入目的をまだきいていない。

胡蝶の運転するワゴン車の中では、後部のベンチに頭をぶつけたおかげでほとんど気を失っていた。また、ビルの下に到着したらしたで、胡蝶にコワイ顔で登攀を急き立てられ、理由を問う時間もなく、こうして屋上まで登ってきてしまったのだ。

「あの……」

隼はおずおずと声をかけた。錠前外しに集中しているサヤカの、気をそらしてはいけないと思ったからだ。

「なアに？」

サヤカがさくを小刻みに動かしながらも、苛立《いらだ》つようすもなく返事をしてくれたので、隼はずうっと知りたかったことをようやく質問した。

「オレたち、これから何するの？」

「下着泥棒よ」

「ええーっ⁉」

隼が驚声を放つのと同時に、カチャと錠がはずれた。

「下着泥棒って……まさか、冗談だよね」

「ホンマよ」

「だけど、こんなオフィス・ビルでどうして……！」

「話はあと。手伝って」

サヤカは隼に鉄扉のノブを一緒にもつようにうながした。重い鉄扉を二人してあける。

サヤカが先に中へすべりこんだ。

もっと質問したいのをガマンして、隼も踊り場へ足を踏み入れる。

そこから非常階段が下へのびている。

サヤカが左手で鉄扉を押さえ、右の人さし指を唇にあてた。音をたてずに閉めろという意味だ。隼はできるだけそのとおりにした。

踊り場の一方の壁に備えつけの蛍光灯が点《つ》いているので、扉を閉めても内部はよく見えた。

サヤカが階段の手すりから、下方をのぞく。だれもいない。

サヤカは隼に目配せした。ついてこいという合図だ。

先に立って音をたてずに階段を降りていくサヤカを真似《まね》て、隼も精一杯の忍び足で歩をすすめた。心臓の音が自分の耳にはっきりきこえるくらい、高鳴っていた。

だが、ここまできたら、もうつべこべいわずに観念して、サヤカについていくしかない。

(下着を盗むんなら、まア楽しくないこともないや、アハハ……)

ひとり笑い顔をつくって、隼は自分をなぐさめた。もっとも、頭巾からのぞいている目の周辺の筋肉は、なんだか恐怖にひきつっているような感じではある。

（待てよ……）

隼はふと立ち止まった。気になることは山ほどあったが、いまとりあえず、すごく気になることがパッと頭に浮かんだのだ。

「サヤカさん」

声を落として隼はよびとめた。サヤカが振り返る。

「ひとつだけきいてもいいかな？」

「なんやのン？」

「下着って、まさか男モノじゃないだろうね」

「女性用よ」

「そう……それならいいんだ」

盗むにしても男性用下着では、万一つかまったときに、世間からどう思われるかしれたものではない。

隼は後に知らされることだが、これから二人が盗もうとしているのは、新素材を用いて開発された女性用パンティーである。

世に形状記憶ブラジャーという妙な下着があるが、これは洗濯でクシャクシャにされても、ワイヤー部分に使われた特殊合金が、その名のとおり、もとの形を記憶していて、いつまでもくずれることがないというものだ。

これをさらに改良したものを、パンティーでもできないものかと考えた会社があった。下着メーカーではない。マルマル・ゴムという小さなタイヤ製造会社である。

マルマル・ゴムでは、一年余り研究を重ねた結果、つい最近、試作品を完成させた。

この形状記憶パンティーは、たとえばアメリカの人気シンガーであるマドンナのようなキュッとしまったヒップの形を記憶させておくと、ほかのどんなにくずれた形のおシリが入っても、特殊製法によって新開発されたパンティー・ゴムが強制的にマドンナ・ヒップにしてしまうという、タレシリの日本女性には夢のような下着であるらしい。

マルマル・ゴムは試作品を、商社を通じて大手下着メーカーのコシマキに売り込みにいった。ところがコシマキでは、これを買い取ろうとしたので、永続的なパテント料を期待していたマルマル・ゴムは交渉を打ち切った。

その直後である。マルマル・ゴムの工場から試作品とその製造データが盗まれたのは。犯人がコシマキであることは明らかだった。しかし、証拠がないから、マルマル・ゴムでは手のうちようもなかった。

これが二日前のことである。

藤林くノ一組につながる情報組織が、この事件を即座にキャッチし、マルマル・ゴムの依頼をとりつけて、東京のＷＷＩの中忍《ちゅうにん》へ連絡を入れたという次第だ。

昨日《きのう》のうちに下忍たちが、試作品と製造データの所在をつかんだ。

コシマキ・ビル内の技術開発部長室の金庫の中に、それは眠っている。

いまサヤカと隼が忍び入った建物こそ、そのコシマキ・ビルなのであった。

この時点での隼は知らないが、急を要する仕事だった。コシマキでは新パンティー用の技術スタッフをすでに編成し、明日から試作品と製造データの分析をしようという段階なのだ。

サヤカと隼は、コシマキ・ビルの十階まで降りてきた。

技術開発部はこの階と九階のツー・フロアをしめている。

サヤカは十階フロアの廊下へ出る扉のノブに手をかけた。ここも鍵がかかっている。

錠前はずしの忍具「さく」をふたたび取りだした。

が、サヤカはすぐに、その手を宙にとめて、耳をすました。隼も緊張する。

カツン、コツン……。靴音だ。

「警備員やわ」

コシマキが、通常の警備体制二人のところを、きのうから四人に増員したことも調べがついている。他人《ひと》さまから盗んだモノを、こんどは厳重に守ろうということらしい。

こっちよといって、サヤカは階段を下階との中間の踊り場まで、忍びやかに駆け降りた。

「音たてないで」

あたふたと追ってくる隼へ、サヤカの低く鋭い叱声《しっせい》がとんだ。

警備員の靴音が扉の前でとまった。

隼は、踊り場の一方の壁にへばりつき、金縛りにあったように動けなくなった。

サヤカが、その隼の腕をとって、自分のほうへ引き寄せ、踊り場の下の階段のところに伏せさせた。

ガチャ、ガチャッとノブを回す音がした。

「もうダメだ、サヤカさん。逃げよう」

隼は立ち上がろうとしたが、サヤカにグッとおさえこまれた。意外に強い力だ。

「ちゃんと鍵がかかってるかどうか、たしかめてるだけ」

とサヤカがいったとおり、扉は開かれなかった。

警備員の靴音が遠ざかっていく。

「ねっ」

サヤカの顔も頭巾におおわれていて、両目がのぞいているのみだが、その目がやさしく微笑んだ。隼は少しだけ落ち着いた。

二人はまた階段を上る。

サヤカが、さくを用いて、苦もなく鍵をあけた。

技術開発部のフロアの廊下は真っ暗だった。不気味なほど静まりかえっている。

明かりといえば、左方奥の突きあたりにある二基のエレベーターが灯《とも》す、階数表示の黄色いランプだけだった。

それも右側の一基のみ点灯している。「9」を示したまま動かないのは、おそらく警備員がこの十階の巡回を終え、九階へ移ったからだろう。

廊下へ出ると、サヤカはここではじめて、用意の懐中電灯を点けた。

殺風景な廊下と壁と天井が照らしだされる。

場面が変わったら、また隼の心に新たな恐怖が卒然とわきおこった。

隼は廊下の壁にくっつけていた背を離そうとしたが、できなかった。

「まじないしたらええよ」

サヤカがアドバイスする。

「どんなまじない?」

「そこおろせにょら、そこおろせにょら」

意味不明の同じ文句を、サヤカは繰り返した。

「なに、それ?」

「だまされた思うて、唱えて」

そんなまじないで恐怖が去るとも思えなかったが、サヤカにいわれると、ついその気になってしまう隼である。少しは気休めになろうかと唱えはじめた。

「そこおろせにょら、そこおろせにょら、そこおろせにょら……」

ゆっくり呼吸をととのえながら二十回ほどつぶやいたら、どういうわけか緊張がほぐれてきた。

「けっこう効くね、これ」

隼はようやく落ち着いた声でしゃべることができた。

でしょう、とサヤカはうなずいた。

「だけど、そこおろせにょら、ってどういう意味?」

「知りたい?」

「なんかマズイの? 意味知っちゃうと」

「そんなことあらへんよ」

「じゃ、教えて」

サヤカがもったいをつけたので、隼は興味をもった。

「やめとく。話すと長《なご》うなるもん」

サヤカは、隼の返事もまたずに、リノリウムの床を踏んで、廊下を左のほうへスタスタと足早に歩きだしてしまった。

肩すかしをくらった隼は仕方なく、サヤカにおくれまいと必死についていく。

実は、そこおろせにょら、という呪文《じゅもん》にはおどろくべき事実が隠されているのだが、サヤカのいったとおり、話すと長くなるので、筆者も書くのをやめる。どうしてもお知りになりたい方は『みならい忍法帖《にんぽうちょう》　応用篇』をお読みになっていただきたい。もっとも、不幸にして応用篇が刊行されなかった場合は、呪文に隠されたおどろくべき事実を読者は永久にわからないことになるが、それは筆者の知ったことではない。苦情は集英社へどうぞ。

さて、筆者の思惑とは関係なく、サヤカと隼は廊下をひた走っている。

途中の壁に小さな赤いランプが灯っていた。火災報知器のものだろう。

サヤカは、忍びこむのがどの部屋かちゃんとわかっているらしく、いくつかのドアの前を目もくれずに通過していく。

突きあたりを右に折れて、すぐにこんどは左折だ。

その廊下の右側、二つ目のドアの前で、サヤカは足をとめた。ドアの上部を照らす。横長の白い標札に「Director NUGETARO KOSHIMAKI」とある。下着メーカーのコシマキでは、各部の長をディレクターとよんでいる、と後で隼は知った。この部長、苗字《みょうじ》が腰巻《こしまき》だから、創業者腰巻赤兵衛《あかべえ》の血縁だろう。

れいによって、サヤカが「さく」をベルトから抜きだして、鍵をあけにかかったとき、

「サヤカさん……」

隼が泣きだしそうな声でささやいた。

「こんどはなんやのン?」

さすがのサヤカも、こう再三では、語調がややきつくならざるをえない。

「あ。怒ってる」

「怒ってなんかない。はよゆうて」

「でも、いったら、サヤカさん、きっと怒るよ」

「怒らへんから、はよゆうて」

「オシッコ」

「………」

「あ。怒った。やっぱり怒った」

「ガマンできへん?」

「漏れちゃう」

隼にしてみれば、初仕事なのだ。緊張の連続で、尿意を催したとしてもやむをえない。

「この廊下の突きあたりを左へ折れてちょっといったところに、トイレあるはずよ」

サヤカは昨日のうちに、ビル内の見取り図を頭に入れてある。

「鍵をあけたら、うちはこの部屋に入ってるから」

「い、行ってきまアーす」

隼はやや内股ぎみで廊下を駆けだした。

サヤカは、小さく嘆息してから、錠前外しの仕事にとりかかった。ちょっと苛立ったせいか前の二回より少し手間どった。

廊下の左方を懐中電灯で明るくする。隼が戻ってくる気配はまだなかった。

こういう場合、もし美樹だったら、隼のヤツおそいな、大きいほうでもタレてるんだわ、きっと、ぐらいは思うところだが、サヤカはちがう。

(隼クン、迷わないかしら……)

いくぶん心配になった。

だが、あまり悠長にしてもいられない。サヤカは、素早く中へすべりこんだ。

右側に事務机があった。その後ろに、資料棚がせまっている。秘書の席だろう。

正面は窓だが、カーテンが引かれてあって、外は見えない。その手前にソファーが二脚おかれている。部長に面会にきた客を、そこで待たせておくのだろう。

左側を照らした。もうひとつドアがあった。

サヤカはそちらへ歩み寄り、ノブに手をかけてゆっくり回してみた。鍵はかかっていなかった。

念のため、懐中電灯の明かりを消して、ドアに耳を押しつける。

かすかだが、チッチッチッチッという時計の秒を刻む音がきこえた。

ドア越しである。くノ一サヤカだからきこえるのであって、常人の耳には届かないだろう。

ドアを押し開きかけたサヤカの手がしかし、ふと、ほんのわずか引き戻された。

サヤカは、膚《はだ》を虫が這うようなザワザワッとした気味悪さを、一瞬感じたのである。

(おかしい……!)

(人の気配はないわ……)

幼児期からの忍者修行で培われた彼女の鋭敏な感覚が、明らかに危険を告げていた。

もう一度、全神経を集中して、ドアの向こう側をうかがった。やはり人の気配はない。

よほど熟練の忍びならば気配を絶つことも可能だが、まさかこのドアの向こうに自分と同じ忍者がいるとは到底思えない。サヤカは、静かに、ゆっくり息を吐いた。

隼を同行しているせいで、必要以上に気をまわしすぎているのかもしれない。

左手でドアを押しあけて一歩踏み入り、真っ暗な室内へ向かって懐中電灯を向けた。

右手の懐中電灯のスイッチをオンにした瞬間である。

手首に強い衝撃を感じて、サヤカは点灯した懐中電灯をとりおとした。

謎《なぞ》の襲撃者は素早い動きでサヤカの背後に回り、彼女の右腕を逆にねじりあげながら、首に腕を巻きつけてきた。

サヤカは、藤林くノ一組四百年の道統を継ぐ者だ。あわてたりしない。

自由な左腕を振って肩越しに、見えない敵の顔面へ拳《こぶし》をたたきこんだ。正確にとらえたのが、感触でわかった。

敵は、ウッと呻《うめ》いて、サヤカの右腕と首をきめてきた力をガクッとゆるめた。

間髪入れず、サヤカは身をひねりざま、敵の右腕を巻きこんで逆にきめ、腰を落として、

「むっ！」

鋭い気合とともに、敵のからだを前方へ投げとばした。

が、敵はとっさに、サヤカの投げるタイミングに合わせて、自身も絨毯《じゅうたん》の床を蹴《け》っていた。そのせいで、腰から落ちずに、さらに回転して、見事に両足から床へ着地したのだ。

並みの相手ではない。サヤカの総身に鳥肌がたった。

敵が振り返ってサヤカに跳びかかる構えをみせるのと、サヤカが腰のベルトから小苦《こ》無《くない》を抜きだすのとが同時だった。

小苦無は、西洋料理で使うナイフの先端が尖ったような形をしていて、戦国期の忍者は備え厳重な門扉の下の土を掘り返したりする道具として使った。だが、もちろん武器にもなるのだ。

敵は、たじろいだふうでもなかったが、なぜかチラッと後ろをかえりみたようだ。闇

の中でも敵の動きはサヤカには見える。

やにわに、敵は横っ跳びに、からだを投げだした。

宙をとんだ敵の五体は、窓ぎわの大きな机の向こう側へ消えた。まるで、サヤカ以外の何かから急いで逃れたような不審な動きである。

（なんのマネ……？）

サヤカは、一瞬前まで敵がこちらを見て立っていた場所の背後へ視線を送った。

床に転がっている懐中電灯の明かりが、そこの壁の下部を照らしだしていた。

壁の一部が扉になっていて、それが開いている。中には金庫がはめこまれていた。

サヤカがこれから盗みだそうという試作品と製造データがしまってあるはずの金庫だ。

その把手《とって》のあたりに粘土みたいなものがくっついていた。

粘土みたいなものは、小さな置き時計と線でつながれていた。

チッチッチッチッ……。

ドア越しにきいた時計の音。

（時限装置！）

サヤカは、開いたままのドア口へ向かって、走った。

プラスチック爆弾が轟音《ごうおん》とともに炸裂《さくれつ》した。

# 7

秘書席のあるつづきの部屋の床に伏せてかろうじて難を逃れたサヤカは、むっくり起きあがって軽く頭をふった。

部長室へ通じるドアが妙なかっこうで倒れかかっている。爆風で上部の蝶番《ちょうつがい》がはずれてしまったようだ。

足が何かの破片を踏んだ。ジャリッという音がした。

サヤカは部長室へ踏み入ると、ドア脇の壁へ片手をすべらせ、室内灯のスイッチをさがした。

謎の襲撃者がだれであるか、あの敏捷《びんしょう》な動きと、この荒っぽい金庫破りの方法から、たったいまサヤカには見当がついた。それをたしかめるべく、自分の姿もさらされることを承知で、彼女は明かりを点けようというのだ。

スイッチをさがしあてた。オンにした。部屋がたちまち明るくなる。

室内は惨憺《さんたん》たるものだ。応接セットのテーブルやソファーの位置がひどくズレ、壁の絵や棚の置物が吹っ飛んで壊れ、デスク上のものは床のあちこちに散乱していた。

その惨状の中、壁の金庫の前にかがんでいた人物が、スッと立って、ゆっくりこちらへ振り向いた。

背が高い、一八〇センチをこえていよう。

「やっぱり、半蔵《はんぞう》クン」

サヤカは、ちょっと眉をひそめて、溜め息をついた。

「わたしも顔を殴られたときにわかった」

半蔵とよばれた男は、唇の端にかすかに滲《にじ》んでいる血をスッと指でぬぐい、二年ぶりだな、サヤカ、と彼女をよびすてにした。

サヤカと似たような忍び装束を着けているが、色がちがう。真紅である。

くノ一のサヤカが黒で、男の半蔵が紅《あか》というのも奇妙な取り合わせだった。

ただし、頭巾をアゴの下までおろしている半蔵の顔は、女といっても通るような白面《はくめん》である。しかも凄艶《せいえん》といっていい。それだけに、濡れ濡れとした唇や、切れの長い目もとに、ゾッとするような冷酷さが漂っている。

「おまえの狙いもこれか？」

半蔵は、左手にもっている黒い大きめのクラッチ・バッグを振った。

「…………」

サヤカは、何もこたえず、唇をかんでいる。

半蔵はせせら笑うように唇をゆがめながら、クラッチ・バッグのチャックをあけて、中をさらした。

ビニール・ケースに入った白い布きれと、ファイルされた書類がおさまっていた。試作パンティーと製造データにまちがいない。

「サヤカ。頭巾をとれ。顔が見たい」

半蔵は、横柄《おうへい》に命ずるようにいった。

「何様のつもりやの」

サヤカは、フンと鼻を鳴らす。

「わたしは伊賀忍びの宗家服部《そうけはっとり》の嫡流だ。藤林の娘といえども、家来のひとりにすぎぬ」

「きききてるわ、そのセリフ」

いいつつ、サヤカは、右手をさりげなく腰のうしろへまわす。

「よせ、サヤカ」

ベルトの物入れのひとつから取り出しかけた小袋を、サヤカはひっこめた。目潰《めつぶ》し攻撃を仕掛けようとしたのだが、半蔵に事前にそれと察知されてしまったのだ。

「大事なフィアンセに怪我をさせたくないからな」

「アホらし。まだゆうてる」

サヤカは、あきれて、横を向いた。

「亡くなったわたしの父と、藤林の婆どのが決めたことだ」

「バアちゃんは、そんなこと決めてない。服部の一方的な遺言やないの」

「宗家の遺言だ。拒否はできん」

「うちはゴメンよ」

「まアいい」

半蔵はかすかに苦笑したようだ。それからズイッと一歩踏みだした。

すかさずサヤカが戸口をふさぐ。

「よせといったろう。どけ、サヤカ」

「通りたいんやったら、そのバッグ、こっち渡しィ」

「争ってるヒマはない。いまにも警備員がここへくるぞ」

「百も承知やわ」

金庫に装備された警報装置の電子ロックを解除せずに扉を開くと、地下一階の警備員室のコンピュータへ連動して、同室で即座に警報ブザーが鳴りはじめるのだ。

サヤカのほうは、持参の特別製の小型電子計算機を電子ロック装置に連結して、その暗証番号を割り出して解除した後、ゆっくり金庫破りにとりかかるつもりでいた。

彼女のこのやり方なら警備員がとんでくることはないはずだが、サヤカは半蔵がそんな手間のかかる手段を選ばないのを知っていた。

金庫を爆薬で一挙に吹っとばしたら、警備員が駆けつけるまでの短い時間に、サッサッとずらかるというのが半蔵流なのだ。

渡しィ、と重ねてサヤカがいったときだ。ドタバタとあわてたようすの足音がきこえてきた。

「やむをえん」

半蔵はサヤカへ向かって突進した。

サヤカは、いったん腰を沈めてから、宙へ跳んだ。頭が高さ三メートル近い天井のスレスレまでいった。凄《すご》いジャンプ力だ。

落下しざまのサヤカの蹴りが、半蔵の顔面にカウンターできまったかに見えた。が、半蔵は首をヒョイとかしげただけで、それをかわし、たやすくつづき部屋へ逃れ出た。

そのとき、ドガッという大きな音がして、廊下へ出るドアが勢いよく開き、黒い大きな塊が転がりこんできた。忍び装束姿の隼だった。

かなり長いあいだトイレにいた隼だが、ボンッというような爆発音をききつけて、サヤカの身を案じ、これでも急いで駆けつけてきたのである。

「サヤカさん、大丈夫か⁉」

隼は目の前に立っている半蔵をサヤカと思いこみ、その足にすがりついた。半蔵の不幸は、べつに彼女に似ているわけではないが、女のような顔をしていたことだろう。

隼は床に両膝をついたまま、サヤカだと思いこんでいる相手がどこか怪我をしていないかとあちこちさわりまわったあげく、異状なしとみるや、

「よかった……」

と半蔵の腰をしっかりと抱き寄せ、このときとばかり、おシリの双丘を両手にわしづかみ、腰の前部へゴリゴリと頬を押しつけた。

さすがの第二十世服部半蔵も色を失い、自身の腰にまとわりついて離れない変質者を、ただおそろしげに見下ろすばかりだった。

「サヤカさん……」

隼は、潤んだような目になって、上を見た。

ドアが開け放しの隣室から射しこむ明かりが、サヤカの顔を照らしだした。と思ったのは一瞬で、そこには彼女の顔ではなく、たいへんな美貌《びぼう》だが恐怖にひきつる若い男のそれがあった。

「わっ！」

隼は、半蔵の腰を突き放しざま、自分もあわててあとずさった。

「な、な、な……なんなんだ、おまえは！」

腰を抜かさんばかりに、隼はおどろいた。

「そ、それは、こっちのききたいことだ。おまえこそ、なんなのだ」

サヤカの前ではあれほどクールだった男が、ワケがわからずうろたえている。

「下忍ふぐり」

といったのは、部長室からつづき部屋へ出てきたサヤカである。

「サヤカさん！」

天の助けとばかり、隼は床を這ってサヤカのほうへいった。

「男だろう、そいつは」

半蔵が逃げるのも忘れて、隼を指さす。その指先はふるえていた。

「くノ一組の掟《おきて》はどうしたのだ！」

「半蔵クンが怒ることないやんか。くノ一組の勝手やわ」

「ククッ……忍道《にんどう》もすたれたものだ」

口惜《くや》しげに半蔵は唇をかんだが、

「よういうわ。忍道すたれさせてるの、いつもそっちのほうやないの」

とサヤカにいわれると、ややムッとした。

クールな外見とちがって、けっこう喜怒哀楽のはげしい若者のようだ。

「サヤカさん。知り合い？」

隼はおずおずときいた。

「服部半蔵クン」

「ええっ!?　あの忍者の親玉の」

隼がひどくおどろいたことに気をよくしたのか、半蔵はちょっと胸をはったが、

「下忍。ひかえろ」

といっても隼が恐れ入るふうもないので、またムッとする。

サヤカが隼へ何かよびかけた。きこえなかったのか、隼はキョトンとしている。

「ふぐりったら」

「え……？」

隼は自分の顔を指さして、オレのこと？　という間抜けな表情をした。サヤカに下忍名でよばれたのははじめてなのだ。

「人前やから、カンニンね」

小声でサヤカは謝ってから、あっちへまわって、と手を振って指示した。

隼が不安をかくしきれずにためらうのを、早く、と急き立てた。

命じられたとおり隼は、窓際に二脚あるソファーを背にした半蔵の左側へまわった。

サヤカは右側だ。

「狙うものはあの黒いバッグの中」

　サヤカにいわれて、隼は半蔵が小脇に抱えているそれを見た。

（こいつから、あれを奪おうってのか……！）

　あらためて半蔵の姿を注視すると、堂々としていてすごく強そうだ。とても勝ち目があるとは思えなかった。隼の総身はふるえだした。

　半蔵が廊下へ出るには、この二人のあいだを抜けていかなければならないのだが、彼はクックックッと笑っている。すでに隼の力の程度を見抜いて、落ち着きを取り戻したのだ。

「数が多ければいいというものではないぞ」

　あざける半蔵を無視して、サヤカは隼のほうへ笑顔を向けた。

「忍歌《しのびうた》にこういうのがあるのンよ」

忍びには　二人行くこそ　大事なれ　独り忍ぶに　憂《う》きことはなし

　隼には歌の意味はわからなかったが、二人行くこそ大事なれ、というフレーズに胸がときめいた。サヤカのやさしい笑顔が、その句をより強調しているような気がした。

「このバカ面と双忍《そうにん》か」

　半蔵は皮肉るようにいったが、頬のあたりがヒクついていた。嫉妬《しっと》したらしい。

昔の忍者は個人事業主だった。それはひとりひとりに、だれにも授けられも授けもしない自得の術、技、戦法などがあったからだ。

ゆえに仕事は単独で行うのが原則だった。が、稀《まれ》にチームを組む場合があった。

各々が我こそ一番というスペシャリストなだけに、これはよほど難しかったようだ。

中でも二人忍びは、コンビの相手を嫌ったら、ほかにはもうだれも手を携える者がいないだけに、それこそ双子の兄弟のような阿吽《あうん》の呼吸を必要とした。ために、これを「双忍」とよんだ。

「双忍なんてゆわんと、ダブル・ステルスとゆうてほしいわ」

サヤカは半蔵へ視線を戻していった。

ステルスとは「こっそりした行為」という意味で、アメリカのレーダー網にひっかからないという忍者みたいな戦闘機が、そう命名されている。

モダンな婆どのは、それより何年も前に、藤林くノ一組に「レッド・ステルス」の別名を冠している。サヤカは双忍をダブル・ステルスといったが、これも婆どのの受け売りである。

「では、そのダブル・ステルスのお手並み拝見といこうではないか」

なかば嫉妬に狂った半蔵は、それでもサヤカのほうへ踏みこんだ。先に彼女の動きさえ封じてしまえば、もうひとりは赤子の手をひねるより容易に片づけられると考えるだけの冷静さは失っていないようだった。

ところが、下忍ふぐりが、実力以上の力を発揮した。二人行くこそ大事なれのフレーズと、サヤカの笑顔が彼を勇気づけてしまったのだ。

隼は、ためらわず、強く床を蹴って、無言で半蔵のからだへタックルを敢行した。半蔵がヒヤッとするほど猛烈なぶちかましだった。

半蔵はかろうじてかわしたが体勢をくずした。そのスキをサヤカが見逃すはずはない。強烈な足払いを食らわせた。

半蔵の巨体がすっころんだ。バッグが手を離れる。

「バッグを！」

隼へ叫びながら、サヤカは腰のベルトから小苦無《こくない》を素早く抜きだした。むろん半蔵を傷つけるつもりはない。動きを止めるだけだ。

隼は、バッグに跳びついて、それを抱えこみざまゴロゴロとドアのほうへ転がった。

半蔵はしかし、さすがに敏捷である。小苦無を彼の喉《のど》もとへ突きつけようと降ってきたサヤカの右腕を、サッと巻きこみ、逆にその武器を奪いとった。

サヤカの小さな悲鳴があがった。

「サヤカさん！」

隼がバッグを抱えてドアの前に立ちあがったときには、半蔵もサヤカを楯《たて》にとってこちら向きに立っていた。サヤカの喉もとには小苦無が擬《ぎ》されている。

「バッグをよこせ」

半蔵が勝ち誇ったようにいった。

「くそっ！　きたねえぞ」

隼は歯をギリギリいわせたが、従うほかはない。

バッグを放り投げようとすると、サヤカが、ダメ！　と強くいった。

「早くしろ。でないと、サヤカのきれいな膚《はだ》に傷がつくぞ」

「ウソよ。このひと、うちにそんなことできっこないンよ」

「やってみるか」

小苦無をにぎる半蔵の右手がピクッと動いた。

「やめろ！」

隼が怒鳴ると同時に、バッグを半蔵の足もとへ叩きつけるように放った。

半蔵はニヤリとすると、サヤカを突き放して、素早くバッグを拾いあげた。

「バーカ」

とうとつに隼が半蔵を嘲笑《ちょうしょう》した。

「なんだと」

気色《けしき》ばむ半蔵に、隼は懐から何やらとりだしてみせた。

青っぽい布きれの入ったビニール・ケースだった。

「本物の下着はこれだよ」

あまりに意外な隼のひとことである。

サヤカでさえ、ワケがわからず、隼の顔を不審げに見やった。

「デタラメをいうな」

半蔵はとり合おうとしない。

「サヤカさん。明かり点けて」

隼にいわれるまま、サヤカは、こちらの部屋の室内灯のスイッチもオンにした。

急に明るくなったせいで、隼はちょっと眩《まぶ》しそうに眉をしかめたが、右手にもったビニール・ケースを半蔵によく見えるように前へ突きだした。

「…………！」

半蔵の表情に動揺の色が走る。サヤカもおどろいた。

ケースの中には、たしかに小さなブルーのパンティーが入っている。

半蔵は、やや下がると、バッグのチャックをあけて中をたしかめた。

パンティーはたしかにおさまっているが、隼の手のうちのそれに比べると、実に無愛想な色と形だった。

ただの白で、しかも腰が深い。十年二十年前ならともかく、とても今の女性がよろこぶような代物《しろもの》ではなかった。パンティーというより、パンツといったほうがそれらしい感じだ。

半蔵は、サヤカの表情を盗み見た。その動きから、隼のことばの真偽を読み取るためだ。

サヤカは、半蔵の視線が振られる直前に、隼の必死の顔つきから、これが彼のとっさのハッタリであることを見抜いていた。もちろん隼がどうやって贋物《にせもの》を用意したのかはわからない。それでも、この場の逆転を狙って一か八かの勝負に出たのだと納得した。

さらに、隼の表情からは、ここからはサヤカの助けを必要としていることもわかった。

サヤカは隼の芝居のあとをひきついだ。

それで半蔵の視線を感じたとき、ニコッと自信ありげに微笑み返した。

半蔵はかすかに狼狽《ろうばい》して、くそっ、と舌打ちを漏らした。

「調査が足りなかったのとちゃうのン、半蔵クン」

「どういうことだ」

「コシマキだってバカやないいうことよ。盗んだ試作品と製造データやもん。別々に保管しておくぐらいの知恵はあったンよ」

「じゃあ、こっちは本物なわけだな」

半蔵は、バッグにおさまっているファイルを指でたたいた。

サヤカは余裕たっぷりに目顔でうなずく。

「そこの下忍はバカだな。いわなかったら、試作品だけでも持ち帰れたものを……」

半蔵の目が鋭く光った。

腰の後ろから何やら光るモノを抜きだした。狩猟用ナイフである。

隼の全身に鳥肌が立つ。

このとき、廊下を走る靴音が響き渡ってきた。ひとりではない。

とうとう警備員が駆けつけてきたのだ。

半蔵は、すぐにも決着をつけるべく、隼へ向かって猛然と突っこんだ。

両足がすくんで隼は動けなかった。喉がつまって声も出ない。

サヤカが隼の前へまわり、こんどは大苦無《おおくない》をふるって、半蔵のナイフをはじき返した。

パッと跳びのいた半蔵は、もう一度襲いかかろうとして逡巡《しゅんじゅん》した。靴音が大きくなってきたからだ。

「交換しかないのとちゃうのン」

早口でサヤカがいった。彼女も焦っていないといえばウソになる。

「交換だと」

「うちらの依頼主が欲しがってるのは、どっちいうたらデータのほうや」

いわれて、半蔵は迷った。

警備員の靴音ばかりか、明かりがついてるぞ、という声まできこえてきた。

よし、と半蔵は承知して、ビニール・ケースをこっちへ投げろといった。

「投げるのはダメ。同時に手渡しよ」

「クッ……」

「早《はよ》う」

「わかった。大苦無をしまえ」

「そっちも、その大きいナイフしまって」

同時に二人は武器をおさめるや、互いに歩み寄り、それぞれ右手にブツを受け取った。

半蔵はビニール・ケースを、サヤカはクラッチ・バッグを。

パッとサヤカはドア脇の壁のほうへ跳び退《の》くなり、明かりのスイッチをオフにした。

そのすぐ脇を、半蔵の五体が、疾風のごとく駆け抜けていく。

廊下で、あっ、という驚声があがった。四人の警備員たちが半蔵と鉢合わせしたのだ。

半蔵は、ひとりに体当たりをくらわして、非常階段のあるほうへ向かって逃げた。

「待て！」

警備員のうち二人が追いかけたが、ひとりは部屋へ駆けこんできた。

入れちがいに、サヤカと隼が、廊下へ走りでた。

「あっ！」

警備員はすぐに気づいて追いかける。

半蔵に吹きとばされ倒れていた警備員も立ち上がった。

彼らは、やはり非常階段のほうへ向かって駆けだしたサヤカと隼を、懸命に追った。

走る警備員たちが持つ懐中電灯の光の輪が、床や壁や天井に躍る。

先頭に半蔵、次に二人の警備員、三番手にサヤカと隼、そして最後尾に別の二人の警備員が、それぞれの間にいくらか隔たりがあるとはいえ、全員同じ方向へ駆けている。

まさに追いつ追われつの連続である。

「サヤカさん、これじゃハサミうちだよ」

前を往《ゆ》く二人の警備員の背を見ながら、隼がいった。

「気づかれないうちに追い越すンよ」

「ええっ！」

隼はすっかりブルっているが、走るのだけは速い。

(こうなりゃ、ヤケクソだい！)

彼よりさらに速いサヤカに負けじとばかり、隼は前の二人にぶちあたろうとするかの勢いで突っ走った。

「おーい！　後ろだ、後ろ」

最後尾の二人の警備員が、隼とサヤカの前を走る同僚たちをよばわった。

同僚たちが振り返るより早く、隼とサヤカは彼らのあいだをすり抜けていった。

「あ、待て！」

彼らは手をのばしたが、隼とサヤカのからだには届かなかった。

前方の暗がりの中に、非常階段への扉がぼんやり見えてきた。双忍はさらに力強く走った。

扉へ到達するや、押しあける。

とたんに、上方から階段を駆けあがる足音が降ってきた。半蔵のものだ。

（あいつ、どうやって逃げるつもりやのン……？）

サヤカの頭の中をチラとそんな思いがかすめた。そのサヤカも逃走路を上へとった。

「まさか屋上から飛びおりるんじゃ……！」

隼がびっくりする。

「似たようなものよ」

と平然とこたえたサヤカの手を、隼はひっぱった。

「下へ逃げようよ」

「袋のネズミやないの」

「飛びおり自殺よりマシだよ」

「大丈夫。ちゃんと逃げられる」

サヤカは逆に隼の手を引いて、階段を駆けあがりはじめた。隼も仕方なく足を動かす。

二人が十一階へ到着したところで、警備員たちも十階の扉を押しあけて非常階段の踊り場へ跳びこんできた。

「隼クン、鳥《とり》の子《こ》玉《だま》」

サヤカが指示をとばす。

火薬を鳥の子紙（和紙）にくるんだものを鳥の子玉という。

隼は、ベルトの物入れのひとつから、白い卵型のそれを取りだした。

サヤカがすかさず、ライターを取り出し、その紙芯《かみしん》に点火した。

隼はそれを下階への階段へ放るや、サヤカのあとにつづいて上階への階段に足をかけた。

十階と十一階の間の踊り場まで先頭の警備員がきたとき、その眼前で鳥の子玉がパーンと炸裂した。

濛々《もうもう》たる白煙が噴きあがる。警備員はむせ返り、数歩、後退した。

サヤカと隼は、十二階、十三階と駆けあがる。

「こんどは瞬間失神薬」

十五階に到達すると、サヤカがまた、次の手を指示した。

（けっこう人使い荒いな、サヤカさん……）

隼は、彼女のいままで知らなかった一面を見ているような気がした。

それでもサヤカに命じられると、悪い気はしない。というより、はっきりいって、うれしい。

（マゾかな、オレ……）

などと思いながら、物入れから小袋を取り出し、その口を縛ってある紐をほどいた。

中のものを階段に撒《ま》きながら、十六階へとのぼっていく。

黒っぽい粉が、階段に筋を引いていく。

（瞬間失神薬って、これホントに効くのかなア……）

この粉に火を点じて、発した匂《にお》いで一時的に人を失神させるというものだが、どうも隼には信じがたい。

夏に婆どのにきいたところによると、なんでも成分の中にはヘビ、イモリ、モグラの血や、百足《むかで》に牛糞《ぎゅうふん》まで混じっているという。

鳥の子玉の煙幕を抜けでたのだろう、警備員の駆けあがってくる靴音がふたたび高鳴った。

瞬間失神薬の小袋がカラになった。

サヤカがまた点火した。ブワッと白煙があがった。

先の鳥の子玉はいわばオトリにすぎない。それでただの目晦《めくら》ましの煙幕と見せかけておいて警戒心をゆるめさせ、次に同じ白煙を発しても、匂いを嗅ぐとたちまち失神してしまう瞬間失神薬を用いたわけである。

案の定、警備員たちは、モノともせずにその白煙の中へ突っこんできた。

十七階つまり最上階の踊り場から、隼は下階をチラッとのぞいた。

「ホ……ホントに失神した！」

十六階の踊り場や、その前後の階段の途中に、警備員たちはフラフラッという感じでパッタリ倒れてしまったのである。

「意識回復しないうちに早う」

サヤカが隼の袖を引く。

重い鉄扉をあけて、二人はついに屋上へ出た。

隼には風がひどく心地よかった。たっぷり汗をかいていたことに、いまはじめて気づいた。

「あっ！」

というサヤカの驚声に、隼は彼女の視線の先を追って、同様にびっくりした。

屋上の床から鉄柵に長い板が渡され、それを半蔵が駆けあがっていた。なんと、スカイダイビング用の凧《カイト》のバーにつかまって。

その向こうの夜空へすでに、一機が飛びだしている。

半蔵は、板の端まで走りあがるや、ポーンと両足で踏み切った。

凧は、いったんグッと沈みこんだあと、フワッと浮きあがり、風にのってさらに舞いあがった。

茫然と見送る隼へサヤカがいった。

「頃合《ころあい》を見計らって、子飼いの下忍にここに来るよう命じてあったんやわ」

凧で屋上へ降り立ったその下忍は、半蔵を待つあいだに彼用の凧を組み立てていたのにちがいない。

夜空を往く半蔵とその部下の凧の両方に、だしぬけに、パッと電気が灯った。凧の三角形の線に沿って電飾がついていたのだ。

「な、なんなんだ、あいつは……」

隼はおどろくより、あきれかえった。

泥棒に入ったビルから、あんなに目立つ退場の仕方をするなど、とてもマトモな神経の持ち主ではない。

「ハデ好きなんよ、服部半蔵クンは」

サヤカが苦笑まじりに教えてくれた。

どこかでサイレンが鳴っている。

「うちらも早う逃げな」

サヤカは屋上の鉄筋の小屋の裏側へ走っていく。

隼も、彼女がどうしようというのかわからないまま、つづく。

そこに、二本のロープがグルグルととぐろを巻いていた。

隼は蒼《あお》ざめた。どうやって逃げるのかわかったのだ。

「懸垂下降《アブザイレン》するの!?」

「そう。きのうの夕方、胡蝶たちが電気工事の作業員を装って、ここに準備しておいてくれたンよ。けど、隼クンに教えると、こわがる思うて」

サヤカはちょっとすまなさそうだった。

「こわいよ。いま充分こわがってるよ」

またまた香落渓《こおちだに》での婆どののシゴキが脳裡によみがえった。

懸垂下降とは、壁面を両足でポーンと蹴って、からだをそこから少し離れさせながら同時に手のうちのロープも徐々にすべらせて下りていく登山の下降技術のひとつだ。

香落渓で何度もやらされて、一歩降りるごとにめまいを感じたのを隼はおぼえている。

「かんにん」

「あやまってなんかほしくない」

「けど、手甲鉤《てっこうかぎ》で登ってきたこと思うたら、ラクなんとちがうかなア」

てなことといいながら、サヤカは隼の腰にロープを巻きつけて結んでしまった。

自分ももう一本のロープの端を腰に巻いた。

それから、二本のロープのそれぞれあと一方の端を、鉄柵へしっかりと結びつけた。

ちなみに、ほんとうの懸垂下降では、ロープを高みの支点から二重に垂らしてからだに巻きつけ、終了後に片端を引いて回収する。

「さあ。警備員が息ふきかえさないうちに」

「もう覚悟きめたよ」

隼は先に鉄柵をまたいだが、なるべく下方を見ないようにした。

「そこおろせにょら、そこおろせにょら……」

まだ意味を教えてもらっていない呪文を、しらずしらずにつぶやいていた。

サイレンの音が近くなっている。

ほかに逃げる方法はないのだ。隼は思い切って、両足を蹴ってからだを宙に放りだすや、不得手《ふえて》な懸垂下降を開始した。

そして、五分後――。

隼は無事に仕事を終え、サヤカとともに、胡蝶の運転するワゴン車の中に落ち着いていた。

数台のパトカーが、けたたましいサイレン音をまき散らしながら、すれちがっていく。

サヤカと隼は、後部のベンチに向かいあって腰かけている。

サヤカが頭巾をとった。長い髪がサアーッと流れだす。

隼も頭巾をむしりとって、ほうっと大きな、まさに安堵の溜め息をついた。

「隼クン。ひとつきいていい？」

「なに？」

「あのブルーのパンティー、いつどうやって調達したのン？」

「ああ、あれね……」

といったなり隼は黙った。心持ち顔をあかくしている。

「どないしたのン？」

「あの……軽蔑《けいべつ》しないって、約束してくれる？」

「なんでうちが隼クン軽蔑するのン。とっても感謝してるんよ。この試作品と製造データが手に入ったのも隼クンのハッタリのおかげやもン」

サヤカは膝の上においてあるバッグを軽くたたいてみせた。

「あれね……オレがはいてたの」

「えっ！」

さすがにサヤカは目をまるくした。

「女性用みたいに小っこいけどね、あれ、ビキニっていうんだ……」

「…………」

　サヤカにはなんともこたえようがない。

「男だって、その日の気分で、きょうはトランクスにしようかブリーフにしようかとか、フクスケにしようかディオールにしようかとか、いろいろ迷ったりするんだよね」

「し、知らなかったわア……」

「それで、その……オシッコいったでしょ、あのとき」

「ええ」

「あわてたもんだから、ちょっとひっかけちゃって……でも、捨てるわけにもいかないし……だって、パンツから犯人が割れたりしたら困るもんね」

「こ、困るわね……」

「で、脱いで、どうしようかって……そうしたら、トイレのゴミ箱の中に、あのビニール・ケースが捨ててあったから、こりゃちょうどいいなんて。だからいま、ノーパン。アハハハ、アハ、アハ……」

　笑って隼はごまかそうとした。ごまかしきれるものではないのに。

　サヤカは何もいわない。

「ほら。やっぱり軽蔑した……」

　隼は、なんだか自分がミジメに思えて、顔をあげられなくなってしまった。

　疲労困憊《こんぱい》しているときは、隼みたいな楽天家でも考えが悲観的になるものらしい。

隼は、ホッペに何かが触れたのを感じた。

ふと顔をあげると、すぐ目の前にサヤカの美しい顔があった。

（キス……！）

隼は、ポカンと口をあけたまま、サヤカの唇の感触の残る頬を、指先でおそるおそるふれてみた。

「おおきに。隼クン」

やさしくいったサヤカの吐く息が、顔にかかった。

体内を電流がつらぬいた。こういうのを、めくるめくような快感とでもいうのかもしれないと思った。

「サヤカさん……」

かすれた声で隼がいうと、サヤカは羞《は》じらいをみせて、もとの場所へ戻った。

隼の表情がみるみる明るくなる。軽薄なほど明るくなる。メチャクチャ明るくなる。

「サヤカさん」

こんどは元気よく呼びかけた。

「なんやのン？」

「オレたち、最高のダブル・ステルスだね」

# 第三章　如幻忍《イリュージョン》

## 1

「ついてくるなよ。しつこいなア、もう」

「やっぱり、デタラメなのね」

「デタラメなんかじゃないって。なんべんいったらわかるんだよ」

「じゃあ、ついてたっていいじゃない」

「かってにしろ」

隼と美樹は副都心新宿の高層ビル街を歩いていた。

歩道の手すりごしに、都庁の新庁舎建設現場が見渡せる。完成すれば日本一ののっぽビルになるはずの建物は、すでにかなり上階まで工事がすすんでいる。通りの反対側には京王《けいおう》プラザホテルがそびえ、まさしくビルの谷間とよぶにふさわしい場所だ。

隼は、どんよりと鉛色に濁った空を見上げた。

下校時までは爽快《そうかい》な秋晴れだったのに、夕刻近くなるにつれ、雲行きが怪しくなってきた。台風襲来数最多月の九月が過ぎたとはいえ、さすがに十月の初旬ではいまだ天候不順である。

隼のいまの気持ちも、その天候と同じように、いささか憂鬱《ゆううつ》だった。

憂鬱のタネのほうをチラッと振り返ると、彼女は挑むような目で見返してくる。

(あーあ……女なんか幼馴染《おさなな じ》みにもつもんじゃねえなア……)

隼にとって、下校途中に新宿へ寄り道したのは彼の意志だが、そこに美樹を連れ立っているのはまったく本意ではない。

むろん理由がある。

隼は先週の日曜日、雅士、格之進といういつもの悪友連と新宿へ遊びに出た。やはり新宿の高層ビル街の一角にあるNSビルが目的地だった。

巨大振り子時計があるそのビルの一階広場でラジコンカー・レースが催されており、それに雅士が参加するというのでついていったのだ。

参加者のほとんどが小・中学生というもので、隼などはいいトシをしてみっともないと思わないでもなかったが、絶対に優勝するんだと意気込む雅士に友だちがいのないヤツだといわれるのもシャクだったから、イヤイヤながら足を運んだ。

ところが実見してみると、ラジコンカー・レースというのはかなりの迫力があった。隼は次第に興奮しはじめ、首位を争っていた雅士がゴール一周前でマシンをスピンさせて大きく後れたのを見るや、ジッとしていられなくなって、気がついたときにはコントローラーをつかんで夢中で操縦レバーを動かしていた。雅士の手からムリヤリ奪いとったのである。

おかげで雅士のマシンは失格になってしまった。そうでなくとも最下位ではあったが。雅士の怒るまいことか。隼なんか絶交だア、と涙ながらにわめきちらして帰ってしまった。

格之進は内心おかしがっていたくせに、非は全面的に隼にあるということで、雅士のあとについていった。

ポツンと取り残された隼は、ふとひとりの少年に目をとめた。

全レースが終了してコースが片づけられはじめたのにもかかわらず、少年は何か思いつめたような感じで、じいっとそのようすを見つめていた。頬《ほお》に涙を伝わらせて。レースに負けて口惜《くや》しかったのか、と隼は想像した。しかし少年は、ラジコンカーをもっていなかった。

わけはわからないが、少年を眺めているうちに、隼はなんだかかわいそうになってしまった。少年が弟の燕昭と同じ年ごろに見えたせいかもしれない。隼は声をかけた。

さいしょは口が重かった少年も、隼がたえず笑顔で語りかけるので、しだいにうちとけはじめた。隼はふんぱつして、ハーゲンダッツのアイスクリームを買ってやった。

少年の名は、大野《おおの》智之《ともゆき》。小学五年生。やはり燕昭と同い年だった。

涙の理由を智之は淡々と語りはじめた。

智之の家は十二社《じゅうにそう》温泉の裏手あたり、現在の地番でいうと西新宿四丁目だ。

十二社といえば、江戸期は文人墨客《ぶんじんぼっかく》の来遊しきりの景勝地であり、第一次大戦後の好景気のころには、六十もの料亭が軒を連ねて、首都郊外の花街として有名だったそうだが、それは余談。いまはもう、その面影すらない。

智之は八月の末に、新宿のデパートでラジコンカーを購入した。それまで貯《た》めておいた小遣いに、夏休みのあいだ母親の用事を手伝うなどして得た駄賃を足して、ようやく手に入れたものである。

それがデパートからの帰途、新宿中央公園沿いの歩道で、ひったくりにあった。相手は若い男で、後ろからいきなり自転車で追い越しざまに、智之の手からデパートの袋ごとラジコンカーを奪っていったのだ。

智之は必死で追いかけたが、途中で転んで、犯人を見失ってしまった。

その日のうちに父親についていってもらい、近くの交番へ届けた智之は、それから毎日交番をたずねて、捜査の進捗《しんちょく》状況をきいた。ところが警察にしてみればたいした事件ではないのか、マジメに犯人捜しをしているふうには智之には見受けられなかった。

智之は自分で犯人を発見し、ラジコンカーを奪い返そうと決心した。

といっても、わずか十一歳の子どもだ。どうしていいかわからない。

そこで智之は毎日、学校から帰るとすぐに中央公園の強奪現場へ駆けつけ、その場に暗くなるまでじっと佇《たたず》んでいるという捜査方法をとった。目だけをランランと輝かせて。

犯人がいつかまた通るかもしれないと考えたのだ。少年らしい一途《いちず》さである。

それから一か月がたっても、犯人は現れなかった。出場を楽しみにしていたラジコンカー・レースの日には、智之はただの見学者のひとりになってしまった。

これが少年が隼に話してくれた涙の理由だった。

以前も、ファミコン・ゲームの「ドラゴンクエスト」シリーズが爆発的ヒットをして品不足になり、それでも何時間も店の前に並んでようやく購入に成功した子どもから、帰り道でそれをひったくるという悪質な事件が連続したことがある。

そのときの犯人は、たいていネクラな中・高校生だったようだが、こんども似たようなヤツかもしれないなと隼は想像した。

それにしても、雨の日も風の日も毎日欠かさず、公園沿いの歩道にうずくまる智之の姿を想像して、胸が熱くなった。同時に、ひったくり犯人にはげしい怒りをおぼえた。

「よし。おにいちゃんが、智之クンの犯人さがしを手伝ってやる」

その日に早速、隼は智之と一緒に犯行現場へおもむき、あたりが暗くなるまで腰をおろしていた。智之がアイツだといったら、すぐに隼がとびだすという連携プレーをとることにして。

もちろん捜査員がひとり増えたからといって、そうカンタンに犯人は現れてくれない。以来きのうまで十日間、協力時間を平日の放課後から六時までと決めて、隼は欠かさず新宿中央公園へ足を運んでいる。

ほんとうはもっと長くつき合っていてやりたいのだが、そうもいかなかった。なにせ平日はどんなにおそくても七時半までには家に帰っていないと、押しかけ家庭教師の美樹に怒鳴りつけられる。れいの「めざせ！　どこかの大学。隼もいつかは優等生」予定表に沿って、毎日ハードなノルマをこなさなければならないのだ。

しかもこのところ、中間テストが近いというので、美樹の教授ぶりは苛烈《かれつ》をきわめている。それは、テレビ時代劇に登場する悪代官が、農民から法外な年貢を取り立てるのに似ていた。

日曜日は美樹も休みにしてくれているが、毎日の馴《な》れない勉強の疲れがドッと出て、どこへも出かける気にはなれない。それでも今週の日曜日は、やっぱり智之のことが気がかりで、中央公園へつい足が向いてしまった。日曜は隼がきてくれないと思っていた智之は、抱きつかんばかりにして喜んだ。

いままでは隼と智之は、兄弟みたいに仲がよくなっている。

実は隼はきょうまで、このことをだれにも打ち明けていなかった。サヤカにもだ。なんだかひどくナニワブシ的な気がして、テレ臭かったからだ。

ところがきょう隼は、学園の門を出たところで美樹につかまってしまった。一緒に帰ろうと美樹はいった。

「だって、美樹。テニス部の練習はどうしたんだ?」

「中間テストの一週間前からは休みよ。だから、きょうは早い時間から勉強始められるわ」

「そう、よかったね。じゃあ、がんばって、美樹チャン」

「がんばるのは、隼。あんたよ」

てなわけで、すぐに家に帰ろうと美樹はいうのだった。

さいしょはナンダカンダといいかげんなことをいってごまかそうとしたが、とても美樹をだましきれるものではない。それで仕方なく隼は、ナニワブシ的人助けの次第を美樹に話した。

正直に話したのにもかかわらず、隼の普段の不行跡が美樹をして疑念を起こさせるのか、それは勉強を逃れんがための作り話だといいはって、アタマから信じようとしないのである。

事が隼のこととなると、とたんに猜疑心《さいぎしん》のカタマリとなる美樹は、じゃあウソかホントか、あたしが自分の目でたしかめるわ、と彼のあとをぴったりスリップ・ストリームしている次第である。

隼と美樹はやがて、歩道を右に折れ、そのまま進む。下を首都高速四号線の西新宿ランプ口に通じる幅広の道路が走っている。

すぐに中央公園の南側の一角に行き着く。

新宿中央公園というと、恋人たちの憩いの場所みたいに思われがちだが、けっこう広いので、そんなフンイキのところばかりではない。

南のワン・ブロックは児童公園の趣であり、すべり台やブランコなど一応の遊具が揃《そろ》っていて、夏期には青天井の下で底の浅い幼児用のミニ・プールも開放される。だから日中は、ここだけは、幼児を連れた若い母親たちの社交場みたいになっている。

いまも子どもたちのはしゃぐ声が、隼と美樹の耳にきこえてくる。

その楽しげな公園内ではなくて、外の歩道の鉄柵《てっさく》にひとりよりかかって、道往《みちゆ》く人や車の流れに目を向けている少年がいた。

隼は、ニッコリ笑って、足早に智之のほうへ行く。

「あっ！　シュンおにいちゃん」

隼が行き着く前に、智之は気づいた。それまで陰鬱《いんうつ》だった表情が、たちまちほころぶ。

「どうだ、智之」

と隼が訊《き》くと、智之は首を横に振る。きょうもまだ犯人は現れないという意味だ。これが二人の毎日の挨拶《あいさつ》がわりである。

智之は、隼の後ろで、なんとなくバツが悪そうにモジモジしている美樹に目をとめた。

わかったろう、というふうに隼は美樹にアゴを突きだしてみせた。

「このおねえちゃん、シュンおにいちゃんの恋人？」

子どもである。智之はズバリときく。

美樹があわてて手をふり、

「そ、そんなんじゃないのよ！」

やなガキね、と小声でいった。

ふーん、惜しいねと智之がいったので、なぜだと隼はいぶかった。

「だって、シュンおにいちゃん。このおねえちゃん、きれいだもの」

「智之。おまえ、近視じゃないだろうな」

美樹にきこえないよう、隼は智之の耳もとでささやいたが、彼女のほうを見ると、にわかに華やいだ顔色になっていた。目もと口もとなどはすっかり微笑をたたえてしまっているではないか。

「智之クンっていったっけ、ボク？」

　声までやさしくなった。

　智之がハイとうなずくと美樹は、話はシュンおにいちゃんからきいたわ、えらいのねえ智之クンは、などとニコニコしていっている。

「それに正直だし」

　とつけ加えることも忘れない。

「きょうも学校終わってからずうっとここにいたの？」

「はい」

「じゃあ、おなかすいたでしょう。おねえちゃん、何か買ってきたげる」

「いいえ。まだそんなにおなかは……」

「子どもは遠慮しちゃダメ。何がいい？」

「NSビルにマクドナルドあるぞ」

　といったのは隼である。

「あんたにきいてるんじゃないわよ」

　美樹の態度はとたんに豹変《ひょうへん》する。

「あの……じゃあ、ボク、ハンバーガーを」

　智之がおずおずいうと、

「わかったわ。飲み物はオレンジ・ジュースかコーラでいいわね」

またやさしい声に戻して、美樹はいった。

「おねえちゃん。音楽の先生みたい」

「あら、どうして？」

「声もきれいだもの」

「フライド・ポテトは好きかな、智之クン？」

「うん」

美樹はスキップを踏むような足取りで行ってしまった。

隼は感心して、智之を見やった。

「おまえ、女のあつかい、馴れてンなあ……」

「どうってことないよ」

智之はちょっと肩をすくめただけである。

## 2

六日たった。

明日《あす》からいよいよ、二学期の中間テストだ。

隼はしかし、下校後、あいかわらず新宿へ足を運んでいた。

きょうは小雨が降っている。予報では、夕方から強くなるらしい。

隼と智之は、新宿中央公園の南側のブロックの鉄柵沿いの歩道に、傘をさして立っている。

「シュンおにいちゃん、いいの？」

「何が？」

「だって、このあいだ会った美樹おねえちゃん、一週間後にテストあるっていってたよ。明日《あした》じゃないの」

「智之が心配することないさ。六時まではいるよ」

隼は屈託ない笑顔を向けたが、智之のほうはあいまいな微笑を返した。

隼のことを好きなだけに、彼に迷惑をかけていはしないかと、智之も子どもながらこのところ案じているのである。

実は隼は、きょうは智之とのデートをいつもより早めに切り上げてくるよう、きつく美樹にいわれている。

しかし隼の心には、なぜかきょうは朝から、予感めいたものがあった。ひったくり犯人が、きょうこそ現れるような気がして仕方がないのだ。

六時をまわっても現れないようなら、雨が本降りにならない限り、その後二、三時間はいるつもりだった。

時計を見ると、五時半だった。

小雨模様ということもあるが、秋は日ごとに日足が短くなる。あたりはずいぶん薄暗かった。背後の公園にも人影はない。

通りを隔てて正面に、東京ガスの白い鉄筋の建物がデンと座している。

その右隣りの角地に消防署がある。そこは東西を貫く水道《すいどう》通りと、南北に走る十二社通りの交差点である。帰宅時間だけあって、車の往来が多い。

左へ目を転じれば、水道通りを挟んで向かい合うワシントンホテルとNSビルがそびえている。

隼は小腰をかがめて、傘ごしに智之の顔をのぞきこんだ。

歯の根をガチガチいわせている。足もとから冷えてくるのだ。

「寒いのか」

きくと、智之は無言で首をふった。いつもの彼らしくなく、ちょっとかたくななようすだ。

智之もきょうは何かを期しているのだと隼はさとった。

「智之。もういっぺん、相手の顔とか、乗ってた自転車をよく思いだしておけ」

それにも智之は、黙ってうなずいた。

(現れる……。きょうは絶対に現れる)

隼は確信をもった。

しかし、確信をもったとたんに、ちょっと自分がおかしくなった。

(オレ、なんでこんなこと、やってるンだろ……?)

サヤカとのあの初仕事にしたって、なぜいわれるままにやってしまったのか、いまだによくわからない。

あれは人助けだったと後できかされた。盗まれたものを盗み返しただけなのだと。

だからコシマキが警察沙汰《ざた》にすることはありえないと胡蝶がいったが、そのとおりで、翌日の新聞には、金庫は破られたが何も盗《と》られなかったと同社では説明しているとあった。

それで隼はかなりいい気分になったことをおぼえている。悪くない仕事だなとひそかに思ったりもした。サヤカが一緒だったからなおさらだったかもしれない。

だからといって、また似たような仕事をやれといわれても、すすんで参加する気にはなれない。

なのにいま、婆《ばば》どのの命令でもなんでもない、そしてサヤカからホッペへのキスも得られない無償の行為に夢中になっている。

（わかンねえなア……）

隼は自分で自分にあきれるほかない。

実は隼の唯一の取り柄なのだ。正義感が人一倍強いのである。それに、けっこう冒険心もある。ただ自分がそうだとは、隼自身には思えないだけの話である。

（そういえば、サヤカさん……）

近日中にまた仕事があるかもしれないと彼女はいっていた。

（こんどもビル登りじゃないだろうなア……）

あれだけはコリゴリだった。

（そうだ！）

きょう雨に濡《ぬ》れて風邪《かぜ》ひいて寝こんでしまえば、仕事に連れていかれないですむかもしれない。なかば本気で隼は思った。

「シュンおにいちゃん。六時だよ」

智之がいった。

「おお、そうか」

隼も腕時計を見る。

「オレ、もうちょっといるよ」

「いいの？」

「いいって。これでもオレ、成績いいんだゾ。勉強なんかしなくたって、テストなんか軽いもんさ」

このことばには、さすがに智之も疑いの眼差《まなざ》しを向けてきた。

「ま、まァ……軽くはないけどな、ハハハ」

けど、もうちょっといさせろよな、と隼は智之のオデコを軽く突《つつ》いた。

「ま、いさせてやるか」

智之もおどけてみせる。

これで二人の気分が少し和《やわ》らいだ。

しばらくは智之の学校のことや、テレビの子ども向け人気番組の話などで、笑い興じた。

こういうとき、高校二年生が小学五年生に波長を合わせようとしているようにフッーは見えるものだが、この二人の場合はその反対の印象を傍目《はため》にあたえる。

やがて七時になった。

雨はまだ依然として小降りだが、行き交う車のライトや、建物の窓から漏れる明かりやネオンがなければ、周囲はもうすっかり闇《やみ》といっていい。

道往く人の顔はよほど接近しなければ見分けられない。

二人はまた黙りこくった。が、どちらも、帰ろうとはいわない。やはり予感があるのだ。

隼は、子どものエネルギーってすごいなと感じ入った。

（この子は、このまま一年でも二年でも、ここに立っていられるんじゃないかな……）

弟の燕昭とつい比較してしまう。

燕昭は、有名中学めざして、ほかの子が遊んでいるときにも眠っているときにも、ずうっと勉強している。

親たちから見れば、燕昭の行為は立派で、智之のいまやっていることはバカバカしいことなのかもしれない。

しかし隼は、同じだ、と思う。必死さという点と、汲《く》めども尽きることのないエネルギーという点で、どちらも素晴らしい。

隼は、自分はちゃらんぽらんなくせに、小さな子のこういう真剣な姿を見ていると、やたらと鳥肌が立つような感動をおぼえてしまう。

そんなことを思っていたら、ひと月前に読んだ「週刊文潮」の記事が頭の中によみがえってきた。『子どもが危ない！　恐怖の人身売買組織、日本上陸!?』というアレである。

記事の内容はだいたい以下のごとく――。

中南米を中心にして、乳幼児の人身売買がビジネスとして成立している。

最も多いのが、生後まもない赤ちゃんを貧しい親から安く買い取って、子どものいない高額所得者夫婦などに高く売りつけるというケースである。

たとえばグアテマラでの摘発例として、人身売買組織は、日本円にしてたった五万円で貧困家庭から買った赤ちゃんを、やはり安い金で雇った乳母《うば》に数か月間預けて栄養をつけさせた後、子どもができないで悩んでいる欧米の夫婦に二百五十万円で売り渡している。ボロもうけである。仲介役はたいてい、いわゆる悪徳弁護士たちであるという。

それだけではない。何もわからないうちに里子《さとご》に出されてしまうのなら、まだ赤ちゃんにも救いはあるが、もっと酷《むご》いことが行われている。それは臓器の摘出である。

臓器移植を待つ先進国の子どものために、貧困国の子どものそれが本人の意志を無視して抉《えぐ》りだされ提供されるのだ。

ブラジルだけで年間三千人の赤ちゃんが行方不明になっているといわれるが、中南米全体では一体どれほどの数になるか想像もつかない。さらには東南アジアやアフリカにも同種のビジネスが存在し、世界じゅうで毎日何十人、何百人もの乳幼児が姿を消しているのは疑いようもない事実なのである。

だが、これが貧富の差がはげしい第三世界だけの話だと思ってはいけない。生活苦でなくとも、産んだ子どもを要《い》らないという親は、どこの国にもいるのだ。

本誌の取材に応じてくれた西ドイツのある売春婦は、父親のわからない赤ちゃんを三千マルクで、人身売買組織に売り渡したといった。エイズ騒ぎでめっきり客の減った彼女にとって、これは四か月分の収入にあたるということだ。

ロサンゼルスの若い黒人女性は千ドルと引き換えに、レイプによって生まれた子を手放したと告白した。またニュージャージーのハイスクールの学生である十六歳の白人女性は、男友だちとの過《あやま》ちによって妊娠したが、名士である父が外聞をはばかり、ひそかに産ませた子を組織の弁護士に、これは逆に口止め料を添えて連れて行かせたという話もある。

この人身売買組織の実体はほとんど不明だが、規模は世界的であり、かなり整備された情報網を有していることはまちがいない。

本誌編集部はさる筋から、同組織がついに日本にも悪の手をのばしてきたという情報を得ている。その確証をつかむべく、現在取材中であり、引き続きこの事件を追っていく決意でいる……。

さらに、この特集記事の中で、それとなくにおわせているのは、発生後一か月半にもなるのにいまだ手がかりひとつ得られない諸出呑《どん》人《と》クン誘拐事件が、人身売買組織の日本上陸と関連があるのではないかという点だが、さすがにこれは憶測の域を出ないのか、数行にとどめていた。

それでも海外取材までしているせいか、全体を通して迫真の筆致であり、ふだんマンガしか読んだことのない隼にとっては、ひじょうに新鮮でオドロキに満ちた内容だった。もっとも不勉強な彼には判読できない漢字や、意味がわからないことばが三十個以上あったが。

(父さんも、けっこうマジメに仕事してるんだなア……)

「週刊文潮」の編集長をつとめる父の鳶夫を見直したりしたものだ。

「八時」

下から声がした。

ぼんやりしていた隼は、えっ、とそちらへ視線を落とした。

「八時だよ、シュンおにいちゃん」

智之が傘の下から隼を見上げて、繰り返した。心なしか声が沈んでいる。

「そうだな……」

腕時計を見ながら、隼も小さく溜め息をつく。予感がはずれたらしい。

(美樹のヤツ、怒ってるだろうなア……)

暗い空をちょっと見上げてから、隼はよりかかっていた鉄柵から背を離した。

「きょうは……」

これくらいにするか、と小さな相棒へいいかけたとき、智之がとつぜん叫んだ。

「アイツだっ！」

「どこだ、智之！」

隼は色めきたった。

智之は右のほうへ移動しながら、向かい側の歩道を指さしている。

薄手のレインコートのフードをかぶって、ドロップ・ハンドルの自転車をこいでいる男がいた。後部キャリアに、大きくふくらんだビニールの買い物袋がくくりつけられている。

隼は一瞬、なぜか違和感とでもいったらいいようなものをおぼえた。男も自転車も初めて見る気がしなかったのだ。

たぶん智之から、犯人の輪郭とか自転車の形をさんざんきかされていたせいかもしれない。

男は十二社通りと水道通りの交差点までいくと、そこで自転車を止めた。消防署の前だ。

平行して走った隼と智之も、車道を隔てて、交差点に立ち止まる。こちらは公園の角だ。

歩行者信号は赤を示していた。男はこちらへ渡るつもりらしく、おとなしく待っている。

智之が傘の下から、燃えるような目で、向かいの歩道にいる犯人を見つめていた。

「まちがいないな、智之?」

隼は念をおした。

レインコートのフードのせいで相手の顔はほとんど見えないのだ。呼び止めて、もし人ちがいだったら、みっともないことになる。

智之は、押し殺したような声で、絶対だよ、といった。

そのひとことで隼も、横断歩道の向こうの自転車の男が犯人だと確信した。瞬間、荒っぽい作戦が頭に浮かんだ。

これまでは犯人を見つけたら、近くまでいってまず呼びとめ、それから事を起こそうと考えていたのだが、声をかけたとたんに相手がすべてをさとって一目散に逃走を企てないとも限らない。ここはいきなり、何もいわずに、自転車ごと蹴倒《けたお》してしまうのがいい。

「智之。離れてろ」

「どうするの?」

不安そうに智之はたずねた。おびえているようだ。

それはそうだ。相手はひったくりをするような男である。ひょっとしてひどく凶暴なヤツかもしれないではないか。

「いいから、まかせとけ」

信号が青に変わった。自転車の男が横断歩道を渡りだす。

隼は、渡りかけて、ふいに何か忘れ物でも思いだしたような仕種《しぐさ》をして、すぐにクルリと踵《きびす》を返した。歩道へ足を戻して、十二社通りの車道寄りを歩く。

智之は公園の角の鉄柵までさがって、成り行きを見守っている。

自転車が歩道へ上がり、ゆっくり隼の右脇《みぎわき》を通過していこうとした一瞬である。

隼はだしぬけに、身をねじって、自転車の男のからだを両手で突きとばした。

男の悲鳴があがる。自転車が横倒しになった。

男は右肩から歩道へ投げだされて一転二転、そのまま鉄柵下の低いブロック塀までいって、背をうちつけ、ウッと呻《うめ》いた。

隼は、自転車をまたぎ越えようとして、踏みだしかけた右足をハッと止めた。

フレームに設置されたギア・チェンジ用のシフト・レバーの頂部が光っている。

素早く小腰をかがめて見る。光っているのは、S・Kという文字だった。

「やっぱりボディコン号！」

夏休み前日の夜、コンビニエンス・ストアの前にワイヤー・キーをかけずに止めておいたところを、何者かによって盗まれてしまった隼のサイクリング車だ。

ボディコン号と名づけたのは、全体が黒で統一されていて、それがボディコン・ギャルのようにキュッと腰がくびれてひきしまったような感じに見えるからだった。

いま目の前に転がっている自転車はフレームも、チェーン・ケースも、泥よけもすべて赤色だが、これはあとからスプレーしたものにちがいない。事実、はげかかって黒い地が見えている部分がある。

だが何よりも、ボディコン号であることを示す明白な証拠は、やはりシフト・レバーの頂部で光るS・Kのイニシアルだ。隼が彫って蛍光塗料を塗り込めておいたものであり、そのおそろしくヘタクソな英文字が、彼以外のだれに書けようか。

それらの思いが数秒のうちに、隼の頭の中ではっきりと形をとった。

隼の身内で何かがはじけた。

「コノヤロー！」

鉄柵に手をかけて立ち上がりかけていた男へ、隼は怒りにまかせて跳びかかった。

智之も駆け寄ってくる。

隼の手が、男の頭からレインコートのフードを、乱暴にもぎとった。

間をおかず、相手の顔面へパンチを見舞うべく、右拳《みぎこぶし》を振りあげた。

が、おびえきった男の顔を、隼の目が数十センチの間近に捉《とら》えたとたん、右拳は振りあげられたままそこに止まってしまった。

「お、おまえ……！」

といったなり、隼はしばし絶句していたが、やがてフーッと力が抜けたように、男の名を漏らした。

「錦織……」

歩道に横倒しのボディコン号が、後輪をカタカタと空回りさせている。

そのそばに、後部キャリアから紐《ひも》がほどけて放《ほう》りだされた買い物袋が転がり、中身が散乱していた。

パックの紙オムツ、赤ちゃん用の衣類、哺乳瓶《ほにゅうびん》の箱、乳首の入った袋などが転がっている。

それらのものも、そして隼と錦織と智之の姿もやがて、にわかに降りてきた白い雨幕の中に没入して見えなくなった。

同時に、往来する車の騒音も、凄《すさ》まじい雨音に掻《か》き消される。

どしゃ降りになった。

## 3

「あのバカ隼……」

美樹は、学習参考書をひろげた机の前で、イライラしていた。

横に並んでいるもう一台の机をチラッと見る。主《あるじ》のいないその机の上には、英語、物理、世界史の教科書が積まれてある。いずれも明日の試験科目だ。

ここは風早家の隼の部屋である。

美樹の机は、現在は札幌に下宿住まいの隼の兄の鷲二が以前に使っていたもので、彼女が二学期から隼の押しかけ家庭教師をはじめることになったため、この部屋へ運び入れたのである。

美樹は置き時計を見た。八時だ。

(早く帰ってきなさいって、あれほどいったのに……)

いつもは隼の学業の面倒をみるのは七時半からである。が、明日から三日間、中間テストなので、きょうは早くから試験範囲のおさらいをさせるつもりだった。

それで智之に会ってゴメンをしたら、まっすぐ飛んで帰るよう、学校帰りの電車内で隼には何度も念を押しておいた。なのに、この始末だ。隼は試験勉強がイヤで、どこかでフラついているのにちがいない。

美樹は五時から隼の部屋で待っている。むろん待つあいだ、自分の勉強をしていたのだが、六時をすぎ七時をまわるに及んで、さすがに身が入らなくなった。アタマにきたのである。

「ンもおっ!」

美樹は、隼の椅子《いす》の背もたれを平手で打った。

そのとき、とつぜん、ザザアーッ、という大きな音が家全体を包みこんだ。

細めにあけてあったガラス戸のほうを見やる。狭いベランダの手すりに雨がカンカンと音たてて降りかかっていた。本降りになったのだ。

美樹は、雨戸を閉めてから、ガラス戸にも鍵《かぎ》をかけた。雨音が少し小さくなった。

(あいつ、ビショビショになって帰ってくるわね……いい気味だわ)

トントンとドアがノックされたので、美樹はガラス戸の前から振り返った。

自分がうれしそうな表情に一変したのにすぐに気づいて、美樹はことさらこわい顔つきをつくって、あいてるわよ、と剣呑《けんのん》な声で応じた。

(甘い顔してたまるもんですか！)

遠慮がちにドアが開かれ、おそるおそる差しのべられたのは利発そうな少年の顔である。

「あっ！　テル坊」

美樹はあわててこわい表情を崩そうとする。

「やっぱり、ご機嫌ナナメだね」

なんだか自分が叱《しか》られてでもいるように、燕昭はすまなさそうにいった。

「あ、そうじゃないの。隼だと思ったものだから。ゴメンね、こわい声だして」

いま塾から帰ったの、と美樹はきいた。

燕昭は、ウンとうなずいてから、いま母さんにきいたよといった。

「美樹さん、五時から待ってるんだって？　困ったものだね、隼兄《に》イには」

「そう。十七年も困りっぱなし」

「美樹さん、やさしすぎるんだよ、きっと」

「あら。隼にいわせると、十三日の金曜日女だそうよ」

「す、すごい形容だね」

わが兄貴の美樹に対する恐怖心の度合いがわかるようなネーミングではある。

「母さんがね、ケーキ食べましょうって」

二人が下へ降りていくと、居間のテーブルに三人分のケーキが用意されてあり、千鳥が紅茶を淹《い》れるところだった。

「さあ、美樹さんも、燕昭も召しあがれ」

席についた二人が、いただきます、といってから食べはじめる。

「おじさまもまだですか？」

美樹が千鳥にきいた。

「そうなのよ。親子して何をやってるんでしょうねえ」

しようのない人たち、なんていいながらも、ちっとも心配しているふうには見えないのが千鳥という女性である。実にどうも鷹揚《おうよう》にかまえている。

「でも、おじさまはお仕事だから……」

そう美樹がいうと、隼チャンも似たようなものだわね、といって千鳥はおかしそうに笑った。

隼がラジコンカーを盗まれた小学生のためにひと肌脱いでいることを、美樹はたしかに千鳥にも燕昭にも話してはあるが、この千鳥の反応にはイマイチついていけない。

だから、美樹にはなんともこたえようがない。千鳥にずいぶんと好感をもっているのだが、こういうときはどうしてもテンポがズレるのだ。

仕方なく微苦笑をうかべる美樹と、どこか超然とした母親とを見比べて、燕昭が笑いをかみ殺している。

そこへ、電話のベルが鳴った。

いちばん近くにいた美樹が立って、受話器をとった。家も五十メートルしか離れておらず、隼とは幼馴染みの彼女は、風早家では家族同然の振る舞いをし、また同家の人々もそれをとうぜんみたいに思っている。

「はい。風早でございます」

口中のケーキのひときれをのみこんでから、美樹は送話口に向かってこたえた。

夜分恐れ入ります、とさいしょに礼儀正しくエクスキューズした相手は、若々しく美しい女声だった。

「明経学園高校二年の藤林サヤカと申します」

その名乗りに美樹は一瞬、戸惑い、はっきりきこえていたのに、われ知らずエッと訊き返していた。

サヤカがもう一度名乗った。

「隼クンはご在宅でしょうか?」

「いいえ。あの、まだ、帰っておりません」

「何時ごろお帰りに?」

「それが、その、連絡がありませんので……」

「そうですか……」

サヤカが電話を切りそうなようすが受話器から伝わってきたので、なぜか美樹はあわてて、お急ぎの用ですか、と付け加えた。

一瞬、間があったが、いいえ、という返事だった。

「では、伝言か何か?」

重ねて美樹は訊《たず》ねたが、それにもサヤカは、ありがとうございますと礼をのべた上で、

「でも、けっこうです」

とはっきりいった。

「失礼いたしました」

「あの、待って」

美樹は、このうえ何をきこうというのではなかったが、思わず呼びとめていた。

が、彼女のその声と、サヤカが受話器をフックにかける音とが同時だった。

ツー、ツー……という発信音が通話完了を告げていた。

美樹の胸の内はおだやかではない。動悸《どうき》がする。

演劇クラスの美樹は、六組の藤林サヤカとはこれまで話を交わしたことはないが、彼女が転入後たちまち明経学園のマドンナとよばれるようになったことは、とうぜん知っている。

廊下や校庭で何度かすれちがってもいる。そのたびに、なんてきれいなひとかしら、としみじみ思った。容姿抜群なだけでなく、頭脳明晰《めいせき》だともきいている。

それで当初、美樹は、これでまた悩みのタネが増えたと嘆息した。サヤカと同じクラスの隼が、スケベ・パワーを全開させて、授業中となく休み時間となく、彼女にアタックしないはずはないと懸念したからだ。

それが、隼はなぜかサヤカに対してはそういう不埒《ふらち》な振る舞いに及ぶことがなかった。

フシギなことである。

たしかに全校男子が互いを牽制《けんせい》して、だれにも抜け駆けを許さないというフンイキがあるようだが、その程度のことでめげるような隼ではないはずだ。

男どもには憎めないヤツと思わせておきながら、そのスキを衝《つ》いて何気なくサヤカにすり寄っていく。隼はそんな方法をとるにちがいないと美樹は予想していたのである。

予想は見事に外された。サヤカが学園にいるあいだ、大勢の男子がいつも彼女を取り巻いているのに、なぜか隼は傍観どころか、全然離れた場所にいたりして、まるで興味がなさそうなのである。

そうなると美樹も、相手があまりな高嶺《たかね》の花なので、さすがの隼も手を出せないのだと最近納得するようになった。

ところが、いまの電話だ。

どうして、この夜の八時すぎに、サヤカが隼に電話をかけてきたのだ。

同じクラス、というのは理由になりそうでならないものだ。ふだんから仲良くしているのならともかく、隼とサヤカがそんなつき合いをしていないことは美樹も知っている。しかもかたやアホ、かたや美少女である。同じ教室に学ぶ者同士というくらいしか共通点はないはずだ。

よしんば何かクラスとしての連絡事項があったとしよう。だったらサヤカは伝言を残すはずだ。サヤカは何もいわなかった。

あるいは、何かを貸し借りするような約束でもあったのか。同じクラスにいれば、たいしたつき合いでなくとも、それはありえないことではない。だとしても、中間テスト前夜に連絡を取り合うほどのことだろうか。

(待って……!)

なおも美樹は想像をめぐらす。

隼の悪友の神保雅士がいっていたことを思いだした。隼はサヤカに気軽に声をかけることもしないそうだ。

ようく考えてみれば、これはおかしい。いくら高嶺の花だからといって、あんなにきれいな女生徒に対して、同じクラスにいながら声もかけないなんて、隼でなくとも不自然ではないか。男なら会話のひとつもしたいだろう。

それもしないということは、隼は故意にサヤカを避けているのだとしか考えられない。

(でも、なぜ避けるの……?)

隼の新しいナンパ作戦かしら、と一瞬思った。

モテるのが常態みたいなひとは、そういう自分に目を向けてこないような異性が、かえって気になることがままある。

それを隼は逆手にとったのだろうか。だが、これは考えすぎだろう。隼はそれほどアタマがよくないし、だいいち、アホの隼に無視されたからといって、サヤカほどの美少女がそのことを気にかけるとは到底思われない。

（ひょっとして、藤林さん、電話かける家を間違えたんじゃあ……）

しかし、たしかに、隼クンはご在宅でしょうか、といっている。

「美樹さん……美樹さん……」

どこかで自分を呼ぶ声がしている。

「美樹さん。いつまでも何やってるの。電話切れたんじゃないの」

燕昭が話しかけているのだと、ようやくわかった。

美樹はまだ受話器を右手にもったまま、電話機の前にぼんやりと突っ立っていたのだ。

あわてて受話器をフックにおろした。

「だアれ？」

と千鳥がきく。

「あ、あの、隼クンと同じクラスのひとです。なんか伝えたいことがあったらしいんですけど、べつに急ぐことでもないからいいって」

「そう」

千鳥はそういっただけで、それ以上は何も訊かない。

こういうとき千鳥が相手だとホッとする。何事にも泰然としていて、余計な詮索《せんさく》をしないひとなのだ。

（だけど、なんであたしが、こんなことで悩まなきゃならないワケ……）

美樹は、関係ないじゃないと思いこもうとしたが、ムリなことは自分でもわかっていた。

壁にかかっている時計を見上げる。八時半をまわっている。

いくら親不孝者の隼でも、このどしゃ降りの中、少し遅すぎるような気がする。

ふいに美樹は腰を浮かせた。

「おばさま。ちょっと電話帳かります」

といって、千鳥の返事もまたずに、電話機をのせてあるラックの下段からそれをとりだした。ＮＴＴの職業別電話帳である。

(智之クン、家はクリーニング屋だっていってたはず……)

だが、苗字《みょうじ》が大野だからといって、店名も「大野クリーニング」とは限らない。それ以前に電話帳に番号を載せているかどうかもわからない。

もっとちゃんと智之のことをきいておくのだったと美樹は後悔しながら、電話帳のクリーニング業のページを開いた。

幸運だった。すぐに「大野クリーニング」は見つかった。住所も西新宿とある。

(きっとこれだわ！)

信じて、美樹は受話器をとりあげた。

いつのまにか千鳥がテレビのスイッチを入れたらしく、その音声がきこえている。

燕昭は燕昭で、すでにケーキを食べ終わって、夕刊の国際情勢面に目を通している。有名私立中学の入試では、たとえば社会科の全篇《ぜんぺん》が韓国問題で埋めつくされている、みたいなことがよくある。普段から新聞を隅々まで読みこんでおかないと、イザというときに困るのだ。

それはともかく、千鳥も燕昭も美樹のしていることにほとんど関心を払わないのは、それだけ彼女がここの家族にとけこんでいる証左である。

電話が通じた。女性の声が返ってくる。

自分の名を告げ、智之という名の息子がいるかどうか訊ねた。

ちょっとお待ちくださいといわれ、ほどなく智之が電話口に出た。

「やあ。美樹おねえちゃん」

智之の声は明るかった。

美樹が訊く前に、智之のほうからきょうあったことを話しはじめた。

ついに隼がラジコンカーのひったくり犯人を捕まえてくれたこと。そのときの隼のさっそうとしていたこと。だけど、智之が交番へ連れていこうといったら、隼が待ってくれといったこと。どうもその犯人が、偶然にも隼の顔見知りだったらしいこと。絶対にラジコンカーは取り返してくるから、智之には家で待っているようにと隼がいって、犯人とどこかへ行ってしまったこと、などだ。

「顔見知りって、智之クン。隼おにいちゃんは、その犯人の名前、なんていってた？」

「えーとね……たしか、ニシキオリっていったと思うよ」

「錦織……？」

美樹はしばらく考えてから、ようやく思いだした。隼と同じ二年六組だが、いわゆる不登校で、時々しか顔を見せないという生徒だ。

「ありがとう。智之クン」

礼をいって電話を切ると、美樹はこんどは二階の隼の部屋へ駆けあがった。

「どうしたんだろう、美樹さん？」

燕昭はいぶかったが、あの子はいつも忙しいのね、と千鳥は笑っていた。

美樹は、隼の部屋でクラス名簿を見つけると、それを持ってまた居間へ戻った。

錦織博明の家の電話番号を調べ、ダイヤルを回した。

呼び出し音が鳴りつづける。二十回以上鳴らしたが、だれも出なかった。

（どういう家庭かしら……？）

まもなく九時になろうというのに、家人《かじん》がひとりもいないのだろうか。

名簿をあらためて見ると、保護者名は錦織佳代子《かよこ》となっている。ふつうは父親の名が載るものだが、離婚でもしたのかしらと思った。

それから五分か十分おきぐらいに、美樹は電話をかけてみた。よくわからないが、何かこう胸騒ぎがするのだ。もう試験勉強どころではない。

九時四十分に、やっと相手が出た。

博明クンはいますかと訊くと、ひどくつっけんどんな中年の女の声で、まだ帰ってないよという返事だった。

「どこかに寄ってらっしゃるんでしょうか？」

「道草だろ」

「お心あたりありませんか？」

「だから、道草だっていってんだろ」

カンのいい美樹は、道草というのが、固有名詞ではないかと察した。

「道草という名の喫茶店か何かでしょうか？」

「喫茶店じゃないよ。どっかのマンションの部屋だとかいってたね、あの子は」

「電話番号とか住所とかおわかりになりますでしょうか？」

「知らないね」

「あの、お願いです。急用なんです」

「あたしゃね、頭が痛くて、店を早引けしてきたんだよ。面倒なことさせるんじゃないよ」

待ってなといったかと思うと、女は受話器を放り投げたらしく、美樹の耳に大きな雑音がワンワンと響いてきた。

（なんて母親なの……！）

美樹はそれでもじいっと待った。

やがて、ふたたび電話口に出た女は、ダメだねこりゃ、といった。

「どうしたんですか？」

美樹は不安になる。

「電話番号のとこ破れてるよ」

たぶん「道草」の電話番号をそのへんの紙きれに書きなぐっておき、そのまま放置しておいたあいだに、何かの拍子に破れてしまった。そんなところだろうと想像がつく。

「住所はおわかりになりませんか？」

「新宿区……」

いきなり相手は読みあげはじめた。

記憶力のいい美樹は、メモするまでもなく、諳《そら》でおぼえた。

美樹は礼をいおうとしたが、女は「道草」の住所を読み終えるなり、受話器を叩《たた》きつけるようにして電話を切ってしまった。

それにしても、「道草」のあるマンションの住所は、智之の家とは目と鼻の先だ。

「おばさま」

美樹はテレビを見ている千鳥に声をかけた。

「隼クンの居所がわかりました。あたし、連れにいってきます」

「こんな時間に、この雨の中を!?」

びっくりしたのは燕昭だけで、千鳥のほうはノンキなものである。

「そお。お願いね、美樹さん」

などとテレビから目を離さず平気でいっている。

美樹は玄関のほうへ駆けだしていく。

燕昭がすぐに追ってきて、ぼくも一緒に行くよ、と申し出る。

いいのよ、と美樹は笑顔で断った。

すると燕昭は、ちょっと待っててといって、いったん奥へ消えてから、すぐにピンクのレインコートをもって戻ってきた。気の利く少年である。

「母さんのだよ」

「おばさま、けっこう派手なの着るのね」

冗談をいいながら、美樹は袖《そで》をとおした。

傘をもち、これも千鳥の長靴をはいて、外へ出た。雨は一段とはげしくなっている。

門を出たところで、美樹は、何かにぶちあたり、キャッと後ろへよろめいた。

目の前に巨人が立っていた。

悲鳴をあげそうになったが、門灯の明かりに浮かびあがった相手の顔に見おぼえがあった。

「西郷クン！」

隼の悪友のひとりで、柔道部の西郷格之進である。

「お、小野寺《おのでら》さん……！」

格之進は、傘の柄をしっかり胸もとへ引き寄せて、なんだかコチコチになってしまった。小野寺は美樹の苗字だ。

「隼ならまだ帰ってないわよ」

「そ、そうですか……」

「こんな時間になんの用？」

「いや、あの、実はその……」

もじもじと格之進は口ごもる。

「一緒に行く？」

「えっ⁉」

「あたし、これから隼の首に縄をかけに行くの。新宿だから、電車ですぐよ」

「はア……」

「来たければ来て」

美樹は格之進の横をすり抜けて、住宅街の通りをサッサッと歩いていく。

格之進は、ドスドス地響きたてて、あとを追った。

# 4

摩天楼も公園の森も、夜の沛然《はいぜん》たる白雨の中に烟《けぶ》っている。

そこからほど近い一角に建つ十階建てのマンション、「レジデンス大団円《だいだんえん》」三〇五号室の六畳の和室で、五人の男女がベビーベッドを囲み、スヤスヤと眠る赤ちゃんを見下ろしていた。

「……しかし、おどろいたなア」

溜め息と一緒にそのことばを吐きだしたのは隼である。

錦織博明が不登校とはいえ、隼はむろん学校では何度も顔を合わせている。だが、あとの三人は、この一時間余りのうちに錦織から紹介されたばかりだ。

井上裕《いのうえゆたか》、平山秀美《ひらやまひでみ》、榎本加寿《えのもとかず》という。

いずれも隼と同じくらいの年齢に見える若者たちだが、隼とまったくちがう点は、錦織も含めて四人とも表情に明るさがないことである。たえず鬱々《うつうつ》としていて、もう長いあいだ心から楽しく笑ったことがなさそうな、そんな屈託を感じさせる。

「これじゃあ警察もわからないわけだ」

また隼はだれにいうともなくいって、

「なア、呑人クン」

と赤ちゃんの寝顔に声をかけた。

セーラー服姿の平山秀美が、羞《は》じらうように軽く唇をかんだ。

七月末以来、世間をさわがせつづけている諸出呑人クン誘拐事件の謎《なぞ》の犯人は、この病的なほど色の白い女子高生だったのである。

公立高校二年の平山秀美は、一年生のときイジメが原因で不登校になり、ために過度の神経症に陥って拒食と過食を繰り返すなどして、入院したことがある。

いや、このときのイジメは、原因というより、ただのキッカケにすぎなかったかもしれない。

秀美の家族は、父が大手企業のエリート重役、兄と姉はともに国立大学生、そして母も一流女子大学出の才女である。

そういう家庭で、兄姉《きょうだい》に比べて小さいころから何をやってもグズで成績も悪かった秀美は、たえず重圧を感じ、いつもオドオドしながら生きてきた。

そんな子は学校でもイジメられやすい。小学校の高学年のころから、秀美はイジメられっ子になった。なのに母親は、やさしくしてくれたり、かばってくれたりするどころか、あんたがバカだからイジメられるのよといった。それは家族全員の意見だった。

秀美は悲しかった。家族に疎《うと》んじられていると思いこんだ。家庭ではしだいに事々に反抗的な態度をとるようになった。そして両親の怒りをかった。やがて、家族との関係は修復不能なところまで到《いた》った。

秀美が高校でイジメにあうまでには、彼女の過去にそれだけの歴史があったのである。退院後も不登校を繰り返していたある日のこと、秀美はロック・コンサートを見にいった。無口であまり趣味のない秀美だが、ロックのリズムにだけはしぜんとからだが動くのだ。

コンサート会場で秀美は、やはり一人で来ていた井上裕と知り合った。

裕は彼女と同い年だったが、中学卒業後、家庭の事情と本人の考えもあって、職を転々としている若者だった。母子家庭で生活保護をうけていた裕の秀美との共通点は、やはりイジメに苦しんだということだった。

裕は秀美を「道草」へ伴った。それがこのレジデンス大団円の三〇五号室だが、べつにドアに道草という看板が出ているわけでもなんでもない。

この部屋は、熊谷高志《くまがいたかし》という若い貿易商の所有である。

熊谷の少年時代の記憶は暗いものだったという。風貌《ふうぼう》が貧相なうえに生意気な感じを人にあたえるらしく、ずいぶんとクラスメイトにイジメられ、教師たちからはあからさまに嫌悪の目で見られた。

家庭的にも恵まれなかった。父親がたいへんな酒乱で、彼にも母にもしょっちゅう暴力をふるった。

熊谷は二十代で成功して、少しゆとりができたとき、自分と同様の境遇におかれている子どもたちのために、少しでも力になってあげたいと思うようになった。それが自宅であるマンションを、不登校やイジメられっ子、あるいは家庭がおもしろくないという子どもたちのため開放するという結果につながった。

道草の名は、熊谷が子どもたちに、気が向いたらいつでも道草食っていきなよ、と声をかけるところから、彼らのほうでいつしかそう呼ぶようになったのである。

熊谷は在宅中は、子どもたちの悩み事の相談にのる。彼が不在のときでも、常連の子は合鍵が渡されているから、勝手にあけて入ることができる。

道草の開放時間は一応、学校の始業時から夜九時までということになっているが、ときには泊まっていく子もある。

といって、べつに宣伝して呼び寄せているのではないから、そんなに大勢集まるわけではない。かなり少数である。同じ悩みを抱える者同士、なんとなくそのにおいを嗅《か》ぎあてたごく一部の子たちの間に、口コミで伝わっているだけなのだ。

しかし、道草に寄る子どもたちにとって、この場がどれほど安らぎをもたらしてくれることか。熊谷の存在はもちろん大きいが、何よりも共通の悩みを語り合える仲間が集まることが、彼らにはほんとうにうれしいことなのである。

井上裕は中学二年のときから道草の常連だった。裕に連れてこられた道草で秀美は、榎本加寿や、そのほか数人の中学生や高校生、あるいは道草のＯＢみたいな大学生や社会人とも知り合った。錦織が道草へ来るようになるのは、彼女よりも少しあとで、今年の春ごろからだ。

錦織も裕と同じで母子家庭である。以前は両親そろって喫茶店を自営していたのだが、父親に女がデキた三年前から、何もかもおかしくなりはじめる。ほどなく両親は離婚して、父は出ていき、錦織は母親と暮らすようになった。ところが、こんどは派手好きの母の乱費がたたって、店が潰《つぶ》れた。母がホステスになったのは去年の秋のことだ。

悪いことは重なるもので、そういう時期に錦織は、ひょんなことから中学時代のワルにたかられはじめ、殴られることも度重なるようになった。母親は毎日の夜の仕事でクタクタになるせいか、そんな息子に無関心だった。臆病《おくびょう》な錦織は、登校路に待ち伏せているワルから逃れるために、とうとう不登校になった。そのうちワルは現れなくなったが、それでも彼の不登校はつづいた。もともと学校に行っても友だちひとりいるわけではなかったのだ。

錦織が道草の存在を知ったのは、そのころだ。一、二度行ったことがあるという中学時代の同級生からきいたのである。

勇気をだして道草を訪れた錦織は、母子家庭という相似点があったせいか、井上裕とすぐにうちとけることができた。

今夏の初め熊谷高志が、仕事で半年間の長期海外出張に出かけた。彼は、そのあいだ自由に部屋を使っていい、と子どもたちにいいおいて行った。

ある夜のこと裕は、仕事でムシャクシャしたことがあり、未成年にもかかわらず安酒場でひとり飲んでから帰途についた。それでも気持ちがおさまらず、通りかかったコンビニエンス・ストアの前に駐《と》めてあった黒い自転車にキーがかけられていないのを目にするや、発作的にとび乗り、そのまま脇目もふらずに逃走した。胸がスッとした。

このサイクリング車が隼のボディコン号である。自転車泥棒のほうは錦織ではなく、裕だったのだ。

裕はボディコン号をレジデンス大団円の地下駐車場に放っておいた。道草へきて近くへ買い物にでるときにでも使おうと考えたのだ。しぜんに錦織も乗るようになった。

大野智之のラジコンカーをひったくった犯人は、智之少年の記憶どおり、錦織である。

錦織は八月末のある日、レジデンス大団円から遠くない新宿中央公園の周辺を走っているとき、前を行くデパートの紙袋をさげた少年に目をとめた。少年は歩きながらも、紙袋の中をうれしくて仕方ないというふうに何度ものぞきこんでいた。ふいに錦織の身内に、凶暴なものが突きあげてきた。弱者はおのれ以上の弱者に対して残酷になるものだ。錦織はボディコン号のスピードをあげ、少年を追い越しざま、その手から紙袋をひったくった。

錦織は道草に戻り、紙袋の中から包装紙にくるまれた箱をとりだして、開けてみた。ラジコンカーだとわかったとたん、ひどく少年にすまない気持ちになった。彼もプラモデルに夢中になった時期があったからだ。だが、いまさら返すこともならず、部屋の収納戸棚の奥へ押しこんで、そのまま忘れてしまった。

話を平山秀美に戻す。彼女がなぜ、そしてどうやって諸出呑人をさらったのか。

秀美は昨年、入院した梵天堂《ぼんてんどう》大学病院で、彼女の担当の看護婦と親しくなった。今野《こんの》理恵《りえ》という二十代半ばのきれいな女性で、心を病んだ秀美に、仕事としてではなく心からやさしくしてくれたのだ。退院後も何度かたずねて、病院の近くの喫茶店で一緒にお茶を飲んだりした。

今夏七月の末のある夜、彼女に対してすでに愛情のかけらもない母親と、生活態度のことではげしい口論になり、あんたなんか生まれてこなければよかったと罵《ののし》られて、悲しみと憎悪の錯綜《さくそう》する乱れた心のまま、秀美は家をとびだした。道草へ行こうと電話をかけてみたが、すでに熊谷は海外へ行って不在だし、仲間も来ていないらしく、だれも出なかった。秀美は理恵のやさしさにすがろうと思った。

梵天堂大学病院へ行くと、ちょうど理恵の夜勤の日にあたっていて、会うことができた。規則違反だが理恵は、思いつめたようすの秀美を裏口からこっそり職員の仮眠室へ入れてくれた。理恵と話しているうちに秀美の心もしだいに晴れやかになった。

このとき理恵の話から、この病院で人気タレント南田加イイ子が一週間前に出産し、産後の肥立ちがやや悪くてまだ赤ちゃんと一緒に入院している、と初めてきいた。テレビのワイド・ショーなどで連日この病院が映しだされているそうだが、そのテの番組を見ない秀美は知らなかった。イイ子の夫で同じく人気タレントの諸出一樹が毎日妻を見舞いにくるので、日中は報道陣がごった返すのだと理恵はいった。

理恵が館内放送で呼びだされてナース・ステーションへ駆け戻るのをしおに、秀美も礼をいって辞した。が、どうしてそんな気になったのか、後になってもわからなかったが、秀美は建物の裏口へは向かわず、ある病室の前まで足を運んだ。理恵にきいていた南田加イイ子の病室である。

ドア脇に掲げられた患者名の札にはイイ子の本名、「糞俵熊子《ふんたわらくまこ》」とあった。この部屋の中にあの有名なタレントがいるのかと秀美はボンヤリと思った。そのとき、中から話し声が漏れてきた。口論だ。話の内容から、イイ子と夫の諸出一樹だとわかった。すでに消灯時間も過ぎて面会時間などとうに終わっているはずなのに、おかしいナと感じた。

「なんだって産んだりしたんだ」

「産めっていったのはそっちじゃない。あたしは堕《お》ろしたいって何度もいったはずよ」

「ばかやろう。オレはオレの子だと思ってたから、産めっていったんだ。おまえがあんなヤッと不倫してたって知ってたら、だれがそんなこというか」

「あんなヤッとは何よ。ロックンはあなたなんかより、ずうっとステキよ。セックスだってバカのひとつおぼえみたいに正常位しか知らないだれかさんとはちがいますぅだ」

「なんだと。やっぱり正常位がイチバンねっていったのはどこの女だ」

話の内容が生々しすぎた。秀美は自分のほかにだれもいない暗い廊下で、ひとり赤面した。

しかし、いきさつはわかった。一週間前にイイ子が産んだ呑人は、夫の諸出一樹のタネではなく、人気ポップス歌手ロックンこと一色六郎《いっしきろくろう》の子だったのである。それがいまになってなぜか発覚してしまい、一樹が激怒し、イイ子は開き直っているという図だ。

「で、どうするつもりなの、一樹」

「どうするつもりって、なにがだ」

「マスコミに公表するのかってこと」

「バカか、おまえは。ンなこと、みっともなくて公表できるか」

「そらそうよねえ。あなた、間男《まおとこ》されたマヌケ亭主だものね。けど、ロックンがいっちゃうかもよ」

「いうもんか、あいつが。人気にひびくだろうが。あいつはな、オレが人知れず苦しむのを楽しみたいばっかりに、わざわざオレを呼びだしてコッソリ打ち明けたんだからな」

「かわいそう、ロックン」

「なにいっ」

それからまたしばらく、芸能レポーターが耳にしたら随喜の涙を流しそうな罵り合いがつづいた。

やがて両者とも、いうだけいったら興奮がおさまってきたのか、こんどは沈黙してしまった。

ややあって、イイ子が涙声でいった。

「子どもなんかいらないよオー……もっと遊んでたいよオー……」

「仕方ないだろ。産んじまったんだから」

またちょっと沈黙が流れたあと、ポツリとイイ子がつぶやいた。

「いっそのこと死んでくれないかしら、あの子……」

このことばは秀美に衝撃をあたえた。

あんたなんか生まれてこなければよかった、という彼女の母の罵言《ばげん》がオーバーラップした。

自身が親に愛されることなく育って、散々辛《つら》い思いをしてきただけに、あまりに身勝手な母親であるイイ子を心底から憎んだ。同時に、両親に祝福されずにこの世に生を享《う》けた赤ちゃんを哀れだと思った。秀美は新生児室へ向かった。

幸運が重なったというべきか、あるいは昨年長く入院したせいで建物内の構造をよく知っていたこともあったろう。新生児室のカゴの中に眠っていた呑人をさらって病院の裏口から抜け出すまで、だれにも見咎《みとが》められなかった。

秀美は、生後一週間の呑人を抱いて、道草へ向かった。

# 5

(しかし、まア、これで父さんたちの想像もはずれたわけだ……)

いま目を覚ましたばかりの呑人に秀美と榎本加寿がミルクをあたえはじめたので、隼は居間のローソファーに腰をおろして、その光景を見るともなく見やりながらそう思った。

父さんたちの想像とは、あの『子どもが危ない! 恐怖の人身売買組織、日本上陸⁉』という、隼の父鳶夫が編集長をつとめる「週刊文潮」の特集記事のことだ。記事の中で、これは想像にすぎないがと断ってから、呑人クン誘拐事件にも人身売買組織がからんでいるとしたら、当局の捜査がいっこうに進展をみないのも納得できないことはない、と数行触れられていたのだ。

（いいかげんなもんだな）

まったくマトはずれもいいところである。呑人クン誘拐犯がイジメや家庭内不和に悩む女子高生だと知ったら、「週刊文潮」も鳶夫もたまげることだろう。

「さあ、呑人チャン。ゲップしましょうね」

榎本加寿が、ミルクをのみ終わった呑人を左肩のあたりまで抱きあげて、その小さな背を右手で軽くトントンとたたきはじめた。

加寿の暗い過去については隼はきかせてもらっていないが、彼女は中学生のころ養父に凌辱《りょうじょく》されて家出した。現在は、東京で知り合った年上の家出女と安アパートに二人暮らしで、アルバイトをしながら、看護学校に通っている。

「それ、何してるの？」

隼がきくと、加寿はちょっとたどたどしい口調でこたえた。

「ミルクのんだあとゲップ出さないと、落ち着いて眠れないの」

「へえ、手のかかる子だね」

「赤ちゃんはみんなそうなんだってさ」

これは裕がいった。

「この子はでも、手かからない子だよ。ミルクもよくのむし、ウンチもちゃんと出るし、夜だってあんまりむずからないし」

「ティーン・エイジの男の話題とは思えないね」

隼が茶化したので、裕はテレ臭そうにパンチ・パーマの頭をかいた。

そんな裕を見て、錦織、秀美、加寿が声をたててずにかすかに笑った。ワッと明るく笑わない少年少女たちである。

それでも、だしぬけに呑人が隼に同意したように小猫みたいな声を漏らしたのには、みんな肩を揺すって笑った。タイミングがよかったせいもあるが、呑人は四人にとってはマスコット以上の存在なのだな、と隼には思えた。

この二か月半、入れかわり立ちかわりとはいえ、昼となく夜となく四人で世話をやいてきたという赤ちゃんだ。情もうつっているだろう。まして親に歓迎されていない子だと知ったからには、自分たちの境涯と重なって、呑人がかわいそうでならないはずだ。

隼はさいわい、学業不出来にもかかわらず、やさしい両親と兄弟にかこまれて暮らしてはいるが、感情的には彼らをこのままそっとしておいてやりたい。

(けど、誘拐は誘拐だからなア……)

話をすべてきいてしまった隼の、目下の悩みはその一点に集中している。

おかげで、裕のボディコン号強奪と、錦織のラジコンカーひったくりに対する怒りは、とうにどこかへ吹き飛んでしまった。

「で、いつまで、こうしているつもりなんだ？」

隼は脚の低いテーブルを隔てて、やはりローソファーに腰をおろしている錦織と裕を交互に見やった。

二人は、いったん上目づかいに隼の顔色をうかがったあと、互いに顔を見合わせ、それから隣室の六畳の和室との境に立っている加寿と秀美へ視線を振った。

だれも何もいわない。彼らも悩んでいるのだ。

それはそうだろう。連日マスコミが「呑人クン誘拐事件、いまだ解明の糸口発見できず」と報じたうえで、誘拐犯は「冷血」「極悪」であり、「悪魔のような人間にちがいない」ときめつけているのだ。いまさら自首できたものではない。

かといって、いくら呑人が可愛《かわい》くても、親でもない十代の男女四人が、このまま育てつづけるのにはどう考えてもムリがある。そうできたとしても、いずれは世間にバレてしまおう。事が事だけに、時がたてばたつほど、罪は重大なものになるのだ。

隼の頭の中にふいに、あるシワだらけの顔が浮かんだ。

（伊賀の婆どのに相談してみようか……）

藤林くノ一組の裏稼業のテーマは人助けのはず。ならば、こんなとき、婆どのならいい知恵があるかもしれない。

「よし。オレに……」

まかせろ、と隼がいいかけたときだ。

ピンポーン……。インターフォンが鳴った。

隼は時計を見た。すでに十時だ。こんな時間に、といぶかった。熊谷が海外へ出かけてからというもの、錦織たち四人のほかに道草へくる仲間はほとんどいないときいているのだ。

裕が立って、柱に据えつけのインターフォンの受話器をとり、ハイと返事をした。

相手の声をきく間がちょっとあってから裕は、熊谷さんはいま仕事で海外旅行中ですが、といった。

それから時折り、裕は、ハアとかエエとかイイエとかこたえて、やがて、いまあけますので少しお待ちください、といって受話器をフックに戻した。

「だれ?」

秀美が不安そうに訊ねる。

「村井《むらい》さんて男の人。熊谷さんの友人だって」

肩をすくめて裕はこたえた。

「近くまで来る用事があったから、ついでに前に借りてたレコード返しにきたんだってさ」

「熊谷さんの海外出張知らなかったの？」

さすがに赤ちゃん誘拐犯の張本人たる秀美は疑り深い。犯罪者特有の猜疑心か。

「久しぶりにこっち来たっていってた」

「あがってこないかしら？」

「玄関でレコード渡してすぐ帰るって」

「いちおう呑人クンかくしましょ」

といったのは加寿である。

三〇五号室は二ＬＤＫである。玄関を入って廊下へあがると、すぐ右手がトイレで、さらに右奥に六畳の洋室がある。ここは熊谷の寝室兼書斎だ。

短い廊下を左へすすむと、まず右側の壁の一部がぶち抜かれていて、キッチンと通じている。左の壁にはドアがあって、中は洗面所と浴室である。

そして、突きあたりのドアが、いま隼たちのいる十畳弱のリビング兼ダイニングへの出入口だ。この部屋はむろん、キッチンとも別のドアでつながっている。居間兼食堂の隣りが二枚の戸襖《とぶすま》を境界にした六畳の和室で、現在は呑人のベビーベッドがおいてある。

両室の南向きのガラス戸をあければ、横長のバルコニーへ出られる。

またウトウトしはじめた呑人を抱いた加寿が、廊下を走って、洋室へ向かった。途中、靴脱ぎ場から自分と秀美の靴を拾いあげていくところなど、なかなか気がつく。

秀美は錦織に協力してもらって、ベビーベッドその他、あらゆる赤ちゃん用品をかきあつめて、和室の押し入れの中へ突っこんだ。

隼はただ、なすこともなく、彼らのあわてぶりを眺めているばかりだ。

「いいか、もう？」

裕が、玄関へ向かいながら秀美にたしかめる。

秀美はうなずき、彼の脇をすり抜けて、洋室へ入った。中から鍵をかけるカチリという音がした。

裕は、玄関ドア上部の広角レンズをはめこんだのぞき孔《あな》から、来訪者のようすを確認した。

真正面に紺のビジネス・スーツ姿の小太りの男が、小脇に茶色っぽいビニール袋を抱えて立っている。袋の中身はレコードだろう。

その横に、女がひとりいた。なんだか中小企業のＯＬふうの制服っぽいスタイルをした、オールド・ミスという感じだ。彼女のほうは包装紙につつまれた箱状のものを手にしている。

たとえていえば、この二人、信用金庫の課長サンと嫁きおくれの古参ＯＬというフンイキを漂わせている。

（妙なカップルだなア……）

少しあきれながらも、裕はかえってホッとした。奥さんか恋人か知らないが、女連れなら村井が長居をするつもりはないだろうと思ったからだ。

裕は解錠し、チェーンをはずして、玄関ドアを押しあけた。

すると村井はいきなり、ドーモドーモといって、入ってきた。女も失礼しますと笑顔をふりまく。実になんとも愛想のいいカップルである。

靴脱ぎ場より一段高い廊下に立つ裕は、村井の頭頂が薄いのを発見した。

（ホントに熊谷さんの友だちかな……）

村井が熊谷に比して、ずいぶんオッサンにみえたのだ。

外はまだ雨は降りつづいているのに、村井と女は、衣服の袖も裾《すそ》も、靴先もさほど濡れていない。車できたのだろうか。

「あの、じゃあ、レコードを……」

と裕が手をだしても、村井はビニール袋を渡そうとはせず、ちょっと首を差しのべて、廊下の左右をチラッチラッとのぞき見た。

「なんですか？」

いぶかる裕へ、村井はニコッと笑って、道草の四人がいちばんおそれていたことをいった。

「赤ちゃん、いらっしゃいますよね」

「え……！」

みるみる裕の顔が蒼白《そうはく》になっていく。

居間の中から、ドアを薄めにあけて、二人のやりとりをきいていた隼は、すぐにとびだしていった。錦織がオドオドとついてくる。

「どうしたんだ」

隼は何気ないふうを装って裕にきく。裕の名をよばないのは、得体の知れない相手に知られないほうがいいと思ったからだ。

「あなたがこちらの道草のリーダーでいらっしゃる？」

村井の愛想のいい矛先は隼へ向けられた。

（この男、道草のことを知ってるのか……！）

内心の軽いオドロキを隠しながらも、隼は、まアそんなようなもんです、とこたえた。

村井が何をいおうとしているのかわからないが、赤ちゃんいらっしゃいますよね、のひとことですっかりブルってしまった裕と錦織では話にならない。隼は、この場はまかせろ、というように裕の腕に手をかけ、自身はズイッと前へ出た。

「実はわたくし、こういう者なのでございます、ハイ」

村井はスーツの内ポケットから名刺入れを取り出し、一枚抜きだして、隼へ手渡した。裕と錦織ものぞきこむ。

『世界養子縁組協会日本支部東京駐在員　銚子与太郎《ちょうしよたろう》』と印刷されていた。

「こっちは、同じく駐在員の淫岡乱子《いんおからんこ》クン」

半歩後ろに控えていたその淫岡乱子が、すかさず進みでて、にこやかに手土産《てみやげ》を差しだす。

海苔《のり》とか缶詰セットとかそんなものだろう、有名デパートの包装紙にくるまれ、のしには寸志と書かれてあった。

「些少《さしょう》ではございますが、お近づきのしるしにご笑納くださいませ」

「ちょ、ちょっと待ってください」

隼は、受け取らずに、手を振った。

「あなた、さっき、ここの熊谷さんの友人で村井さんだっていったでしょう」

「ハイ。たしかに、わたくし、そう申しました。お詫《わ》びいたしますです」

ハゲかかった頭を銚子は深々と下げたが、べつに反省しているようすもなく、笑顔を絶やさない。

「しかし、あのように申しませんと、こういったマンションでは、みなさま、消火器や教材の押し売りとか、受信料の取り立てみたいに思われるのか、なかなか入れてはもらえませんので」

「で、その……」

と隼は名刺を見ながら、

「世界養子縁組協会の方が、なんのご用ですか？」

「さ、それでございます」

銚子が小腰をかがめ、モミ手をしまくって話した用向きの内容は、つぎのようなものだった。

世の中には、経済的にも社会的にも高い地位にありながら子どもに恵まれない夫婦がいる。しかし、その一方で、貧乏人の子沢山という家庭も多い。どちらも不幸である。そこで世界養子縁組協会が、貧困家庭に生まれた赤ちゃんを、子どもの欲しい金持ち夫婦へ斡旋《あっせん》して、親にも子にもしあわせになっていただいている。

赤ちゃんを里子に出す貧困家庭は、それなりの礼金を受け取って、しあわせになる。その礼金の出所である金持ち夫婦は、赤ちゃんを授かってしあわせになる。赤ちゃんは、この先ひもじい思いをして生きるはずだったのが一転、豊かな衣食住を保証されてしあわせになる。

だが、こうして養子縁組をする赤ちゃんが、貧困家庭の子ばかりとは限らない。子を産んでも、なんらかの事情で周囲の人々に知られたくない、あるいは両親が若すぎて育児能力がないといったケースが時としてある。同協会では、そういう場合にも対応できる体制を整えている。

だから、こちらの赤ちゃんも、お引き渡し願えれば、かならずしあわせな一生を送らせてあげられる、というのである。

「いかがなものでしょうか？」

銚子は、好人物丸出しといった笑顔を隼のほうへグッと近寄せた。

裕と錦織は、ペラペラとまくしたてた銚子の話の意味をまだよくのみこめないらしく、困惑の態《てい》で互いの顔を見合わせていたが、隼だけは彼のいったことを完全に理解できた。

(人身売買組織……！)

「週刊文潮」の特集記事『子どもが危ない！　人身売買組織、日本上陸⁉』の内容となんらかかわるところがないではないか。臓器摘出の話は出なかったが、そんな恐ろしいことは口に出さないのがとうぜんだ。隼の背筋を戦慄《せんりつ》が走った。

だが、銚子与太郎のような調子のいい男が、世界的な人身売買組織の手先だろうか。もっとどこか陰があってタフな男でなければ、似合わないような気もする。

それでも隼は、そらっとぼけることにきめた。それしかない。

「銚子さん。あなたきっと、部屋をまちがえられたんだと思います」

「またまた、そんなご冗談を。おとぼけになられてはかないませんなア」

ちっとも銚子には通じないようだ。

「ちゃんと調べはついてるんでございますよ。こちらに、処置にお困りの赤ちゃんがいらっしゃることは」

「お困りもなにも、赤ちゃんなんていないんですから」

なおも隼はシラをきる。

「いえいえ、ご心配なく。赤ちゃんにどのような出生の秘密がありましょうとも、わたくしどもでは、そのことを一切問いはしません。ま、おそらく、こちらに出入りされるお若い女性方のうちのどなたかが過ちを犯されて、親御さんに発覚するとお困りになるといったような理由だとは、わたくし想像をつけてはおりますが」

よく舌の回る男である。隼が何かいいかけるのを制して、さらにつづけた。

「わかっております、わかっておりますとも。そんな理由じゃない。そうおっしゃりたいのでございましょう。もちろん、わたくしもいわないだけのことでございます。ほんとうのところは……」

にわかに銚子は声を落として、隼の耳もとへ唇を寄せ、レイプ、とささやいた。

「えっ⁉」

「でございましょう！」

こんどは大仰にからだをそらして銚子はいった。

「いや、あの……」

「おっしゃいますな。みなまで、おっしゃいますな。ちかごろ多いのでございます。いちど流してしまうと、そこはほれ、女性のからだは微妙でございましょう。流産のクセがついてしまって、ほんとうに産みたいときに産めなくなってしまいますからな。そこで仕方なく、アレでデキてしまった子も産まなければならない。いやあ、まことにもって、世の中にはひどい男がいるものでございます」

銚子は心から慨嘆するようないいかたをした。

隼はしかし、ある点についてはホッとした。銚子は、道草にいる赤ちゃんが、諸出呑人だとまでは知らないようである。

やや後ろにさがっている裕と錦織をちょっと振り返ると、二人の表情にも、戸惑っているとはいえ、かすかな安堵感《あんどかん》が浮かんでいる。隼と同じことを思ったのだろう。

「そこで、お値段のほうでございますが……」

いいながら銚子は、なかばよれよれのスーツの内ポケットへ手をつっこんだ。

「まちがいだっていってるでしょう」

と苛々《いらいら》する隼の鼻先へ、パッと札束が突きだされた。

「五十万でございます」

「あ、あのね……」

「命の値段としては安すぎると承知いたしております。ですが、命はもともとお金で買えるものではございません。これは、これからしあわせになられる赤ちゃんから、産みの親御さまへの、ささやかな、ほんのささやかなお礼とお思いになっていただければ、わたくしどもも仲介をいたした者として、甲斐《かい》があったというものでございます」

「いいかげんにしろ！」

ついに隼は怒鳴ってしまった。

相手がたとえ人身売買組織であろうと、こんな連中ならこわくないと思ったのだ。

「帰れ！　帰らないと、警察をよぶぞ！」

たちまちおびえる銚子の肩を、隼はドンとついた。

「あ、あなた、乱暴な……！」

「うるさい！　早く出てけ！」

隼は廊下から靴脱ぎ場へ降りて、なおも銚子を押す。

「わ、わかりました。帰ります、帰ります」

淫岡クン、と同僚の女を急き《せ》立てて先に外へ出し、自分も這う《ほ》這う《ほ》の態で逃げだしかけた銚子だったが、ドア敷居をまたいだところで振り向いた。

「また近いうちにおジャマさせていただきます」

「二度とくるな！」

隼は、張り倒すような勢いで、思い切りドアをしめた。

バーン！　という音が室内外に大きく響きわたった。

隼は、裕たちのほうへクルリとからだを向けて、背中を玄関ドアの内側へもたれさせた。フウーッ、と大きな溜《た》め息《いき》をつく。

裕と錦織も、期せずして、同時に溜め息を漏らしていた。

「なんなんだろう、あいつら……」

ひきつったような顔でいう錦織に、さあ、と裕も同じような顔つきで首をひねる。

そのとき、カチャとノブが回る音がして、洋室のドアがおずおずという感じであけられた。

秀美が、まだ不安の消えない情けない顔をのぞかせる。

「もう大丈夫だよ」

裕がいった直後である。

ピンポーン！　またしてもインターフォンが鳴った。

全員、ビクッとした。秀美はあわてて洋室の中へひっこみ、また鍵をかける。

隼は舌打ちを漏らした。あの薄ハゲの銚子が、しつこく何かいいに戻ってきたのだろう。

ふたたび玄関ドアに対面すると、そのノブをギュッとつかみ、憤然として押しあけた。

ボゴッ！

「きゃっ！」

「小野寺さん！」

「あーっ！　美樹」

右の四行は説明するまでもなかろう。

## 6

「格之進まで……!?」

隼は、玄関ドア前の通路にオデコをおさえてうずくまる美樹と、彼女を介抱する格之進のそばへ、おそるおそる近寄った。

「み、美樹……大丈夫か？」

彼女の頭へのばした右手を、美樹はとつぜんビシッと払いのけた。仕返しである。

「あ、痛っ！」

隼は右手をブラブラ何度も振ってから、フウフウ息を吹きかける。

「なんだよ、そっちが悪いんじゃねえか。こんなとこ突っ立ってやがって」

「なんですって！」

キッと振り仰いだ美樹のオデコは、ちょっとあかくなっている。

美樹はプリプリと立ち上がった。

「待て、美樹」

殴られる前に隼は、三〇五号室の中へ逃げこんだ。

美樹もズカズカと入ってくる。一八一センチの格之進は、入るとき、首をヒョイとすくめた。

二人がもっていた傘と、美樹のピンクのレインコートから雨滴がポタポタと落ちる。

格之進は明経学園の制服を着ているが、ブレザーの肩から袖、ズボンの裾などはびしょ濡れである。

外の雨はまだはげしいようだ。

「美樹。おまえ、どうして、ここがわかったんだ？」

「隼のことなら、なんでもお見通しよ」

「ちえっ……」

女房みたいなことといいやがって、と隼は思った。

「けど、なんで、そのデカイの一緒なんだ？」

「夜道のボディガードよ」

ね、西郷クン、と美樹は格之進にニコッと笑いかける。

とたんに格之進の顔がクシャクシャになった。それも赤味を帯びて。

「あの……風早クン」

ようやく道草のメンバーが口をはさんだ。裕である。

「事情よくわかんないけど、ここで立ち話もなんだから……」

美樹と格之進にあがってもらおうというのだ。

おお、そうだなと隼は鷹揚にうなずいてからいった。

「あがれ、美樹。格之進」

「そんなヒマあるわけないでしょ！」

ドスンと美樹は床を踏みつけた。

「あんたを連れにきたんだから」

「まさか、これから帰って、オレに試験勉強させようっていうんじゃあ……」

隼の面上におびえの色が走る。

「とうぜんでしょ」

といって美樹が隼の腕をグッとつかんだとき、玄関ドアがパッと外から開かれた。

だれかが何かいう前に、見知らぬ男たちがドヤドヤ入ってきた。

「なんだ、おまえら……!?」

ようやく隼が怒鳴ったときには、男たちは無言で、美樹と格之進の背を乱暴に突いて廊下へ押しあげ、彼らも靴のままどんどんあがりこんでいた。

美樹の悲鳴があがる。突ンのめった拍子に彼女の長靴はすっぽ抜けた。

裕と錦織は恐怖に声もでない。イグアノドンのからだにプランクトンの心臓の格之進はもっとだらしなく、ふるえ声で、暴力はやめてください、などといっている。

隼、裕、錦織、美樹、格之進の五人は、男たちにグイグイ押されて、廊下を左のほうへ後退し、ついに倒れこむようにしてドタバタと居間へ入った。実際、錦織や美樹は絨毯《じゅうたん》の上へころがった。

居間のドア口を固めて立った男たちを、隼はあらためてよく見た。

三人だった。いずれも角刈りにサングラス、一八一センチの格之進と見比べても遜《そん》色《しょく》のない屈強なからだを、黒いビジネス・スーツに包みこんでいる。ヤクザA、B、Cだ。

「あんたたち、何者だ?」

はっきりした声で隼はいった。意識して顔をあげ、胸をそらせる。恐怖に萎《な》えそうになる気持ちを、みずから奮い立たせるためだ。

ヤクザA、B、Cは返事をしなかった。唇ひとつ動かさない。

だが、彼らのかわりに、廊下の向こうで、ドーモドーモとこたえた者がいた。

ドアは開け放したままだ。隼は、廊下をこちらへやってくる男女を目にして、アゼンとした。

「近いうちにまたおジャマさせていただくと申し上げましたでしょう」

薄ハゲの銚子与太郎は、居間に入ってくるなり、れいの愛想笑いを浮かべた。

淫岡乱子も相変わらずニコニコしている。

一見、どうしても、皆様の○×銀行からやってきた人の好《よ》い課長サンにベテランOLとしか映らない。

やにわにその課長サンの表情が一変した。

「ガキはどこだ?」

声もドスの利いたものに変わっている。

隼は自分のカンが的中していたことをさとった。

「あんたたち、やっぱり人身売買組織の連中だな」

銚子と乱子はちょっとおどろいた顔をしてみせたが、すぐに二人ともせせら笑うように鼻を鳴らした。

「そっちが悪いんだぞ、坊や。おとなしく五十万で手をうっていれば、こんな手荒なマネはしなくてすんだのだ」

「あれは、あんたらの思いちがいだっていったろう」

「坊や。ゲームは終わりだ。早くガキを渡せ」

「しつこいな」

隼はこの期に及んでも突っぱねた。

突っぱねながらも、この危機から自分たちが逃れられる策はないものか、と必死で考えつづけている。

真夏の忍者修行の最中、婆どのはいった。女は愛嬌《あいきょう》、忍びは度胸だ、と。

(こうなったら、クソ度胸で殴りかかるか……)

思ったが、ヤクザA、B、Cのからだつきを見てしまうと、足がすくんだ。

そのうち銚子がヤクザA、B、Cに、和室を調べるようアゴで指示した。戸襖《とぶすま》が閉められている。

ヤクザAは、和室の戸襖を開いた。中にはもちろん、だれもいない。

「じゃあ、むこうの部屋だな」

こんどは銚子は、ヤクザBに命じたが、

「あたいが行くよ」

と乱子が身をひるがえして、廊下へ出た。

彼女はおそらく赤ちゃんの世話係だろうと隼はすでに見当をつけている。

洋室へ向かう乱子の背を目で追いながら、錦織と裕が卒倒せんばかりに蒼くなっている。

（いったい、どういうことなの？）

ジーパンの膝《ひざ》をくずしてすわったままの美樹が、問いかけるような目で、すぐ横に立つ隼を見上げた。その視線に隼は気づかない。美樹にすれば、何がなんだかさっぱりワケがわからないではないか。

「鍵がかかってるよ」

廊下の向こうから乱子がいった。ガチャガチャと乱暴にノブを回している。

ぶちやぶってこい、と銚子がヤクザBに命じたのと、廊下のほうで一瞬閃光《せんこう》がはしったのとが同時だった。

「なんだ、テメエら！」

これは乱子の怒鳴り声だ。

ヤクザB、Cが素早く、居間から廊下へ走りでて、そこにだれかを発見したらしく靴脱ぎ場へ降りた。

男たちの怒号と悲鳴と、もみ合う音が居間へもきこえてくる。

（いまだ！）

隼は、ためらうことなく、正面に立つ銚子のからだめがけて突進した。

「うあっ！」

腹に隼の頭突きを浴びた銚子は、ドア脇の壁際へ吹っとんだ。そのまま隼も倒れこんだが、素早く起き直って、銚子の胸倉をつかみ、その腹へ馬乗りになった。

ヤクザAがすかさず足早に歩み寄り、隼の首根っこをつかまえる。

「みんな！　早く隼を助けて」

美樹が、格之進、錦織、裕を振り返った。が、三人とも、口をパクパクさせているだけで、からだのほかの部分をいっこうに動かそうとしない。おそろしくて動けないのだ。

彼らが頼みにならないと見るや、美樹はみずからパッと立って、ヤクザAの大きな背中へ殴りかかった。が、蟷螂《とうろう》の斧《おの》だ。

ヤクザAの振り向きざまの左腕のひと振りに、美樹は肩を強打され、苦鳴《くめい》を放ってぶっ倒れた。倒れた拍子に、サイドボードの角に背をうちつけた。

あまりの激痛に、美樹は可愛い丸顔をゆがめる。

「小野寺さん！」

すくんでいた格之進が、やっと動いて、美樹を助け起こす。

痛さをこらえる美樹のきつく閉じられた目から、涙がひとしずく流れでた。

格之進のジャンボどら焼きみたいな顔が、真っ赤に膨れあがった。細い両目がめいっぱいに吊《つ》りあがる。

「うおおおーっ！」

とつぜん格之進は、部屋をゆるがす咆哮《ほうこう》をまき散らして立ち上がるや、ヤクザAの首へ後ろからガッキと太い腕をまわした。

「うえっ!」

吐きそうな悲鳴を発して、ヤクザAは、隼の首根っこから手を放した。

「格之進……!」

その異様ともみえるあまりの激怒ぶりに、隼は目をみはった。ふだんおとなしい格之進が、こんなに怒り狂ったのを見るのははじめてなのだ。

一八一センチ、一四八キロが本気で暴れたら、これは物凄《ものすご》い迫力だ。

ヤクザAの顔からはサングラスがはずれかけている。脂汗を吹きださせ、両目は血管がはっきり浮きだすほど大きく見開いて、ひどい苦しみようだ。

隼は勇気を得て、

「このやろう!」

と倒れている銚子の顔面へパンチを見舞った。連続して二発、三発と見舞った。

「わかった。やめろ。百万だ、百万だす!」

銚子は血をしたたらす唇のあいだから、まだそんなことばを吐きだしている。

「どぅえーい!」

格之進の気合が室内を圧した。振り向いた隼の目は、見事な一本背負いが決まる瞬間を捉えた。

ヤクザAの巨体は、フワッと宙を舞い、背中からローテーブルへ叩きつけられた。ローテーブルが凄まじい音たてて真っ二つに割れる。

柔道の試合では負けてばかりいる格之進、会心の一本勝ちである。

よし、こっちもとばかり、隼は銚子の薄ハゲ頭をひっぱたこうと、腕を振りあげた。

その腕をしかし、だれかにつかまれ、グイッと強い力でひっぱられた。

わっ、と絨毯へ転がされる。

いつのまにきたのか、ヤクザBが立っていた。

「そっち行きな」

という乱子の声がして、頭の上に両手をのせた男が三人、ゾロゾロと居間へ入ってきた。

先頭の男は、カメラを二台、首からぶら下げている。さっきの閃光は、このカメラのフラッシュだったのか。

三番目に入ってきたヒゲの男と隼の目が合った。とたんに、二人は、あーっ！と驚愕《きようがく》した。

「隼！」

「父さん！」

目を丸くした鳶夫は、後ろのヤクザCに突きとばされ、絨毯に腰をついている息子の前に倒れこんだ。

「何するんだっ!」

さすがに隼が気色《けしき》ばんで、ヤクザCを見上げる。Cは無表情だ。

その背後から、乱子が現れた。右手に消音器付きのリボルバー型拳銃《けんじゅう》を擬《ぎ》している。

隼は口惜しさに唇をかむと同時に、おそろしさに膚《はだ》が粟立《あわだ》つのをおぼえた。

「全員、そっちの部屋へ入んな」

和室のほうへ銃身が振られる。

いちばん近くにいた裕と錦織がまずそちらへ移動する。錦織が敷居につまずいて転んだ。足がふるえて、うまく前へ踏みだせなかったのだ。

ついで、格之進も和室へ入る。いままでの元気はどこへやらで、またもとの小心な彼に戻ってしまい、目が落ち着かない。格之進に投げられたヤクザAは息を吹き返しはじめている。

隼は、サイドボードのそばに倒れていた美樹を抱え起こした。

「なんだ、ピンクのレインコートは美樹ちゃんだったのか……」

鳶夫が美樹の顔をのぞきこんでおどろく。

「どういうこと、父さん?」

隼がきいたとき、まだ痛みにしかめっ面《つら》をしていた美樹も鳶夫に気づき、まア、おじさまと目を白黒させた。

「あの男だ」

鳶夫は、ヤクザCに抱え起こされた銚子をチラッと見やる。

鳶夫たち「週刊文潮」の面々は、人身売買組織の日本における首謀者が銚子与太郎なる人物であるという確かな感触を得て、くる日もくる日も彼をマークしていたのである。

「ムダ口きいてンじゃないよ！」

乱子の怒声がたちまちとんできた。

「あとで話す」

「こっちもね」

父子はうなずきあった。

後で隼は知るのだが、鳶夫が極秘取材を放棄して、この部屋へ踏みこんできたのは、銚子らがいったんマンションから出てきたとき、いれちがいに、見おぼえのある二人連れが入っていったからである。

一方は、息子の友人の西郷格之進だと、その体格からすぐにわかった。片方はレインコートのフードのせいで顔を確認できなかったが、そのピンクのレインコートが鳶夫には忘れることのできないものだった。妻の千鳥に若いころプレゼントしたものとあまりに酷似していた。まさか格之進と千鳥が不倫を、とそこまでは考えなかったが、何か妙な気持ちになった。すると銚子と乱子が、こんどは三人の屈強な男を従えて、再度マンションへ入った。

鳶夫の長年の記者経験が、事件が起こるのを予感させた。鳶夫は、銚子たちがどこの部屋へ向かうのか突きとめるため、あとをつけて中へ入った。彼らが三〇五号室へ強引に乱入していくのを確認した鳶夫は、胸騒ぎをおぼえた。息子の友人と、妻のものらしいレインコートが先に同じ建物内へ入っていることが、なんの脈絡もないが、ひどく気になったのだ。それで鳶夫は、三〇五号室に踏みこむ決意をし、即座に実行したのである。

「編集長。大丈夫ですか」

鳶夫の部下のひとりが、彼が立ち上がるのへ手をかした。若さにまかせてヤクザどもに立ち向かったのだろう、その松谷《まつたに》という部下は左目をひどく腫《は》らしている。

もうひとりの部下のカメラマンは、待ちな、と乱子によびとめられた。

「カメラよこしな」

いわれてカメラマンは、無念そうに二台のカメラを、手をだしたヤクザBへ渡した。

ヤクザBは、カメラの裏蓋《うらぶた》をあけて、フィルムをひっぱりだした。

隼、美樹、格之進、裕、錦織、鳶夫、松谷、カメラマンの八人は、六畳の和室へ押しこめられた。

「ひきあげるとき、全員バラせ」

ハンカチで唇から流れる血を拭《ぬぐ》いながら、銚子が腹立たしげにいった。

すると、いままで何があってもほとんど表情を動かさなかったヤクザたちが、はじめて口もとに冷酷な笑みを浮かべた。

ヤクザBがCをチラと見る。

Cはすでに心得ているように、スッと居間から消えた。すぐにキッチンのほうでガサゴソ音がしはじめる。

「おい。あっちの部屋、ぶちやぶって、早くガキ連れてこい」

格之進の一本背負いのダメージから回復したばかりのヤクザAへ、銚子が命令した。

Aは少しフラつきながら、居間から廊下へ出ていく。

キッチンから出てきたCが、廊下ですれちがいにAに何やら渡してから、居間へ戻ってきた。

Cは片手に二本の刃物をさげていた。刺身包丁とパン切りナイフだ。

ギザギザのあるパン切りナイフをBに渡したかとみるや、ヤクザCは一、二歩動いて、ローソファーの背もたれを刺身包丁で切りつけた。

ザックリと割れて、ソファーの中身のスポンジがとびでた。

和室の八人は一様におぞけをふるった。美樹はわれ知らず、隼の胸へしがみついている。

「あけろ！」

廊下の向こうからヤクザAのわめき声がきこえてくる。つづいてドアをはげしく蹴とばす音。

「お、小野寺さん……」

和室では、ふいに格之進が美樹へよびかけた。何か思いつめたような顔つきだ。

美樹はそれで自分が隼の胸にすがりついていたことに気づき、突きとばすようにして離れた。

格之進は直立不動で石のようにコチコチになっている。まるで巨岩である。

「どうしたんだ、こいつ？」

恐怖のあまりついにおかしくなったか、と隼は心配した。

格之進が今夜、隼の家をたずねたのには、もちろん理由があった。一年生のときから思いつめていながら美樹にいえなかったことを、彼女とは心安い隼に代わりにいってもらいたくて、たずねたのである。朝からジトジトと降っていた気鬱《きうつ》な雨が、からだのわりに臆病な格之進の心を追いこみ、ついにそう決意させたものだろう。

「ぼく……このこと、いわずに、死にたくない……」

武器をもった連中によって処刑ときめられたいまとなっては、もうためらっている場合ではなかった。自分でいわずにはおられない。

「だから、何いいたいんだ、格之進?」

隼はすでに、友だちが完全におかしくなったと思いはじめている。

「美樹さん」

「な……なアに?」

格之進の異様さには、美樹も思わずからだを引く。

格之進はいった。わめいた。さけんだ。

「あなたを愛してます!」

一瞬、シーン……。室内は水を打ったように静まりかえった。

愛を告白された美樹はいうに及ばず、告白した格之進をのぞくだれもが皆、口をポカンとあけてバカのような顔で彼を見つめてしまった。居間の銚子も、ヤクザB、Cも全員がだ。

ややあってから、隼が小声で、ドッヒャーッ、とおどろくマネをしてみせた。

「か……格之進クン」

ここは最年長者として何かひとことと思ったのか、鳶夫がおそるおそる微笑をたたえていった。

「キミの気持ちはわかる。それに人を愛するのは素晴らしいことだ。青春のあかしだ。パッションだ。わたしだって妻の千鳥をとても愛しているのだから。しかし、どうもいまは、場違いな印象を禁じえないのだが」

鳶夫のセリフのほうがもっと場違いな感じがしないでもないが、そんなこともこんなことも廊下のほうであがったヤクザAの悲鳴のせいで、一瞬にして忘れられてしまった。

銚子、乱子、ヤクザB、Cが一斉にそちらへ視線を振る。

と、こんどは、居間とバルコニーの境の防音ガラス戸がガラッと開いて、強い風がブワッと吹きこみ、直後、乱子が呻いて、拳銃をとり落とした。はげしい風雨の音もなだれこんでくる。

乱子の右手の甲に突き立った黒いものが、隼にはなんであるかすぐにわかった。

(八方手裏剣《はっぽうしゅりけん》!)

頭から爪先《つまさき》まで全身黒ずくめの人間が三人、バルコニーから疾風となって躍りこんできた。

「な……なんだ、きさまら!」

銚子のうろたえぶりは、はなはだしい。

「忍者!」

声をそろえておどろいたのは、「週刊文潮」の連中である。

隼だけにはわかっていた。黒装束の三人の正体が藤林くノ一組の下忍《げにん》たちであることを。

いずれも頭巾《ずきん》から両目をのぞかせているのみだが、スケベな隼は彼女たちのからだの線から、ひとりひとりをいいあてることができる。

胡蝶。横笛。鈴虫。

（サヤカさんはいないのか……？）

などと隼が思っているうちに、胡蝶、横笛、鈴虫は、銚子たちに組みついていた。

乱子が床へ落とした拳銃を左手で拾いあげようとしている。

「そうはさせるか！」

隼が和室からダッととびだして、前かがみになっていた乱子を突きとばした。

乱子は、居間とキッチンの仕切り壁の前にあった縦長の本棚へ激突した。

本棚が揺れ、上の段からバラバラと書籍や雑誌が落ちてくる。その中に「週刊文潮」もまじっていたが、これはどうでもいいことだ。

「おい、写真だ」

さすがに鳶夫は、硬派週刊誌の編集長である。あまりに意想外な展開に茫然《ぼうぜん》としたのはわずか数秒であり、たちまち立ち直って、職業意識を発揮させはじめた。

カメラマンが、居間の絨毯の上にころがされていたカメラへ走り寄る。

だが、わずか十畳弱の部屋で、すでに八人が争闘しているのだ。吹っとんできただれかにぶちあたられて、カメラマンのからだもワッと吹っとんだ。

カメラマンは、柱の角に頭をぶつけて、失神した。

「松谷。カメラ」

もうひとりの部下へ鳶夫は命じる。ハイと若い松谷が居間へ這《は》いだしていく。

その松谷のからだに、胡蝶に押されてきたヤクザBがひっかかり、仰《あお》のけにひっくり返る。

そこへ胡蝶も倒れこみ、松谷は二人の下敷きになって、苦しげにグエッグエッと悶《もだ》える。

「ガンバレ、松谷！　特ダネだぞ、これは！　恐怖の人身売買団に、謎の忍者集団が挑む！　負けるな、松谷！　写真だ、写真を撮れ！　早く撮らんか、バカもん！」

「へ、編集長。わめいてばかりいないで、助けてください」

松谷のいうのももっともなことである。息子と同じで軽薄な鳶夫は、背広を脱ぎ捨てると、ヨシとばかりに戦いの場へとびこんでいった。

とびこんだ瞬間、鳶夫は、横笛を殴ろうとして空振りしたヤクザCの右フックを、アゴにまともにくらった。

「おじさま……！」

思わず美樹が顔をおおう。

顔から両手をどけて見ると、鳶夫は敷居を背にして、上半身を和室、下半身を居間のほうへ投げだして、白目をむいていた。完全にノックダウンだ。

「西郷クン！」

美樹が、和室の隅っこでふるえている格之進を叱咤《しった》する。

「あたしをほんとうに愛してるのなら、あいつらやっつけて！」

いくら興奮状態だからといって、美樹もムチャなことをいうものである。

しかし、一年半以上も恋こがれてきた女の子にそういわれた以上、格之進も男だ。奮い立たないでどうするか。

「うおおおおーっ！」

先刻と同様、雄叫《おたけ》びをあげるや、ドドドドドーッと居間へ走りこんだ。巨大な岩石が坂をころがるのに似ている。

格之進は、横笛と組み合っていたヤクザCの襟をムンズとつかんで、思いきりぶん回した。

ヤクザCは、ガラス戸までふっとんで、それを派手な音たててぶち破り、バルコニーへ転がりでた。

「このバカ女！」

と隼は隼で、乱子の髪をひっつかんで、足払いをくらわす。

本棚だの、サイドボードだの、ソファーだの、テレビだの、室内のあらゆるものがこわされ、ひっくり返り、もう居間はムチャクチャである。

何もしていないのは錦織と裕だけだが、二人の姿がいつのまにか消えている。和室の押し入れへ隠れてしまったのだ。

鈴虫が銚子の首にビシッビシッと手刀《てがたな》をくらわせ、ついに気を失わせたのをみて、隼は彼女のほうへ乱子を放り投げた。あとは鈴虫がなんとかしてくれるはずだ。

隼は廊下へ跳びだした。さいしょにヤクザAに悲鳴をあげさせた相手のことが気になっていたのだ。

そこではまだ、ヤクザAともうひとりの忍びが争闘を繰り広げていた。

床に果物ナイフが落ちている。さっきヤクザCがAに渡したものだろう。

Aはこちらに背を向けている。隼は果物ナイフを蹴りとばすと、わあっ、とAの背中へ躍りかかって、しがみついた。

ヤクザAの肩越しに、忍びの姿をとらえる。

「やっぱり！」

といっただけで、隼はサヤカの名は口に出さなかった。だれかにきかれてはマズイ。

サヤカも隼の出現にひどくおどろいたようだが、その気持ちは目の表情だけで示した。

「このクソガキ！」

ヤクザAが、隼の首を右腕に巻きこむや、サヤカめがけて投げとばした。

「わあっ！」

と飛んできた隼のからだを、体《たい》を入れかえて軽やかにかわしたサヤカは、その動きを止めず、壁沿いにスッとヤクザAのほうへ接近した。

ズッデーン！　隼は背中から廊下の床へ落っこちた。

隼を投げて体勢が前のめりになっていたヤクザAは、一瞬サヤカの姿を見失った。

ハッとあげた顔面へ、天井スレスレに宙を飛んできたサヤカの電光の蹴りが、ものの見事に決まった。

グワシャと鼻骨の折れる不気味な音がし、ヤクザAは大きく後方へ吹っ飛んで廊下に大の字にぶっ倒れる。そのまま気絶して起きあがらなかった。

サヤカは隼を助け起こす。

隼は逆にその手をとって、昏倒《こんとう》しているヤクザAのからだをまたぐと、廊下の左側のドアをあけてサヤカを中へ引き入れた。ちょっと居間のほうをうかがってから、素早くドアをしめる。

洗面所である。一方の隅に洗濯機がおいてあり、風呂場《ふろば》のガラス戸は開いていた。

「サヤカさん。どうしてここへ？」

急きこんで隼はきいた。

「うちらは人身売買組織を追ってたンよ」

頭巾の口をおおっている部分を下ろさないので、サヤカの声はくぐもっている。

「組織にムリヤリ赤ちゃんを連れていかれた母親たちの依頼やの。八時半ごろやったかな、隼クンの家に電話したンよ。一緒に仕事させよ思うて」

「一緒に……この仕事をネ」

隼は、アハハと小さく笑った。ひきつっている。

近いうちにあるだろうとサヤカがいっていた仕事とは、この危険きわまりない人身売買組織との戦いだったのだ。

「隼クンこそ、どうしてこんなところにいるのン?」

「話すと長くなるから、またこんど」

「そらええけど」

「それより、サヤカさん。あっちの洋室にいたの?」

「そう。窓から侵入して、あの男がドア蹴破ろうとしたとき、こっちからとびだしたンよ」

「じゃあ、女の子二人と、赤ちゃん、見たよね」

「見たよ。あの赤ちゃんも、買われそうになった子?」

「その話もあと」

隼はちょっと耳をすました。居間のほうではまだ闘争音が鳴り響いている。

「サヤカさんたちに頼みがあるんだ」

「なんやのン？」

「その前にききたいんだけど、あの人身売買団の連中をどうするつもり？」

「失神させて連れてくンよ」

あとは彼らのアジトに縛って転がしておき、警察に通報する。警察は、人身売買や臓器売買の証拠を示す書類や写真やテープ類の中に埋もれた、銚子ら五人の悪人を発見するはずだ、とサヤカは説明した。

「ついでに、ほかの連中も全員、失神させてくれないかな」

「全員て？」

「だから、全員。洋間の二人の女の子も、居間にいる格之進も……」

格之進の名が出たところでサヤカはさえぎった。

「西郷クンもここにいるのン⁉」

クラスメイトだからとうぜん知っている。

「ああ。錦織って、ほら、不登校生徒もいるんだ。それから、その友だち。あともうひとり、ピンクのレインコート着た女の子」

からである。

鳶夫たち「週刊文潮」の面々のことをいわなかったのは、三人ともすでにノビている

「けど、どうして、そんなことせなあかんの？」

「人助けのためだよ、サヤカさん」

「わからへんわア」

「ワケはあとで全部話すから」

「そやけど……」

サヤカが目もとに困惑の色を刷《は》いたとき、とつぜんドアが開かれた。

ピンクのレインコートを着た女の子がビクッとして立ちすくんだ。美樹である。鳶夫の殴打されたアゴを冷やしてやろうと、洗面所へハンカチを濡らしにきたところだったのである。

美樹は、隼が忍び装束の人物と向かい合っている光景を見て、表情にありありと不審の色をうかべはじめた。

「美樹！　こいつ、つかまえろ」

何を思ったか、隼はいきなり、サヤカを後ろから羽交い締めにした。

だが、ほとんど力が入っていないことから、サヤカにはすぐにそれが隼の芝居だとわかった。

サヤカは、隼の脇腹へ軽い肘打《ひじう》ちをくらわせた。おおげさに隼は後ろへ吹っ飛ぶ。

何すンのよ、と美樹がサヤカにつかみかかった。

サヤカはフッと腰を沈めざま、美樹のみぞおちへ軽く当て身を入れた。

「うっ……!」

美樹は一瞬にして意識を失った。

ズルズルともたれかかってくる美樹を、静かに床へ寝かせてやりながら、サヤカは小さくいった。

「かんにんネ……美樹さん」

サヤカは、学園内で数度すれちがっただけの美樹の顔を、よくおぼえていたのである。

頭を横たえられたとき、美樹のこのごろ長めにしている髪のサイド・ヘアが、ぽっちゃりした頬にハラリとかかった。

**7**

(かんぜんに遅刻だな、こりゃ……)

地下鉄丸ノ内《まるのうち》線のドアが閉まる寸前の車両に駆けこんだ隼は、腕時計を見て思った。

この新宿から赤坂見附《あかさかみつけ》までは十分程度だが、約束の七時をもう二十分もまわっている。降りてから走りとおすとして、赤坂プリンスホテルに到着するのは七時三十五分ぐらいだろう。

隼がホテルに何の用があるのかといえば、家族や美樹とレストランで夕食を共にすることになっているのだ。

隼の成績をあげてくれた美樹への礼として鳶夫が企画した、ささやかな晩餐会《ばんさんかい》なのである。

中間テストにおける隼の学年順位は、受験者三四二名中、ジャスト三〇〇位だった。アホどもの中ではちょっとマシといった程度ではある。しかし、これまで三二〇位より上へいったことのない隼にしてみれば快挙としかいいようがない。

長兄の鷹介と次兄の鷲二が、それぞれ遠隔の地から祝電を寄越《よこ》したくらいだから、まこと風早家にとっては慶賀にたえない椿事《ちんじ》で、豪華な食卓に向かうぐらいの価値は充分にある。

隼が遅刻したのは、智之の家でラジコンカーやファミコンに興じるあまり、時間がたつのを忘れてしまったからである。

あのレジデンス大団円三〇五号室での大乱闘から、すでに二週間近くたつ。

乱闘翌日の夕方、隼は取り戻したラジコンカーを、錦織自身の手から智之に返させ、謝罪させている。シュンおにいちゃんに免じてゆるしてあげる、と智之は屈託なくいった。その際、きょう一緒に遊ぶ指切りゲンマンをしたのである。

（ま、これで智之との約束も果たせたし、事件もみんなまアるくおさまって、メデタシメデタシ……かな？）

三〇五号室の騒音にたまりかねた同じマンションの住人が警察へ通報し、警官たちが駆けつけてきたとき、それまで失神のフリをしていた隼がさいしょに起きて、事の経緯を説明した。

人身売買団らしき連中がいきなりあがりこんできて赤ん坊を出せと迫ったのだが、隼たちにはなんのことだかわからなかった。そこへ、彼らを追っていた「週刊文潮」の面々が助けにきてくれて、乱闘になった。それからあとのことは、殴られて気絶してしまったのでおぼえていない。気づいてみたら、警官たちがいて、人身売買団は消えていた。

むろん隼は、忍者出現の場面には一切ふれなかった。

救急車が到着する前に、全員が息を吹き返した。鳶夫が警官に向かってまくしたてるように説明しはじめたのをさいわい、隼は道草のメンバー四人にこっそり、オレに話を合わせろと耳打ちしておいた。四人は、諸出呑人誘拐犯である自分たちを隼が救ってくれようとしているのだと察して、うなずいた。

だから、忍者団登場のくだりを鳶夫が警官に話し、それに対して隼が父さんは夢でも見たんじゃないのといったとき、道草の四人も隼に同調した。

さいしょは忍者団を見たといっていた鳶夫の部下の松谷とカメラマンも、五人もの子どもたちが見てないと笑っていうのでは、警官に念を押されたとたんに自信なさそうな受け答えにかわってしまったのもムリはなかった。自分たちは早々と気絶しましたから、どうもはっきりとは……とことばを濁したのである。辣腕《らつわん》だがノリの軽すぎる風早編集長に対する日頃《ひごろ》からの見方が、この場合影響したといえよう。

美樹はひとり、最後まで鳶夫の味方をして、忍者団を見たといいはったが、多勢に無勢だ。

決定的だったのは、格之進の反応である。もともと鈍いところへもってきて、矢継ぎ早の質問を浴びせられて、すっかりしどろもどろになり、忍者は喪服を着てたとか、オッパイがふっくらしてたような気がするとか、珍妙なことばかり口にしたため、警官たちに呆《あき》れられてしまったのだ。

後で刑事がやってきて現場検証したところ、三〇五号室からは赤ちゃんが存在したことを証拠立てる何物も発見されなかった。これはおそらく人身売買団が狙《ねら》うところをまちがえたのだろうと結論された。いうまでもないが、サヤカらくノ一がその証拠を湮滅《いんめつ》したのである。

帰りの車中で鳶夫がポツンとつぶやいた。

「幻だったのかな、あの忍者たち……」

翌朝、日本じゅうが大さわぎとなった。諸出一樹・南田加イイ子夫妻の邸《やしき》に、こっそりと呑人クンが戻されていたからである。謎の誘拐犯は良心の呵責《かしやく》に耐えかねたのだ、というマスコミの考えと捜査陣も同意見だった。邸に忍びこんで呑人クンを返したのがくノ一たちであることを知っているのは、もちろん隼だけである。

そのビッグ・ニュースの流れた同じ日に、銚子与太郎らの人身売買団も逮捕されているはずだが、こちらは一切報じられなかった。サヤカの話では、伊賀の婆どのが手をうったという。

このとき隼は背筋を冷たいものが流れるのをおぼえた。藤林くノ一組の背後に強大な力がひそんでいることを、おぼろげながら感じとったからだ。

腕時計の針が七時半をさそうとしている。

隼は、地下鉄の車両の窓ガラスに自分の姿を映して、服装をチェックした。めかしこんでいる。ジャケット、ネクタイ、ズボン、シューズすべてDCブランドで統一だ。

(カッコイイ!)

サヤカに見せてやりたい、と隼は思った。

電車は赤坂見附駅の地下ホームへ滑りこんだ。

五分後、隼は赤坂プリンスホテル新館《タワー》のエレベーター・ボックスの中にいた。四十階のレストランが晩餐会の場所である。駅から走りとおしてきた隼は、まだ息が荒い。

途中で乗る人もなく、またたくまに四十階へ到着した。扉が開き、隼は青い絨毯の上へ踏みだした。

この階は、三基ずつ向かい合うエレベーターの乗降ホールから、鉤《かぎ》の手に曲がる通路が左右へのびていて、右方の突きあたりがレストランの出入口になっている。左方のそれはカクテルラウンジの、やはり出入口だ。

通路の一方の壁に沿って、横長にはめ殺しの大きなガラス窓が連なり、そこからは赤坂の街並みや東宮御所《とうぐうごしょ》の森などを一望に見下ろすことができる。

隼は、乗降ホールからつづく通路を足早に右へ曲がろうとして、前からきた人にぶつかった。

「あ、すみません」

といってちょっと下げた頭をあげた一瞬、隼はキョトンとなった。相手の女性の顔に、ようく見覚えがある。

「おそいぞ、隼」

そのきつい口調で、相手が美樹だとわかり、

「ああ……悪い、悪い」

あやまったものの、隼のうけこたえには、まだどこかボーッとしたところがある。

「何よ、そんなにジロジロ見て」

隼が妙な目つきで見つめているので、美樹は少し身を引いた。

(か……かわいいなァ……)

ホントに美樹かな、と隼は本人を前にして溜め息まじりに思った。

グレー地にオフホワイトの水玉をちりばめて、フレアーをたっぷりとったワンピースに、同色の太めのベルト。大きな衿《えり》の白がまぶしい。イヤリングも白、ハイヒールも白だ。

セミロング・ヘアは、フロントに軽いレイアーを入れた、全体としてはタイトなボブ・スタイルで、服装とマッチして清楚《せいそ》な感じをかもしだしている。化粧がひかえめなのもいい。

学校の制服はスカートでも、家に帰ればジーンズやパンツ・ルックばかりで、それもほとんど気をつかっていないし、ましてヘア・スタイルに凝ったり、化粧に時間をかけたりという柄ではない美樹である。米屋の娘が気取ってどオすんのよ、というのが彼女の口グセなのだ。

長いあいだつき合っていて、そういう美樹しか知らない隼がいま、別人のごとき彼女を前にして、胸が波立つような思いに駆られたとしても不思議ではなかった。

しかし、清純イメージのわりには、目もとだけはなぜか桜色を帯びていて、妙に色っぽい。

「三ァン十分も待たせて……待ちくたびれちゃったじゃないよ、このバーカ」

おかしなろれつでいって、ツンとアゴを突きだした拍子に、美樹はフラッとよろけた。足もとがあやしい。

「美樹！　おまえ、酒のんでるな」

えっ、と美樹はひどくうろたえた。

「や、やあねえ。のんでるわけないじゃない、お酒なんか。未成年よ、あたし」

「ハアしてみろ」

こっちに息をかけてみろ、という意味である。幼馴染みだから、こういうことを平気でいえるし、たがいにおかしいとも思わない。

美樹は思わず、右手の指先で口をおさえた。これでは白状したも同然である。

「みんな待ってるわよ」

あたし、トイレに行くところだから、と美樹はそそくさと背を見せて逃げてしまった。

トイレはカクテルラウンジ寄りの通路の途中にある。

隼は、レストランへ入ると名を告げて、ギャルソンに席まで案内してもらった。

中は薄暗い。外食といえば、明るいファミリー・レストランかファスト・フード店ぐらいしか行ったことがない隼だ。さすがに、こういう場所では緊張した。

「おそいぞ、隼兄イ」

窓際のテーブルへつくなり、燕昭に美樹と同じことをいわれた。

燕昭もきょうは、ネクタイとジャケットを着けている。上着着用が原則の店なので仕方がないのだが、子どもだけにやはり窮屈そうである。

隼は遅参の申し開きをする前に、逆に鳶夫に眉《まゆ》をしかめてみせた。

「父さん。美樹に酒のませたろ。そこで会ったら、足もつれてたよ」

アハハ、そうかと笑って、鳶夫はちっとも意に介していない。

「おまえがあんまり遅いからな。食事前に手持ち無沙汰《ぶさた》だから、美樹ちゃんも一杯ぐらいいいだろうと思ったのさ」

そういう鳶夫は、千鳥と二人で、すでにワインをボトルの三分の二ほどあけている。

燕昭はジュースだ。

「で、なにのませたの？」

美樹の席の前におかれているシャンパン・グラスを見ながら、隼はきいた。グラスの底にほんの少しだけ、ピンク色の液体が残っている。

「ミリオンダラー」

ドライジンとパイナップル・ジュースを三分の一ずつ、グレナデン・シロップがティースプーン二杯、パイナップル一片、レモン・ジュース一滴、これに卵白一個分を加えてシェイクする甘口のカクテルだ、と詳しく鳶夫が説明した。さすがに週刊誌の編集長だけあって、該博である。

そこへ頬を紅潮させた美樹が戻ってきていった。

「いま、トイレから出るとき、すっごくハンサムな男性とすれちがって、ドキドキしちゃった」

「それだけ酔っぱらってりゃ、どんなやつでもハンサムに見えるよ」

隼が皮肉をいうと、美樹はややムッとして、ホントなんだからと抗議した。

「女にしたいくらいのいい男だったのよ」

「わかった、わかった」

取り合わない隼になおも美樹が何かいいかけたとき、ほろ酔いの千鳥がゆったりと宣言した。

「さあ。お食事にしましょうね」

食事がはじまってからは、燕昭の勉強のこと、隼と美樹の学校生活のこと、美樹の家の商売の景気のこと、鳶夫の仕事のことなど、いろんな話が出て、それぞれおかしかったりマジメだったり、久しぶりの一家《いっか》団欒《だんらん》にみんな時を忘れて楽しんだ。美樹はホントに風早家の娘同然だ。

ただし隼は、鳶夫の「週刊文潮」の新企画の話だけは閉口した。

「『大都会の悪を斬《き》る！　正義の最強忍者軍団を追え』。どうだ、これ？」

父さんはオレより軽い。なかば呆れ、なかば敬服せざるをえなかった。

それでも隼は、特選神戸肉のサーロイン・ステーキを食べて、大満足だった。

食事も最後のコーヒーをのむころになって、隼はトイレに立った。

通路に沿う窓から東京の夜景を見下ろしながら歩いていき、カクテルラウンジ寄りのトイレへ入った。

入ったときにはまさか、一分後にここを出るときはレストランへは戻らず、エレベーターへ連れこまれることになろうとは思ってもいなかった。

小用便器は三台並んでいた。いちばん奥のそれの前に立って、ズボンのチャックをおろしたときには、隼のほかにはまだだれもトイレにいなかった。

放出しはじめたら、男がひとり入ってきた。

チラッとその顔を見て、隼はチビりそうになった。いや、もうチビっている。

背が高くガッチリした体格のその男は、キンキラキンのタキシード姿で、真っ赤な蝶《ちょう》ネクタイをしていた。女にしたいような凄い美貌《びぼう》である。

（なんてこった……！）

美樹がすれちがったというハンサム・ボーイはこいつだったのか。隼はおそろしさのあまり膝をガクガクいわせた。

男は、いちばん出入口寄りの、便器の前に立った。隼とは便器ひとつ隔てただけの距離だ。

(どうか、こいつがオレのこと、気づきませんように……)

それだけを祈りながら隼は、それ出ろ、やれ出ろ、早く出ろとばかりに、おのがオシッコを心のうちで叱咤した。

男のほうはしかし、隼のことを気にとめるようすもない。

隼は、ようやく用を足し終えると、急いで男の後ろをすり抜けて通路へと出ようとした。

「手を洗っていけ。ふぐり」

服部半蔵に呼びとめられた。

## 8

隼は、金縛りにあったように、立ちすくんだ。まともに半蔵のほうへ顔を向けられない。

「アハハ、あの……ど、どオして、おわかりになりました？」

残暑のころ、新開発女性用パンティー争奪戦の舞台となったコシマキ・ビルでは、忍び装束の頭巾で顔をほとんど隠していた隼なのに、半蔵がどうして見分けられたか不思議だった。

「臭《にお》いだ」

半蔵は静かにいった。

「きさまがわたしに渡したパンツにしみこんだ臭いだ。いま、それと同じ臭いがした」

「そんな……オシッコの臭いなんて、みんな同じじゃあ……」

「それでも下忍か。忍びが糞尿《ふんにょう》の臭いを嗅ぎわけられなくてどうする」

「ま、まだ修行中の身ですから」

アハハとムリに笑おうとしたところへ、いきなり半蔵の右手がとんできた。強烈な力でノドをつかまれ、隼は息ができなくなる。

「つき合ってもらうぞ」

服部半蔵は、残忍な笑いを口もとに浮かべた。

それから隼は、通路へ出て、エレベーターの乗降ホールへ向かい、それに乗りこんで一階まで、あっというまに行かざるをえなかった。足早に歩く半蔵にノド首をひっぱられていたので一緒に前へ出ないと苦しく仕方がないからだった。

一階ロビーへ出ると、半蔵は隼のノド首をきめたまま、まるで友人といかにも親しく語り合っているかのように隼の肩を抱いて、建物の外へ出た。

十月末の夜ともなると、肌寒い。隼は、冷気と恐怖とで、ブルッとふるえた。

半蔵は右へ進み、新館の建物の脇にある石段の小径《こみち》へ入った。駐車場へ出る道だ。

それを上がりきったところは、旧館《ゲストハウス》の裏手で、B駐車場となっている。満杯だった。

半蔵は、高級車の多い駐車場を抜けて、右手の旧館と別館《バンケット・ビル》用の表門のほうへは行かず、さらに左奥へ隼をひきずっていった。

そちらは、ホテルの職員寮とおぼしい数階建ての不愛想な建物の裏にあたり、やはり駐車スペースがひろがっている。

C駐車場と立て看板に記されていた。これより奥はもうない。行き止まりである。

C駐車場には、まだ余裕があった。職員寮の建物側にも、その向かいの金網側にも四、五台ずつ駐めてあるだけだ。

ここはもう車の行き交う通りからは、かなり離れている。風に乗ってその騒音は耳に届きはするが、全然うるさくない。金網の後ろに木々が生えていることも、静かな感じをあたえる。

その金網へ、半蔵は隼のからだを押しつけた。押しつけるなり、右手は隼のノドをつかんだまま、左手一本をつかってポケットからヒモをとりだすと、それであっというまに隼の両手首を金網に縛りつけてしまった。

隼は助けを呼ぼうにも、ノドを絞めつけられていて、声がだせない。

「ふぐり。あのときは、きさまもなかなかいい度胸だった」

半蔵はこんどは、内ポケットから青い布きれを取り出して、隼の顔面で振ってみせた。

半蔵の目の中に、瞋恚《しんい》の炎が燃えさかっている。

青い布きれが何であるか隼はすぐにわかって、いっそう恐ろしさが募った。

隼のビキニ・パンツだった。経緯をお忘れになった読者は、第二章「双忍《ダブル・ステルス》」第7節を読み返していただきたい。そうすれば、半蔵の怒りと隼の恐怖がよくおわかりになるはずだ。

「だが、たかが下忍の分際《ぶんざい》で、上忍《じょうにん》のこのわたしをコケにしたのだ。償いはせねばならぬ」

半蔵は、隼のノドから右手をサッと放した。

隼はたちまち咳《せき》こむ。が、助けを呼ぶ声をあげる前に、その口へビキニ・パンツのさるぐつわをかまされてしまった。

「心配するな。何度も洗濯してある」

わたしもたびたびはかせてもらったからな、と半蔵はちょっと頬をあからめてつけ加えた。それをきいて隼は、もどしそうになった。

「死出の旅路だ。餞別《せんべつ》がわりに、わたしの秘密を教えてやろう」

半蔵は、周囲をサッと見渡した。だれもいない。職員寮の閉めきられた窓々の二、三か所から明かりが漏れているが、人声がきこえてくるわけでもない。

半蔵は隼の耳もとへ、女のように紅《あか》い唇を寄せて、ささやいた。

「わたしは童貞だ」

「………！」

ききたくもない秘密である。きいたせいで隼の頭はクラクラした。

「おまえは、わたしの秘所に触れたさいしょの男だが……」

吐息とともにささやきつづけ、半蔵は隼の耳たぶを軽くかんだ。

「……やむをえぬことだ」

そのことばを最後に、半蔵は名残惜しそうではあったが、つと隼から身を離した。

そのままクルリと背を向けて、まっすぐ歩いていき、建物側に駐めてあった白いソアラに乗りこんだ。隼が縛りつけられている金網のところの、ちょうど真正面だ。

隼は、いまのヘンタイ行為の気持ち悪さが全皮膚を駆けめぐっていて、半蔵がこれから何をするつもりなのかを想像する余裕もなかった。

だが、ソアラにエンジンがかかり、ヘッド・ライトが自分のほうをピカーッと照らしたとき、隼は半蔵の意図を瞬時にしてさとった。

（車で押しつぶすつもりだ……！）

隼は、もがいた。死に物狂いでもがいた。

半蔵もたびたびはいたというパンツのさるぐつわの下から、叫んだ。力いっぱい叫んだ。

ムダだった。金網にきつく手首を縛りつけたヒモは緩みもしないし、隼のくぐもった叫び声をききつけて駆けつけてくる人もいない。

ソアラが、わずかだが、ゆっくり前へ出るのがわかった。

「お父さーん！　お母さーん！　燕昭いっ！　美樹いっ！」

なかば涙声で隼は、家族と幼馴染みの名をよんだ。

（なんでこんなことになるんだよ……）

もとはといえば、サヤカのカンちがいが発端である。彼女が藤林屋敷へ隼を連れていかなければ、下忍になることもなかったし、ＷＷＩの裏稼業の仕事をすることもなかった。ならば、服部半蔵と出会うこともなかったし、こうしていましも殺されそうな場面に到ることもなかった。

それでも隼は、サヤカを怨《うら》もうとは思わない。怨むとすれば、死と隣り合わせのムチャクチャな忍者訓練をさせたあげく、今後いうことをきかないと命はないと脅した姿どのである。

（ちくしょう……）

とうとう隼の目から涙がこぼれた。

ソアラのタイヤがひところがりして、車体のノーズが駐車線から、走路へ出てきた。

「クソババアーッ！」

さるぐつわのパンツもひきちぎれよとばかり、隼は渾身《こんしん》の力を声に集中して、その怒号を夜空へ向かって放った。

瞬間、タイヤのはげしく軋《きし》む音がした。したかと思ったら、とつぜん一台の車が隼の右方からヘッド・ライトをパッシングさせながら、テールを振ってC駐車場の走路へととびこんできた。

隼は、ソアラとその車の両方の煌々《こうこう》たる明かりに目がくらみ、顔をそむけた。

キキキーッ……！

とびこんできた車は、ソアラの直前へ横づけに急停止した。

半蔵はあわててブレーキを踏み、衝突を避けた。隼にじっくり恐怖を味わわせようと、ローできわめてゆっくり出ていたのが幸いした。

闖入《ちんにゅう》の車が、ソアラのヘッド・ライトの明かりを遮ってくれたので、隼は目をあけてみた。赤っぽい車の左腹が、こちらに向いている。ドアからリア・フェンダーにかけてえぐられたエア・インテークの形を忘れるはずがない。

フェラーリ・テスタロッサだ。

「わての名をまっさきに呼んでほしかったでェ」

左側の窓ガラスを下ろし、運転席からニッと笑いかけたのは、まぎれもなく、クソババア、ではない、藤林くノ一組棟梁第十四世千賀である。

「婆どのっ！」

隼の涙はうれし涙にかわった。婆どのがはじめて神か仏か観音さまのように思えた。事実、後光まで射しているではないか。むろんこれはソアラのヘッド・ライトの明かりだ。

助手席にはサヤカが乗っていた。

「さがりィ」

サヤカは、窓から顔をだして、半蔵へ叱声《しっせい》をとばしている。ソアラのノーズがテスタロッサの右腹とスレスレに接しているので、ドアが開けられないのだ。

半蔵は、チイッと舌打ちしてから、ギアをバックに入れた。

サヤカは降りるなり、テスタロッサの前をまわって、金網の隼のもとへ駆け寄った。

一瞬、隼を見つめると、ヒモをほどく前に、ポシェットからハンカチを取り出し、涙を拭《ふ》いてくれた。

「忍びが泣いたらあかんやン」

「うん」

隼は、幼児じみた声をだして、こっくりうなずいた。

そうしながらサヤカの化粧顔やおとなっぽい装いを観察し、やっぱりサヤカさんのほうが断然きれいだなア、てなことを思っているから、困った若者である。

サヤカが隼のヒモをほどいているあいだに、婆どのがテスタロッサをバックさせ、ソアラの前をあけてやっていた。

半蔵は、駐車線からソアラの車体を出しきり、テスタロッサの横をすり抜けようとして、ブレーキを踏んだ。婆どのをにらみつける。

「服部の坊《ぼ》ン。あんまりムチャしたらあかんでェ」

先に婆どのが笑顔で声をかけると、

「ふん。このくたばりぞこないめが」

半蔵は憎々しげに吐きすてた。

すると、婆どのの小《ち》っこい両目が、さらに細められ、半蔵を射るように見つめた。

総身に鳥肌が立った半蔵が、一瞬、目を離したスキである。テスタロッサの運転席から婆どのの姿がフッと消えた。

「…………！」

危険を察知した半蔵が、アクセルを踏みこもうとした寸前、ソアラの運転席のドアが外からパッと開かれ、ヌッと婆どのの上半身が入りこんできた。半蔵には防ぐ間もなかった。

「うっ……！」

半蔵の五体が硬直する。婆どのの右手に大事なところをつかまれてしまったのだ。

婆どの得意の「ふぐり殺し」だ。

「小ィちゃいのう、坊ン」

「………」

半蔵は脂汗を流すのみだ。

「伊賀忍びの宗家《そうけ》にふさわしいよう、ここも鍛えておかなあかんでェ」

「うぎゃっ！」

あかんでェといいざま婆どのは右手にちょいと力をこめ、半蔵が思わず悲鳴をあげたのである。

「早《は》よ、家帰《うちかえ》り」

婆どのは、ソアラのドアを閉めてやった。

「くノ一組など、いまに潰してやる！」

そう捨てゼリフを吐くと、痛みに涙をちょちょ切らせる半蔵は、ソアラのアクセルを思い切り踏みこんだ。

駐車場から走り出ていくソアラのテールを見送りながら、隼はサヤカに訊ねた。

「あいつ、どうして、このホテルにいたんだろう?」

「近所に住んでるンよ、半蔵クンは」

「近所って?」

「地下鉄半蔵門線」

「ち……地下鉄に住んでるの!?」

たしかに皇居の半蔵濠《はんぞうぼり》とか、地下鉄半蔵門線は、徳川家康《とくがわいえやす》とともに江戸入りした服部半蔵正成《まさなり》の名を残すものだが、しかし、いくら子孫だからといって、その地下鉄に住んでいいものだろうか。同線の永田町《ながたちょう》駅などは、歩いて五分足らずだろう。

「自分ではそうゆうてるよ。ただ地下鉄のどこに住んでるかまではゆうてないけど」

「あぶないヤツ……」

これからはもう絶対、地下鉄半蔵門線には乗らないぞ、と隼は決心した。

「でも、サヤカさんは、どうしてここに?」

「バアちゃんが久々に東京きたから、旧館でフランス料理、一緒してたンよ」

そのバアちゃんこと婆どのが、サヤカ、行くで、と呼んでいる。

隼は、礼をいいに、テスタロッサの運転席側のドア前まで走り寄った。

「ありがとうございました。婆どの」

「さっきは、クソババアって叫んどったようやがのう」

婆どのがいった瞬間、隼はパッと跳びのいた。ふぐり殺しがとんでくると予測したのだ。

「ヌケケヌケケ……！」

婆どのは、心から愉快そうに笑い、

「しばらく見ンうちに、ふぐりも成長したようやな」

と助手席に乗りこんだばかりのサヤカへいった。

隼は微苦笑を禁じえない。ふぐりも成長したといわれると、なんだかアレが袋ごと大きくなったみたいで、おかしな気分になるのだ。

「ほな」

笑顔を消さないままいうと、婆どのはテスタロッサを一気にバックさせ、C駐車場の出入口付近でクルリと車体を反転させた。路面とタイヤが摩擦音を発して、パッと白煙をあげる。

テスタロッサはたちまち、隼の視界から消え去った。

「いけね！」

早く四十階のレストランへ戻らなきゃ、と隼は新館《タワー》へ向かって全速力で駆けだした。

「いったい、どこで何してたのよ！」

二分後、四十階のエレベーター乗降ホールへ降り立ったとき、そこに待っていた美樹に詰問された。燕昭が一緒だった。

「いや、あの、だから……大きいほうをね、しようと思ったら、そこのトイレふさがってたもんで、下の階でしてたんだ」

「ほら。父さんのいったとおりだ」

燕昭が美樹へ笑いかける。

「あいつは特選神戸肉なんて食いつけないもん食ったもんだから、きっと中《あた》ったんだって」

「そ、そうかなア……きっと、そうだな、アハハ」

「何がアハハよ」

美樹はあきれている。

「あんたがあんまり遅いから、おじさまとおばさま、先に行っちゃったんだから」

「帰っちゃったのか」

隼がおどろくと、燕昭が、そうじゃないよという。

「二人で皇居のほうへ散歩してから帰るって。手つないでったよ」

「仲いいからなア、うちの親は」

「隼兄イと美樹さんだって、仲いいくせに」

「や、やあねえ、テル坊。へんなこといわないでよ。だれが隼なんかと」

「そいつはこっちのセリフだ」

美樹と隼はプイッと背を向け合った。そこへエレベーターがあがってきて、扉が開いた。

燕昭はパッと乗りこむと、二人を待たずに、CLOSEボタンを押してしまった。扉が閉まりはじめる。

「隼兄イも美樹さんとお手々つないで帰っておいで。じゃあね！」

「あ、テル！　おまえ」

隼の鼻先で扉はピシャリと閉じられてしまった。

「しょうがねえなあ、あいつ」

舌打ちしてから隼は、美樹のほうをチラッと見た。美樹はすぐに視線をそらす。

「テルのやつ、ひとりで帰れるのかな……」

ポツリと隼がいうと、あの子なら大丈夫よ、と美樹が苦笑しながら応じた。

オレよりしっかりしてるもんな、と隼。

別のエレベーターがきたので、隼はしぜんな仕種で美樹の左手をとり、乗りこんだ。美樹も手をひっこめようとはしなかった。

一階ロビーへ降り立っても、隼は美樹のにぎった手を放さない。

「昔は、オレがそういっても、美樹のほうで放さなかったぜ」

「幼稚園のころの話でしょ」

「駅まで」

「駅までよ、ホントに」

美樹の声はいつしか、女らしい丸味を帯びたものになっている。頬も心なしか上気している。

「なんか、まだアルコールが残ってるみたい」

あいている右手を、美樹は火照《ほて》っている頬に押しあてた。

その仕種には、サヤカとちがった可愛らしさがある。あらためて美樹を見直す隼だった。美樹に愛を告白した格之進の気持ちが、少しわかるような気がした。あの一件は、さいしょはお友だちから始めましょ、という美樹のひとことでいちおうの決着がついている。

「羞《は》ずかしいわ」

「寒い」

自動ドアから建物の外へ出るなり、美樹が肩をふるわせた。

雪でも降るんじゃねえか、と隼は冴《さ》えた星空を見上げた。

「バカね。まだ十一月にもならないのよ」

隼が、つないでいた手を放して、自分のジャケットを脱いで美樹の肩にフワッとかけた。

「それじゃ、隼が……」

「オレは寒くないよ。細身でも、けっこう丈夫なことは知ってるだろ」

「うん……」

小さく美樹はうなずいた。

とうとつに美樹の脳裡《のうり》に、あの乱闘事件の夜、隼あてにかかってきた藤林サヤカの電話のことが浮かんだ。隼にまだ問い質《ただ》していない。なんとなくこわいのだ。いまきいてみようか、と隼の横顔を盗み見る。が、今夜はよそうと思い直した。このホンワカした気分をこわしたくなかった。

「スキー行こうか。冬休みになったら」

また美樹の左手をとって、隼がいった。

「ええっ！」

「そんなにおどろくことないだろ」

「だって……」

「考えてみたら、オレん家《ち》と美樹ん家とで家族旅行は何度も行ったことあるけど、二人だけっていうの、なかったからな」

「そういえば、そうね」

「なんてったって、二人行くこそ大事なれ、だ」

「なアに、それ？」

「憂《う》きことはなし、ってことさ」

「へんな隼」

二人は、車回しの脇に設けられている、桜並木の短い歩行者専用通路の石畳を行く。むろんいまの季節に桜の花は咲いていない。ちょっと歩くと石段に変わり、そこを降りればすぐ左に弁慶橋《べんけいばし》がある。通路の左側には植え込みがあり、その下でボートも漕《こ》げる濠《ほり》が濃緑色の水をたたえている。

さいしょの段に足をおろしたとき、後ろから、すみませんと声をかけられ、二人は振り返った。

スーツを着たキャリアウーマンふうの美女が、ニッコリ笑って、隼に白いハンカチを差しだした。

「落としましたよ」

植え込みの中に立つ常夜灯の明かりに、美女の顔が浮かびあがる。隼はハッと息をのんだ。

（蛍《ほたる》さん……！）

藤林くノ一組の下忍だ。隼が伊賀の藤林屋敷で寝食を共にしたうちのひとりである。

「あ……ありがとうございます」

自分のものではないハンカチを隼は受け取った。

蛍は、お先に失礼、というように軽く頭を下げてから、石段を軽い足どりで降りていった。

きれいな女《ひと》ねと、その背を美樹が見送っているあいだに、隼は四つに畳まれたハンカチをちょっとだけ開いて見た。たちまち真っ青になった。

「寒いの、隼？」

「あのね、美樹……」

心配して美樹が隼の顔色をうかがう。

「なアに？」

「冬休みのスキーな。オレひとりで行くわ」

「…………！」

「ほら。なんつうか、オレと美樹が二人で旅行っていうのは、考えてみたらマズイよな、やっぱし。だから……」

そこでウンウンと隼は、ひとり納得したようにうなずいた。

「隼！」

美樹の怒号がとんだ。いままでの甘えたような声はどこから出していたのか。

「あんたの魂胆、読めたわよ」

「な、なんだよ、コンタンって……？」

「いま、あんなきれいな女の人みたものだから、その気になったのね」

「だから、なんだよ」

「ナンパよ、ナンパ。スキー場で、女の子ひっかけようっていうんでしょ。それには、あたしがいたらジャマだもんね」

「ば、ばか。誤解だよ、誤解」

「誤解も六階もあるか！」

「おまえ、ずいぶん古典的なジョークとばすね」

「さんざん喜ばせておいて……もーお！」

「おい。その目つき、やめろよ」

隼は石段をあとずさって、降りはじめた。

「今夜は逃がさないわよ」

「に、逃がさないって、おまえ、何いってるんだ」

「帰ったら勉強するのよ、勉強」

そのことばをきくと反射的にジンマシンが出そうになる隼である。

「カンベンしてくれよ、美樹。中間テスト終わったばかりだぜ」

「うるさい！」

美樹はグッと詰め寄った。

「おまえ、酒グセ悪いんじゃないの、ひょっとして」

クルッ、と隼は美樹に背を向けて、逃げようとした。

「逃がすか！」

美樹はテニス部だ。フォアハンドの振りは速く鋭い。肩にかけられていた隼のジャケットをラケットがわりに右手に持つなり、唸《うな》りをたてて横へ払った。

「わっ！」

後ろから右横面を強烈に張られた隼は、通路左側の植え込みのほうへ吹っ飛んだ。

植え込みへ肩から突っこむと、二転、三転したあと、ふいにからだの下から草木が消えてなくなった。隼は、暗い空間へ投げだされた。

「あらあっ……！」

手からハンカチが離れる。

ドッボーン……！

説明の要らない音がした。

おくれてハンカチが、雪のようにヒラヒラと落ちていく。その白地のまんなかに、ピンクの口紅《ルージュ》で書かれた、かわいらしいマル文字がおどっていた。

冬休み待っとるでェ♡

婆

# あとがき　――伊賀路《いがじ》に笑う村媼《むらおうな》――

伊賀の三上忍《さんじょうにん》のひとり、丹波守百地三太夫《たんばのかみももちさんだゆう》の生家だという屋敷は、三重県名張《なばり》市の南西のはずれにある。竜口《りゅうぐち》という山深いところだ。

百地三太夫なる忍者が実在した確証はないそうだが、ないのがあたりまえである。すぐれた忍びほど、その存在を秘すことに腐心したのだから。

名も顔も知られないばかりか、音もなくにおいもないのが真の忍びである、と忍術秘伝書「万川集海《まんせんしゅうかい》」でもいっている。

小村の中でひときわ目立つ百地屋敷は、山を背負い、田を抱いて、石垣上に建つ。前面の見晴らしはすこぶるよさそうで、門へ通じる小道も真《ま》っ直《す》ぐなことから、来訪者があれば早くから発見することができるはずだとわかる。

さすがに忍家《にんけ》。小要塞《しょうようさい》といっていい要心深い構えといえよう。

なかなか堂々たる屋敷門は、百地家に伝わる資料をもとに、何年か前に復元したものだそうだ。

といって百地屋敷は、べつに博物館化されているわけではない。ちゃんと十八代目のご当主が住んでおられる民家である。

門の内へ入るとすぐ右手に、百地丹波守の供養碑がたっている。その庭には、鯉《こい》を放した池もある。

ぼくが訪れたとき、庭に面した濡《ぬ》れ縁《えん》で、白い割烹着《かつぽうぎ》みたいなものを着た老婦人が、幼児をあやしていた。

そのいかにも田野の媼《おうな》という印象に、ぼくは、やはり山間《やまあい》の鄙《ひな》びた土地に住む祖母を想《おも》い起こした。

中を見学していいものかどうか訊《たず》ねると、その百地さん家《ち》のおばあさんはとても愛想よく、どうぞどうぞと招じ入れてくれた。

元気のいい百地さん家のおばあさんは、ニコニコしながら、九十歳だといった。杖《つえ》の力をかりているぼくの祖母より十歳ほど上ではないか。それで、こっちがエッとおどろいた表情を向けると、百地さん家のおばあさんはうれしそうに破顔した。

人なつっこい、それでいていたずらっぽい笑顔だった。

この百地さん家のおばあさんなら、赤目《あかめ》の瀑布《ばくふ》に削られる岩から岩へヒョイヒョイ跳び移ったとしても、ちっともふしぎじゃないだろうなア、とぼくはなかば本気で思った。

百地家の客間には、胴丸《どうまる》具足《ぐそく》や忍び装束、ショーケース内におさまった忍び道具などが、数は少ないが展示されている。

百地家に伝わるおびただしい数の甲冑《かっちゅう》、武器、忍具《にんぐ》類のほとんどは寄贈してしまったので、現在同家が所有しているのはそれらのほんの一部でしかない、とおばあさんが説明してくれた。

百地さん家のおばあさんは、丹波守が身につけたという、古色を帯びた忍び装束をぼくの両腕に抱えさせ、それでぼくが、うわあ重いなアと嘆声を漏らすと、またまた顔をほころばせて得意そうに解説をほどこした。

そのとき、さきほどおばあさんがあやしていた幼児がハイハイしてきて、ショーケースのガラス戸をあけると、八方手裏剣《はっぽうしゅりけん》やら鎖鎌《くさりがま》やらを小さな手でもてあそびはじめた。

気づいたおばあさんが、これこれ、おじいちゃんに叱《しか》られるでなといって、わりとあわててとりおさえていたのが、ひどくおかしかった。たしかに、ショーケースの上に、「手をふれないでください」と書かれた札が立っていた。

おじいちゃんというのは、おそらくご当主のことだろう。

他出されていたのか、そのご当主とはあいにく面識を得ることができなかったが、百地屋敷を辞去するさい、おばあさんから名刺をいただいた。

「伊賀流忍術　百地三太夫丹波守生家　十八代目　百地義博」。

こういう名刺をもらうと、なんだかうれしくなってしまう。

百地屋敷をあとにして、竜口林道を赤目《あかめ》四十八滝《しじゅうはったき》のほうへ向かって上り下りしながら、ぼくは頭の中では、『みならい忍法帖《にんぽうちょう》』のシノプシスに登場させたキャラクターのひとりに大幅な修正を加えていった。

藤林《ふじばやし》くノ一組棟梁《とうりょう》第十四世千賀《ちが》。

千賀はシノプシスでは、サヤカの母親で、四十歳前後の熟女という設定だった。メイン・キャラクターの隼《しゅん》、サヤカ、半蔵《はんぞう》、美樹《みき》に次ぐ、サブ・キャラの筆頭ぐらいの存在にしておいたのだ。

だが、本物の忍家・百地さん家のおばあさんとことばを交わして以後、ぼくの考えは一変した。いや、というより、千賀自身がふいに、筆者であるぼくに向かって、強烈な自己主張をはじめたのだ。

「わて、サヤカの母親ちゃう。ヒイヒイおばあちゃんや。ちゃんと恋人もおる。フェラーリのシートでアレするのん、ごっつうええでェ。ヌケケケ！」

「婆《ばば》どの」は、隼もサヤカも凌《しの》ごうかというメイン・キャラとしてしゃしゃり出てきたのである。

こうなるともう、婆どのにむちゃくちゃな特訓をやらされる隼、その玄孫《げんそん》たるサヤカ、両主人公の性格設定も、婆どのにひきずられる形でできあがっていった。

そうして創造された隼とサヤカのキャラに合った筋書きが浮かんで、ぼくは頭の中のワープロへ、新たなストーリーを入力しはじめた。以前のシノプシスは削除である。おもしろいものが書けそうだぞ、と感じた。

こういうのを取材の収穫というのだろう。百地さん家のおばあさんに感謝、である。

その日は、忍びの修行場だったといわれる赤目四十八滝の探勝路も歩きとおしたが、それに関しては、本篇《ほんぺん》八九ページの余談のとおり。

余談のつづきを少し話せば、県道赤目今井線へ出てから、平日はバスが運行していないと知って愕然《がくぜん》となった。探勝路へ引き返すか、前面の山を越えるか、道は二つにひとつ。ぼくは、いくらか距離の短い後者を選んだ。

だが、それは大きなまちがいだった。恐怖の山越えが開始されたのである。

その「伊賀路におびえるアホ作家」の物語を記すには、紙数が少なすぎるので、またの機会としよう。

さいごに、ひとつおことわりしておきます。

本書を読了された方は、地名その他の名称が旧《ふる》い、誤りではないか、などと感じたところが多少おありだったと思うのですが、ご容赦ください。実はこれは二十年余り前に書いた作品で、前述の百地さん家のおばあさんにまつわる取材記も、当時のあとがきのままなのです。

それでも復刻が実現したのは、読者の声におされたからといえます。

かつて一部のティーンの間で『みならい忍法帖』は熱狂的に迎えられ、ファンが待望しているのに続巻を出さない作者を絶対にゆるさない、といった脅迫まがいのファンレターも届きました。中には、口コミでの激賞に、どうしても読みたくなって書店へ走ったら、すでに絶版だといわれたので「宮本先生、一冊送ってください」という要望もありました。そのころの読者にちょっといいわけしますが、当時の版元に内紛が起こって、担当編集者は会社を辞め、まともな引き継ぎもなく、さらにはぼくのような無名に近い作家にはお声もかからなくなったのが、『みならい忍法帖』が二巻で終わってしまった真相のおおよそです。

その後、高校生のころに読んですごく面白かったですといってくださるオトナに幾人か出会ったことがあり、そのたびに、

(『みならい忍法帖』はホントに楽しんで書いたもんなア……)

ちょっぴり切ない思いのまじったうれしさを味わったものです。

そういう話を、『藩校早春賦《そうしゆんふ》』『夏雲あがれ』刊行にたずさわってくれた集英社の編集者江口洋さんに、酒席で漏らしたところ、いちど読ませてもらえませんか、と……。

結果、集英社版誕生の運びとなったのです。

復刻にあたって、時代背景をいま現在に変える、という考えはもちませんでした。たとえば、何かの名称ひとつでも、いま現在のそれにしてしまうと、すべてをそうし

なければ違和感が生じます。実際の場所や建物のようすなどはなおさらのことです。何よりも、最近十年ぐらいを背景とするなら、携帯電話を使わないわけにはいきません。それだけでキャラクターもストーリーも根底から変えざるをえなくなります。

携帯電話の登場に限らず、現代というのは日々変化しています。その変化のたびに過去の作品を書き直すなど、愚かしいことではないでしょうか。それは、小説家が最初の執筆時に作品に込めた〝熱気〟というものを、みずから奪うことでもあると思います。

そういうわけで、ごく一部の表現を除いて書き直しをしていないのは、次巻の『みならい忍法帖　応用篇』も同じです。

さいごのさいごに、もうひとつ。入門篇と応用篇を久々に読み返してみて、気づいたことがあります。主人公たちとその関係性が、『藩校早春賦』『夏雲あがれ』のそれに似ているということ。現代と江戸、時代こそ違うが、どちらも学園物であるということも。小説家として不変の中の進化、と自分ではとらえたのですが、読者の皆さんはどう感じられるでしょうか。

二〇一〇年初夏

宮本昌孝

集英社文庫

みならい忍法帖《にんぽうちょう》　入門篇《にゅうもんへん》

2010年６月30日　第１刷　　定価はカバーに表示してあります。

著　者　宮本昌孝《みやもとまさたか》

発行者　加藤　潤

発行所　株式会社　集英社
東京都千代田区一ツ橋2-5-10　〒101-8050
電話　03-3230-6095（編集）
03-3230-6393（販売）
03-3230-6080（読者係）

印　刷　図書印刷株式会社

製　本　図書印刷株式会社

フォーマットデザイン　アリヤマデザインストア　　マークデザイン　居山浩二


ISBN978-4-08-746583-9 C0193